读客®

# 读客当代文学文库

当代文学看读客，名家名作都在这

# 意外杀人事件

阿乙 著

北京日报出版社

图书在版编目（CIP）数据

意外杀人事件 / 阿乙著 . -- 北京 : 北京日报出版
社 , 2023.10
　　ISBN 978-7-5477-4603-5

　　Ⅰ.①意… Ⅱ.①阿… Ⅲ.①中篇小说－小说集－中
国－当代②短篇小说－小说集－中国－当代 Ⅳ.① I247.7

中国国家版本馆 CIP 数据核字（2023）第 074272 号

# 意外杀人事件

| | | |
|---|---|---|
| **作　者:** | 阿　乙 | |
| **责任编辑:** | 曲　申 | |
| **特约编辑:** | 蔡雅婷 | |
| **封面设计:** | 张　鹏 | Linnea Paskow |
| **出版发行:** | 北京日报出版社 | |
| **地　址:** | 北京市东城区东单三条8–16号东方广场东配楼四层 | |
| **邮　编:** | 100005 | |
| **电　话:** | 发行部：（010）65255876 | |
| | 总编室：（010）65252135 | |
| **印　刷:** | 嘉业印刷（天津）有限公司 | |
| **经　销:** | 各地新华书店 | |
| **版　次:** | 2023年10月第1版 | |
| | 2023年10月第1次印刷 | |
| **开　本:** | 890毫米×1270毫米　1/32 | |
| **印　张:** | 10 | |
| **字　数:** | 242千字 | |
| **定　价:** | 59.90元 | |

# 目　录

阿迪达斯

# 一、匪夷所思的抢夺案

我不知道这个故事怎么开始，就从省会秋山路派出所开始吧。民警手握着李小勇的后脑，循循善诱，话里藏刀："知道父母供你不容易吗？知道这样要被开除的吗？"李小勇瑟瑟发抖，眼泪噗噗地往外涌，痛苦地点头。

根据专卖店老板的说法，这厮老早起了邪念，在店里捏衣服捏了一下午，后来见没机会下手，便硬扯了一件逃跑。大家都长了心眼，三两下把他逮住了。而根据李小勇的交代，他起先只是想摸下衣服，结果越摸越上瘾，就想占有它，最后丧失理智了。

在李小勇被送来时，民警正在看《欧·亨利短篇小说集》，心里盘算这是不是《警察与赞美诗》的翻版。二十一世纪了，派出所就是"公共厕所"，总会有饿得要死的人和被黑社会追得走投无路的人跑到派出所度日，手续就是抢件东西，或者抽陌生人耳光。

现在看来情况不是这样，李小勇被所要面临的处罚吓坏了，他甚至奢望把头磕出血，好让民警放他回学校。民警说："早知如此，何必当初？"

李小勇一时语塞，不知如何回答。

## 二、嫌疑人李小勇自述身世

我们家很穷，到现在还有一根梁木撑在土屋后边。我不知道它什么时候倒，每次下雨时我都担心，我怕父母被压死在里边……你说得对，我很自私，我考上大学，把他们的血喝干了，他们盖不起房子了。

我父亲春天的时候插秧，秋天的时候割谷，夏天的时候剃头，冬天的时候烧炭。他的炭卖得很辛苦，要翻三座山，走三十里路，到集镇上卖。有时远地方的人说他炭烧得好，他就又回来加劲砍树烧炭，把炭背到更远的地方。我开始的时候还盼望他能带点东西回来，但他总是说外边比这里好不了多少，穿得比我们破、吃得比我们少，就是有点盐和糖。我母亲是从山外嫁进来的，说情况就是这样，山外还饿死人呢。

我那时小，不知天外有天，我觉得天就四面山那么大，山上冒炭烟，算是很遥远了……我当然知道天安门，天安门上放光芒，还有毛主席的像。但我读书不用功，到最后看到毛主席的画像和天仙配的图画，就觉得他们都是神话。读完五年级，我父亲找老人给我写了五个字，我认全了，父亲说够了，我也觉得够了。如果现在我还在家里务农的话，这几个字应该忘光了，就像锄头总不用就会生锈。有时我也在想，如果我现在是一个做农活的，我的手肯定出老茧，脸肯定黑了，肯定会在夕阳下担一桶水回家，担一桶漏一半。我就是这么想的，叔叔，我知道一切得来并不容易。我要是农夫的话，天一黑就上床睡觉，就会老死在那里。我后来看了一本张爱玲的书，她说她不寻短见，也不吵闹，就那样自行枯萎掉。我也一定是那样的，我一定就在那个夜晚只听得到狗叫的乡村自行枯萎了，像我默默无闻的祖先一样，葬在山上。叔叔啊，你不要让我再回到那个地方。

# 三、李小勇人生中的魔障

我接着讲。我没书读时，还很高兴。因为村里同龄人和我一样，都毕业了，都"光荣"地回到河里洗澡，想洗到什么时候就洗到什么时候，直到洗得皮肤都起褶皱了。晚上我们拿手电筒去照青蛙，青蛙见到光，傻瞪着眼，一动不动，我们捏起它们的腿，晃一晃，它们就呱呱叫了。乡村的青蛙捡不完，因为我们又把它们放回去了。直到读大学后，我才知道青蛙可以吃，但是我一只也没吃，吃不起。

那时，我们玩得很开心，可以穿裤子也可以不穿裤子，可以起床也可以不起床；碰到倒霉的狗，还要烧它尾巴，碰到牛屎，总想用鞭炮炸掉。我根本就不知道世界上还有什么更好玩的事，我们不知魏晋。直到后来，我撞见一个女人。就是她改变了我。也可以说，是她毁了我。叔叔，你不要让我毁掉啊。

我见到她是在一次去五里外的邻村拜年时，我本来不想去的，因为路上下雪，而且那个舅公家也没什么好玩的，但我父亲要拿棍子敲我，我只好嘟囔着去了。一路上我就盘算着怎么草草吃完米粑，早早回到家里。我还想和我们村的人玩牌呢。

舅公的家那时已经塌了一小半，漏风的地方是用油布蒙起来的。我一边吃东西一边看雪从空处飘进来，心里不舒坦。他们这个村就是这样，不是这里漏点就是那里漏点，没个完屋。顶好的算是村头那家，据说有些钱，但也就装了几块玻璃，不过他们家娶回来的媳妇洋气。我那时不知洋气的概念，能想到的也就是脸上擦霜，头上戴帽，皮肤白点。但当我在回家路上看到她时，我被击溃了。是，我就是被击溃了。当时她坐在门前极其浪费地吃花生，吃半颗扔半颗。这不重要，重要的也不是她的脸和身材，而是她身上穿的衣服。我从来没见过世界上有这样的衣服。

我从来没见过胳膊边带白条的衣服（我只见过边上带补丁的衣服），我从来没见过衣领是圆形的衣服（我只见过没衣领和衣领方方的衣服），我从来没见过红得像旗帜的衣服（我只见过蓝得和揉皱的天空一样的中山装），我从来没见过带拉链的衣服（我只见过东少一只扣子西少一只扣子的衣服），我从来没见过带着白色字母的衣服（我只见过绣着牡丹花的棉袄）。

一件乡村里从未出现过的运动衫。我傻傻地站着，雪飘下来，盖住我的头发。我模模糊糊看到那个妇女像观音菩萨一样朝我招手。我走过去，事情就这样发生了。她精神很差，头上缠着布巾，但还是笑嘻嘻的。她指着衣服说："知道这是什么吗？"我摇摇头。她又说："告诉你，这是阿迪达斯。你看这行字母，adidas——你知道 adidas 是什么吗？"我摇头。她叹息一声，说："你以后就会知道的。"

接着她又说："你以后也不会知道的，你要读书才知道。"当时我什么也没说，只是被一种冥冥中的力量驱使，伸手去摸那衣服。她有些吃惊，然后坦然接受了。我到现在都忘不了那种触摸的感受，就像摸到年轻母亲的乳房，摸到春天的草丛，摸到无声的水流和水流里的鱼。我的皮肤开始震颤，确信有电流一次次通过身躯，我哭起来。

在专卖店里，我差点也要哭了。我太熟悉这种柔滑的感觉，每个夜晚，我都能感觉到自己的手指像女人的手指、乐师的手指、菩萨的手指，在轻轻抚摸那顺流而下的布料。我久久停留在衣服渗出的阵阵凉意里，就好像在夏天正午喝下一大碗井水。我的肺扩张了，眼睛明亮了，毛孔像小小风口接连打开。是的，我在专卖店就是这样沉浸其中的。你可能不知道这种感觉，这种感觉甚至成为梦魇，因为我老是感觉有把凶恶的剪刀要毫不留情地将它剪开，我总能听到刺啦的撕裂声。有时我在梦里就孤零零地站着，眼前没有村庄、没有女人，也没有衣服，我对着散落一地的布条号啕。

我被折磨了，就好像失恋了。我开始自卑、惶恐、羞愧，开始生不如死。这就是后来我挨一天一夜打的原因，我父亲想用打来阻止我上学，但是如果他不打我我就打他，打不过也要打。我心怀仇恨，咬牙切齿，我真的打了他，我恨不能和他、他的蓝色的确良，以及这村庄同归于尽。

我喊叫道："为什么我不是生在欧洲，不是生在香港啊！"我父亲恼羞成怒地还击："你就生在这里，就长在这里，你也要死在这里。"

我父亲差不多要把我打死时，我母亲拿头往墙上一撞。我母亲没死，倒是把我父亲撞醒了。他软下来。他后来再也没有挺直腰，再也没有从疲劳中恢复过来。我自私得不得了。我现在每天都听天气预报，我害怕雨压垮了房子，压死了父母。我十分有罪。


## 四、李小勇"于连式"奋斗生活的突然崩塌

我父母后来找邻村那个妇女去了，还没到门口就开骂。但是人家婆婆说："你们别骂了，她是疯子。"我母亲没有示弱，说："有疯子还不管好，还放出来勾引小孩。"据说那一村的人都笑了，那位婆婆后来揪着她的耳朵，让她向我父母鞠躬致歉。

我后来逐渐知道她的一些事情，她确实是疯子，如果不是疯子，也不会"屈尊"到我们那里。但我总觉得自己见到她那天，

她是正常的，因为她拍了我的肩膀，说："别摸了，读书吧，读书了就能出这个村子，出这个镇子，出这个县城，就能去市里，去省里，去北京，去纽约。这衣服就是纽约产的。你知道纽约怎么去吗？要坐飞机。你知道要飞多少天吗？要飞三天。你知道一天要飞多少公里吗？要飞十万八千里。"

这就是她给我下的毒草，她下毒草时，脸不红、心不跳，不像是个神经病。而当时的我空着无比遗憾的两只手，好像必须要走，又走不了；好像可以不走，又必须走了。发呆。慢慢地，我又感觉自己突然看到一个庞大的世界，我被这庞大世界的壮观吸引住，又吓坏了。我像看到洪水涌到我面前来。

后来她伸手来搢我，我才知道要走了。我走在路上，像被押去劳改的人，对情人和故乡充满了思念。天下着雪，我慢慢看到空中飘着的是红色的衣服，那些衣服慢慢飘下来，挂在树枝上，漫山遍野。我看到衣服里冒出很多不认识的人头，他们说着疯子妇女一样的普通话，用手练习一行行的拼音，adidas, adidas, adi, das……

他们不和我打招呼，他们互相亲切地喊着："adidas, adidas, adi, das……"

叔叔，我读书的事情就是这样，很用功，很不容易，把吃奶的力气都使出来，把母亲的奶吸光，把父亲的血榨干。

好，我接着说，我记得第一次到中学时，看到墙上有一幅世界地图，我精神振奋。事情果如疯子所说，我不过是地球上很渺小、很渺小，渺小到可以忽略不计的一个坐标，在我面前有着乡村、城镇、省会、北京、香港和欧洲，还有宽阔无比的海洋，以及可能的船只。它们就像圆规画出的圆圈，让我如此自卑。

我感觉不到自己有多少能量，我很痛苦。后来我终于把手放上去，告诉自己，省会只有半根中指那么远，北京只有两根中指那么远，香港只有一只手腕那么远，欧洲远点，也远不过一只胳膊。我们老师后来喝我的升学喜酒，说："这是个奇迹，这家伙要成刘邦、成朱元璋了。"

但他们怎么会知道我追逐的只是一件衣服呢。我想我总会有一天大学毕业，总会有越做越大的事业，那时我就可以天天穿阿迪达斯，不但我穿，我老婆也穿，我儿子也穿，我们家世世代代都穿。我们老师说我成刘邦、成朱元璋，我觉得有一点我们是一样的，就是占有欲。他们对江山有占有欲，而我对这件衣服有占有欲，这件衣服就是我的江山，就是我生命的象征——如果它是月球产的，那么我要去月球；如果它是火星产的，那么我要去火星。

我可以为它上刀山下火海。但是叔叔我错了，我忘了"取之有道"的古训，我悔青了肠子。一到省会的大学报到，我就开始四处打听阿迪达斯。他们笑我穷孩子想穿龙袍，没有告诉我答案。也许他们自己也不知道。我足足找了三个月，以为省会是没有了，只能等考上北京的研究生后才能继续寻找，但就在今天下午，就在这里，秋山路，我看到了熟悉的字母：adidas。

我被一种恐惧情绪震慑住，迟迟不敢进店。我发觉自己龌龊、肮脏、贫穷，而里边一尘不染，洁净如天堂。那些衣服看起来也很陌生，和我多年前见过的完全不一样。但只站了一会儿，我便又熟悉起来。我听到衣服本身对我的呼喊。

我深呼吸，进到店里，胆战心惊地去摸，一个店员斜视着我，压抑着她的怒火。我命令自己坚持住，把手停在衣服上——是的，很快我就感觉到当年感受到的——我的毛孔一个个打开，风从外边刮入，沁人心脾。我时而幸福，时而酸楚，我只是想哭。我幻想自己有很多很多钱，可以把这里全买下来，包括这些都穿着运动衫的员工。但我看到的只是自己的解放鞋和打了补丁的裤脚，我被自己寒酸的现实和店员们浓烈的敌意弄得十分委屈。

这时我想离开，但我战胜不了那占有欲——人类发明这三个字真是太厉害了。就像饿狼不管不顾要占有妇女，强盗不管不顾要占有金子，我感觉有种力量推着我去做这件事。我最后下定决心时，想到我的父母就在土屋下无辜地睡着，就要被倒塌的屋顶压死，鼻子酸了起来……我现在很难形容那一刻的心理，既委屈又贪婪，既无耻又愤怒。我将拳头慢慢伸进一件衣服里，来回擦着，像擦拭婴儿的皮肤，然后我听到内心果决的声音：动手。我张开五指，猛然抓牢衣服，像抓一条丝巾一样将它抓走了。我在跑的时候，感觉速度很快，风在耳边呼呼地响，树在街道上快速倒退，但实际上我跑得很慢，就像是在噩梦里跑，怎么跑也跑不动。我轻而易举地被抓了。其实在我意识到自己已完全占有那件衣服时，人就虚脱了。

# 五、李小勇的补充交代

叔叔，你不放过我，我就要回到那乡村去了；我利令智昏，不懂事，对不起父母，对不起你。我不能这样回去，这样回去他们要被气死，肯定被气死；叔叔，我并没有抢到手，希望你能原谅我；叔叔，如果我举报别人，可不可以减免罪过？我说的那个穿阿迪达斯的妇女，用英语哼儿歌的妇女，听我母亲说，是被拐卖过来的，跑了几次，被打成疯子了，叔叔。

# 一九八八年和一辆雄狮摩托

每当我走回到十二岁那年时，阳光总是照耀着我。我曾经以为那是一种内敛的乳白色的光，但在我确信自己踏入那条街道时，我看清了，它像密雨或者针一样侵略着大地。

　　十二岁的我屁股夹得紧紧的，故作吃力地走在一九八八年那条贯穿莫家镇、被太阳晒得变形的柏油路上。每天我这样走着去上学，都要经过社员饭店，那是一个范姓三级厨师开的，我姐夫追我姐时专门去他的厨房学艺，出师后就到我家做饭，一盘青椒肉片炒得黏黏糊糊，现在想起来还会流口水。我姐就是这样出嫁的。

　　如果老师允许我自由地写理想，我会把三级厨师写进去，而不是科学家——但我也只是把三级厨师作为一个备用项写进去，我真正想写的是知青厨师。我继续走，约五十米，知青餐馆就到了。它没有社员饭店大，但门口停着三四辆摩托车。基本上是重庆嘉陵，车身黄白相间，在它们中间是一辆暗红色的雄狮，看起来像一头受伤的巨兽。但在行驶时，它却是一匹骄傲的战马，总是气势汹汹地冲在最前头，声音淹没那些嘉陵的哼叫，尾气充满街道。那些知青的后代早上骑着摩托车往街北冲，北面不远处有一个高坡，减速。下坡后走四五里，他们就会看见一片小树林，那里总会有麻雀。他们下车，丢下编织袋，用气枪打麻雀。他们打完鸟后继续往北走，去一个叫"人民厂"的地方，那是他们的家。快中午时，我在学校能听到他们返程的声音，柏油路在车轮下仿佛波浪展开。我告诉同桌，大哥回来了。

知青餐馆里飘荡着鸟肉的香味，他们对每一个顾客说："炒鸟肉、炖鸟汤，别的？没有。"有时餐馆里边的录音机会飘出"铁门啊铁窗铁锁链"的歌声。夏天时，知青餐馆里还会飘出蛇肉的香味，有时也有青蛙可怜的啼叫声——虽然莫家镇的人自己也常弄点鸟或蛇吃，但是要去知青餐馆吃，就有点大逆不道。我姐夫有些百无禁忌，兴冲冲地去过两回，每次回来都"呸呸"个不停，他说这餐馆的鸟有火药味，循着火药味吃下去，能吃出弹壳来。

我姐夫其实是被吓出来的，因为他亲眼看见大哥拿了把油晃晃的菜刀在腹肌上比画，开始是拿刀背比画，后来是拿刀刃比画，画着画着，肚子上就有一条红线，红线上面冒出东倒西歪的血泡，慢慢淌下来。


# 一、大哥

雄狮摩托时常在我的梦里肆无忌惮地冲撞。我双手提着龙头，头发呼呼作响。我天上地下到处飞驰，还会穿越河流，或者在两座悬崖间做一次后续动作为急刹车的飞跃。每次从梦中醒来，都是因为我发觉双手捉着的是空气，而胯间什么都没有。我急得出汗。

在我向南走、他们向北走的路上，我时常莫名其妙地兴奋。

我想总有一天，大哥在我身边急刹车，对着我灿烂地一笑，说："你跟我们是一路的，来，坐我后边。"就这样坐着坐着，他把车轻轻刹住，然后把我抱到油箱盖上，再用两只大手握住我两只小手，一起捏紧龙头。

但每次只有嚣张的尾气将我淹没，大哥连看都不看一下。大哥每次经过时，我都会好好看他，他的眼睛长得像葡萄一样圆，头发比我姐的还长，飞在穿小背心的宽肩上。当速度到达极限时，头发会和摩托车平行，再减点速，它又向前倒去。

前边有车时，大哥会把龙头提起来，明明白白告诉对面：是你让还是我让，我是不太可能了。当然也有不吃素的司机，这时大哥的高超技术就显现出来，在快要撞到时，他一扭龙头，雄狮几乎像是倒下一般向一边滑去，然后又像蛇一样绕过车厢。最后是大哥急刹车，他拿起后座的气枪，"砰"的一枪，坚决地打在汽车身上。当然也有例外，就是在莫家镇北面那个高坡，大哥一般会踩刹车，选择靠右走——那个坡实在陡得可怕，挂空挡的话速度如风。

有一夜，我跟家人说去散步，到知青餐馆附近溜达，我看到很多人，不由自主地兴奋起来。当里头人越来越多时，我知道机会来了。我借着众人掩护第一次走进向往已久的餐馆。我粗暴地拨开那些站立得像电线杆一样的腿，一直朝前挤，挤到人群的中央。我被兰警察的臀部碰了一下，那里有一个硬物，我大吃一惊。我歪着头看，发现兰警察的上衣遮着一把枪。我退出人群，站在门外能及时逃到柴堆后面又能听见里边说话的地方。我害怕兰警察抽出枪把大哥灭了，我仿佛听见"轰"的一声枪响，房子震塌了。

兰警察说："你别以为你是厂里的，我就管不了你。"

大哥说："你别以为你是警察，老子就怕你。"

兰警察说："就凭你这句话，走，去派出所。你妨碍了我执行公务。"

大哥说："老子不去。"

人群骚动起来，一伙人抱住大哥，一伙人抱住兰警察。这时，我妈正好路过，我赶忙躲在柴堆后，看到妈妈目不斜视地往家里走去后，我绕到后边小路，抢在妈妈之前回了家。

## 二、美丽

那晚，我睡不着。我很想知道这一切的结果，但是窗外什么响动也没有。半夜时，一只老鼠从窗户下边的洞里钻进来，它以为我睡着了。我耐心地等它走向我吃完后丢在一边的饭碗，然后迅速翻身，拿起砖头塞向洞口。我刚塞好，老鼠拍马赶到，我看到它可怜的眼神。

我受不了这走投无路的哀伤眼神，又抽开那砖头，老鼠窜进去，我猛地把砖头往窗台一拍，它仰头吱吱连叫，留下一截滴着血珠的灰秃尾巴。我想它一辈子都不敢来了。

第二天早上，我三两口扒下饭后，去路上磨蹭，我想看到大哥路过。半小时后，从知青餐馆处传出轰隆隆的响声，我也是在这时，第一次感受到心脏不可遏制地蹦跳，它仿佛不属于我，它就在我胸前、胳膊外，在我身体外狂跳。这次大哥冲过去的速度比平时还快，我没看清他脸上是否有打过架的痕迹。摩托车后座上坐着一个长发女人，她紧抱着大哥的腰。

这女人打击了我的自尊心。我在那一刻感受到深刻的遗憾，我想自己再无可能坐在后座上了。被她占有了。我踢着石子，懊恼地走进学校，在课桌上睡了一上午。老师很狡猾，他跟大家说："谁也不要弄醒他。如果他醒了，你们还要说，老师有事回家了，劝他继续睡。"因为不放心，我确实醒过一次，班长过来说："老师叫我们自习呢。"

我心想自习就好，就毫无阻拦地再度进入梦乡，连大家窃窃的笑声都没意识到。后来我爸用手提着我的耳朵，将我拎起来。我嗷嗷大叫，委屈地哭了几个小时。

第二天我上学有点晚。恰好大哥出来的时间也有点晚。我看见他和她骑着雄狮在街道上绕着没有水的坑，像一条蛇在扭动。我想：他们的鸟怎么这么早就打好了？

雄狮靠近我时，我开始叶公好龙。是的，我趁着无人时摸过它，渴望能驾驶它，但在它滚动着来到我面前时，我感到害怕。车轮在我胯间停住，我承认自己吓坏了。大哥双脚踩在地上，歪歪斜斜的摩托车稳当了。他回头对女人说："美丽，你先下来。"

我看着地面，想到可能的调戏或者惩罚，我觉得自己是编织袋里的一只小鸟。这时我根本没有心情思念貌美如花的美丽。大哥紧扣嘴唇，看了我很久，然后说话 —— 我已经习惯听他的普通话，我很希望自己也能成为一个和所有人说普通话的人，但在充满方言和黄色笑话的莫家镇，这只能是大哥和他一班兄弟的权利。

大哥这次专门对我说的话，我因为紧张过度，一时没听懂。他说的其实和我预料中的一样："你跟我们是一路的，来，坐我后边。"说完双方沉默下来，我又惶恐又兴奋，将信将疑。最终我在他温柔的眼光里找到爱，是的，这爱可以让我为他办任何事。我踩着一边的脚踏，往上爬。他加大油门。我还没爬上去，就摔了下来。一股呛人的油味冲入我的鼻孔，我想我的脊椎摔断了。

他哈哈大笑而去。

我起初以为是我的错，但当笑声转回来，当大哥骑着摩托绕着我转圈时，我感到自己被耍了。奇耻大辱。

两天后，我在镇后边的田野散步时，见到美丽。美丽一个人，在和我遥遥的对面，没有发现我。我看着这样一个无法言述的美人从夕阳中走来，慢慢清晰——我看清楚了，她全身都在膨胀，但是你却不觉得她肥满。我对她的黄色毛衣很满意，我还看到了她的双腿，她的双脚踏在草上发出轻微愉悦的声音。在她走过来时，我走到一边。但是她却伸手拍了我的脑袋，虽然我早已被她的漂亮征服，陷入万劫不复的色欲之中，想晚上搂着她亲嘴，搂着她不停地亲嘴，就那样一直亲到天亮——但我还是守住自己作为男人的自尊，我咬牙切齿地说："谁让你拍的？"

她笑起来。她笑够了，连续拍我的头，说："那天没事吧？不要生气。"我无言以对，我觉得自己组织不起语言，软得像一摊泥。然后我听到让我整个人为之一震的一句话："我爱你。"

我很吃惊自己怎么会这样说。美丽的双眼瞪圆，我等着挨一记耳光，但是没有。之后我听到的比任何心灵鸡汤都鸡汤：你年纪还小呢，你长大一点吧。然后她走了。

当夜，我茶饭不思，只想早些走向一个人的床铺。我找到《大众电影》，找到有穿黄色毛衣的女明星的那一页，唏嘘整晚。


# 三、死亡

一连几天，大哥像是忘了我，骑车路过时看都不看我。倒是车后的美丽总是回头看我一下。这样过了半个月，大哥死了。

那天早晨，我照例去上学，一排摩托车冲过，我看见大哥，没看见美丽。后来，我在学校等了很久，也没等到他们回程的声音。我对同桌说："那小树林的鸟儿可能打完了，这回他们去了一个更远的地方。"但在放学后，我却听到他遭遇不幸的消息。

我姐夫是那天街道上最忙碌的人，他不厌其烦地向每个人讲那个上海人死了。哪个？就是骑雄狮的。怎么死的？撞死的。你现在去那高坡下边看，还能看到血迹。怎么撞的？说来话长。我姐夫那天很累，他反反复复讲。很多人听到一半，就跑步去了高坡。

说来话长。这天，知青的后代们又去打鸟，车子骑到高坡下，带头的竟然松开油门，不踩刹车。高坡你知道的，你在还没到坡顶时，根本不知道坡下有没有车，只有到了才看得清楚，但是等你看清楚了，你也就完了。什么？可以听见来车的声音？听是听得到，那是走路，人家骑的是雄狮，那声音早盖过汽车的声音了。说到哪儿了？说到看清楚汽车了，对，看清楚就来不及了，那上海人想踩刹车，但摩托已以不可阻挡之势冲下去了，根本刹不住。刹不住怎么办？他就扭转龙头，废条腿什么的虽然不值，保命还是关键吧，但汽车这时也往那个方向猛打方向盘，这就该他命绝了。

他飞起来，头着地。我看见地上的血凝固着，血泊中有摊白色的肉泥。我心跳加速。

当同桌像大人一样告诉我"看那白花花的东西，可能是脑浆"时，我马上蹲下吐了。我一次次吐，无休止地吐。我吐之后，周围人也吐。起先妇女吐，后来男人吐，老人吐完，年轻人也吐起来。我们吐得此起彼伏，不得安生。

范师傅有些得意地研究了公家人兰警察的呕吐物，说："同志，我说你今天是在哪家饭店吃的，一点油水都没有。"兰警察厌烦地挥挥手，转头就走。

我怀着莫大的恐惧，边走边哭，然后回到家。妈妈没有打我，她看起来知道所有的事情，她对我说："别怕。"我还是止不住地怕。那夜，我几次被噩梦闹醒，只有一次，我仿佛看到美丽，她的脸不是哭丧着的，她灿烂得像朵向日葵。

第二天早上，我想看到美丽。我很想像大人一样，拍拍她的肩膀，告诉她：人死不能复生，你还有很美好的人生，还有很多很多的希望。但是此后很长一段日子我都没再见到美丽，直到我升学离开莫家镇。不单美丽，那个知青餐馆也消失了，好像它根本不曾存在。


# 四、重访


一别十二年。当我二十四岁回到莫家镇时，只是想唤回某种记忆。但是莫家镇显出前所未有的苍老来。就像一个男人，你看到他三十岁是生龙活虎的，等到他六十岁时，就会觉得他越活越缩、越活越矮。小时我以为宽阔得像北京马路一样的莫家街，其实狭窄不堪。那曾经高大的供销社大楼也不过是低矮的两层破屋。那些过去像树木一样高大的叔叔们，其实只有一米六高。

我少年时的宽阔消失了。二〇〇〇年，莫家镇张灯结彩。当年知青餐馆所在的位置，被改造成舞厅。这一天，镇政府、镇各级单位和广大居民将参加一场喜迎新千年的晚会，我和过去的同桌一起走进去，占到座位。

我看到派出所兰所长。他腰下的枪还在。他的舞跳得好，和他大腹便便的形象相去甚远。他把在场的每一个女子都抱着跳了一次，连副镇长从县城弄来的情人也不放过。副镇长脸色难看，但不敢吭声。兰所长回座后说："还行，皮肤不是听说的那样粗糙。""什么？镇长生气了？不到三十岁的人，敢生老子的气？我在莫家镇待十六年了，谁最大？我最大。"副镇长装没听见。不过，这句话被一个不该听的人听到了。这后生刚从外地打工回来，以为见了世面，想都没想，推了兰所长一把："你逞什么？"他并不知道这一身便服的矮个中年人就是赫赫有名的派出所所长。不过很快他就知道了。但他不能露怯，他说了当年大哥说的话："别以为你是警察，老子就怕了你。"

十二年以来，从来没人跟兰所长这样说过话。兰所长看看周围，周围人都期待地看着他。而这时，后生的腿在打战。兰所长先从夹克衫里掏出手铐，想想又塞回去，接着他伸手去掏枪。我十二年前蹲下身子看兰警察的腰部，研究这把枪，只觉那里黑黑的，没想到十二年后再次看到时，却是油光锃亮的，像打了发油。十二年前，我想，枪响，房屋都会倒塌；十二年后，我听到非常清脆的拉扳机声，但是子弹飞出后声音却远离我的期待。就像一颗豆子悄悄爆了。子弹射穿楼板，后生抬腿跑向楼下。有人说，他看见后生屎尿俱下。

我很遗憾。第二天一早，我骑着雄狮奔走在莫家街上。我朝北走，经过高坡时会减速。下坡后走了四五里，到达小树林。没有麻雀在歌唱。我在那里待了一会儿继续往北走，到达人民厂。那里已然是废墟。我没事情干了。我借的是同桌修理铺里的这辆老摩托，他特意交代，下高坡时当心，那上海人死了以后，还死了有三四个，都是骑摩托车的年轻人。

我骑回来时，在小树林又徘徊了很久。今日是大哥的忌日，不知道穿黄毛衣的美丽是不是会来。她至少已三十五岁，也许皱纹已经爬上她的额头和眼角，双眼变成肥腻的三角眼；也许她将迈着鸭子一样的步伐走在买菜卖菜的路上，而因为熬夜打牌，她的牙齿也逐渐松黄。我泪流满面。美丽，我终于回来啦，大哥，我也终于回来啦。而你们不在。

后来我将摩托骑得没油了，是推着回修理铺的。同桌拿块脏污的抹布，让我擦汗，被我拒绝了。我还过摩托，准备拦路上的中巴车回城。这时，我很奇怪同桌没有问我为什么要走，而只是和我探讨摩托车的一个技术问题。

——你知道当年老牌子摩托车的刹车片耐用吗？

我停顿了一下，其实是白停顿了。我没反应过来我将要泄露一个秘密，我只是奇怪同桌为什么会问这个问题，他不比我懂吗？我装作很权威地说："如果耐用的话，大哥就不会死，那东西只要用老虎钳扭一下就失灵了。"

兰所长挺着大肚子，正从阳光中走过来，一边走一边剔牙，还打嗝。同桌戴着高度近视眼镜，抬头看我，若有所思地说："你说的大哥我好像记得一点点，又记不清，是谁？"

一九八三年

一个傍晚，当江火生提着人字拖，绕过街道的水洼，来到李婶的馄饨摊时，发现那里已没位子，而且李婶也不在。江火生是个二十四岁的待业青年，父亲江洪明还有两年退休，江洪明退休，就意味着江火生将顶职到铸造厂上班。这几年，江火生越发像收了聘礼但还没嫁走的姑娘，懒得起床。

　　下午，只上半天班的鳏夫江洪明总会留些剩饭冷菜，去下棋。江火生起床见到这些，没有食欲，总要骂娘。江火生认为，一个人无论起得多晚，第一顿都应该是早餐，都应该吃稀饭、面条或馄饨。但江洪明说："我不是你儿子，爱吃不吃，不吃滚蛋。"

　　江火生不能上馆子去。一则太贵，二则馆子只卖油水水的炒肉片、炒肉块和大段大段的肘子（啊，对江火生来说，肘子浸在黄豆里，就像浮起的一截猪屎）。江火生只能去李婶的摊子，只有李婶理解待业青年昏睡一天后想吃什么，她在馄饨里撒下的生姜末和干虾米，让人的生活走向清爽。

　　江火生觉得，只有吃过这碗馄饨，一天的生活才算开始。下一步，他会精神振奋地去工人文化宫，去那里的三楼舞厅看姑娘。一般看一刻钟到半小时后，他才找准对象下手。他跳舞跳得好，也有风度，却一直不敢说：姑娘我能送你回家吗？姑娘我能接你下班吗？姑娘我过两年就到铸造厂上班了，姑娘你喜欢玫瑰花吗？姑娘我爱你，姑娘我真想睡你。

他差这把火。偶尔，江火生和哥们儿也去搞马路求爱。他们吹口哨，那些姑娘像贞操被偷了，脸唰地红掉，骑着自行车飞快溜走。也有不怕的，穿着军裤，走过来就扇耳光，骂道："想吃子弹啊，军婚都想破坏？"江火生屡战屡败，颇为想不通，为什么别人马路求爱能成，他就成不了。他怀疑这是骗人的，世界上本来就没有马路求爱这回事。多年后，江火生也这样怀疑：世界上本来就没有艳遇这回事——有的话，自己怎么一回也碰不上？

这天傍晚，江火生照例来到李婶的馄饨摊，将人字拖往地上一丢，发现那里已没位子，李婶也不在。做馄饨的是一位没见过的中年妇女。江火生觉得弯下腰去把拖板提起来很丢面子，而且就是走，能走到哪里去？现在的红乌镇，还有谁卖馄饨？干站着也难受，站着吃更丢面子。江火生想不出办法，对着妇女喊："去，去找个凳子来。"那妇女搓搓围裙，说："再等下，别人就吃好了。"

江火生骂着脏字，找到一张大桌子，拍拍一个人的肩膀，说："兄弟，往边上坐坐。"那个人扭过头来，蛤蟆镜遮住大半张脸。那人也不取下眼镜，打量了江火生一番，又望望桌上众人，笑了，然后一桌子的人也阴阳怪气地笑了。这笑让江火生很紧张。但是他不能跑啊，跑算什么？也不能走。站也不是个事。他勉勉强强往下挤。人家根本没有让的意思。江火生大脑空白，知道后果可怕，但还是被一股力量驱使着往下挤，试图挤出一个位子。是中年妇女解了围。她把一只腿脚不平的凳子搬过来，拉江火生过去坐，江火生才没有挨揍（甚至有可能是被杀）。江火生额头冒汗，咕哝着："早不说有凳子。"

那一桌人继续说着他们的话，有的说："我看到她了。"有的说："屁股不翘，一看就不是处女。"有的说："就你会开发。"有的说："不开白不开。"有的说："开了也白开。"只有蛤蟆镜没说话，他躲在蛤蟆镜后边，有一只没一只地吃着。

江火生觉得有事情要发生，但馄饨既已上来，便不能不吃，不能不吃，那就快点吃。江火生终归是害怕这些有文身的人，他不记得出门前是不是撒了尿，现在膀胱胀得很。

尿最后还是不合时宜地出来了。江火生想憋，没憋住，憋憋放放，终于是畅快地放了。这一放，他就感觉热流像源源不断的自来水从大腿冲到小腿，又借地势流到街道上，再和街道上的水流合二为一，一路畅奔到小溪小河、大江大海，成为全世界的笑话。

江火生又羞又惧，脑袋往桌子上一伏。在江火生失禁前一秒，发生了这样的事：蛤蟆镜把筷子一拍，伸手取出水果刀，霍地一站，喊道，抢劫。江火生感觉身上被蹭了好几下，到处是乒乒乓乓的响声。他没敢吱声，也没敢抬头。等他感觉没有声响时，才抬起头，这时，他发现整个馄饨摊只有他和中年妇女两人。中年妇女躺在地上，眼睛瞪着，嘴角流着血丝，脸被揍肿了。过了一会儿，她闭上眼，像将要被绑赴刑场的猪，撕心裂肺地号叫起来："快来人，快来人啊。"但是，刚才还热闹的街道已经空空如也。路上连只老鼠都没有。江火生离开桌子，弯下腰，这时他的动机很难考证。很难说他是替中年妇女捡角票，还是替自己捡。这需要时间来完成，如果他把角票放到纸盒子里，他就是好人；如果把角票放进自己口袋，他就是坏人。但他还没来得及做出这个选择，中年妇女已经抱紧他的双腿。她几乎喊哑了嗓子："快来人啊，抓到一个了。"

街道复活过来。愤怒的群众操着拳头、铁钎和木棍赶来，要紧的是，公安也一下来了四五个。公安们像是抬棺一样，将江火生抬到派出所。紧紧抓在江火生手上的角票被其中一位小心翼翼地拿镊子夹进笔记本，说是要拿回去化验。上面有指纹。

江火生被扔进开往看守所的警车里时，大喊大叫。但是他叫不过警报器。警车发现看守所人满为患后，转身朝公安局跑。到达公安局礼堂，一个公安开锁，把江火生和从别的地方抓住的人一个个拉了下来。

两天后，江火生被提审。一位眼球布满血丝的老公安负责审讯他。老公安自我介绍说："我叫杜虎，从现在起你记着我，我对你不会客气的。"江火生点点头，往地上一跪，磕起头来。杜虎挥挥衣袖，说："少来这套，我见得多了。你要说你冤枉是不是？你要说你什么都没干是不是？没干，怎么钱上有你的指纹？我跟你说，这钱老板娘做了记号。那上边用圆珠笔写着'李'字。这是李家的钱，也是人民的钱，人民的钱你能偷吗？能抢吗？你是不是活腻了？"

江火生说："我是想帮她捡钱呀。"杜虎走过来，一脚就蹬到江火生的肩膀上。他说："你怎么不帮我捡钱呢？捡钱就不算抢钱？窃书还不算偷书呢。"

江火生吓坏了，哭起来，说："真的啊，是真的啊！"杜虎对旁边负责记录的年轻公安说："要让狐狸把戏演完。我看他还有什么可演的！"又两天后，江火生被塞进警车，警车呼啸着开到一块阔地。后来这块阔地被改建成广场，江火生也会来广场坐坐，有次他还趁着没人，自由自在地手淫。

江火生和其余八人被五花大绑推到临时搭起的台上，台上有红幅，江火生如今只记得四个字：公审大会。红幅下有位戴眼镜的法官大声宣布一个文件，江火生如今也只记得四个字：从重从快。

　　江火生记得比较清楚的是号叫，这些号叫和那日中年妇女的号叫是一样的。号叫着的人被押下去后，吃了子弹。子弹发出的声音就像豆子爆裂了，江火生没觉得什么，但是号叫突然停止让他后怕。他本来一直发抖，猛然不敢抖了。强奸犯、杀人犯、抢劫犯都他妈消失了，要轮到自己了。他又尿了一裤子。

　　轮到宣判自己时，江火生注意力高度集中。他至今记得那法官念的每一个字。那法官念到一句时，台下大笑。江火生记得那笑声中有龇了牙的笑，有抿着嘴的笑，有前仰后合的笑，有前赴后继的笑。那法官实际上不是念，而是开了个玩笑，但这个玩笑在次日的报纸上是作为事实报的。法官说："记得民警抓到他时，他就尿了一裤子。今天，各位请看，他又尿了一次。"

　　江火生脸色煞白，心律不齐，大汗淋漓，两股战战，他渴望最后的判决，他觉得这个宣判的旅程太长，自己太累了。法官临时又把中年妇女叫上来，她啐了江火生一口，指着他说："我还以为你和他们不是一伙的，原来就是。"

　　江火生瘫倒了。法官见状，大喝："架起来。"江火生就被架起来了。法官继续念："江火生犯团伙抢劫罪，本应从重处理，姑念没有前科，同时是从犯，判刑八年。"听到这里，江火生又尿了一次。群众又大笑了一次，江火生自己也跟着笑了。

　　直到被带到看守所，江火生才从没被枪毙的"盲目胜利"中清醒过来。他意识到自己和那些人不是一伙的，而且在审讯过程中，他也没承认和他们是一伙的。他不知道他们叫什么，也不知道他们住在哪里。于是他不停地捶铁窗，要纸要笔，写申诉书。

　　但是他刚敲出声响，所有的人就都跟着敲起来。值班员发现情况后，吹响口哨，只见来了五个荷枪实弹的武警。江火生死死咬住舌头，生怕自己再发出声响。如果他们知道是他第一个敲窗的，说不定会来个当场击毙。说不定的。

两天后，江火生被带到会见室。他想，来者定是江洪明，但是很遗憾，他看到的是戴大盖帽的杜虎。杜虎这回很慈祥。他说："我以前是做老师的，我总相信，一个人是好是坏，全靠改造。在红乌这么多年，我改造了不少，政府改造了不少，劳改的地方也改造了不少。不能说去劳改就是坐牢，劳改也是锻炼人嘛。"

江火生被这样的话温暖了，等到杜虎伸手过来时，他觉得牙齿关不住了，有两个字猛然喷出来。这两个字像唾沫一样砸在杜虎脸上，使他笑开了花。

"谢谢。"

"不用谢，好孩子。"

直到杜虎心满意足地上完课并离开，江火生才醒悟过来，他大喊起来："杜老师，我怎么会是团伙呢？"杜虎的背影本已消失，又突然折回来。杜虎说："你现在说也没有用了，那五个人因为拒捕被当场击毙了。"

江火生又问："那你们调查过没有，我和他们没关系啊。"杜虎恼了，掷地有声地说："你如何和他们没有关系？人证物证俱在。我就奇怪了，像你这样冥顽不灵的人怎么就没被枪毙呢？"

事情过去两年，江洪明还没去看儿子。缘由是他抬不起头来。

人们说话很讲艺术，总是装作说得很小心，恰恰又让他听得到。江洪明听到有人这么说："他儿子犯了那么大的事情，他是怎么教育的啊。"还听到有人这么说："他教育？他自己老是偷人，是个老流氓，他怎么教育？"

江洪明听一句背驼一寸，后来棋也下不了，没人陪他下。直到退休有一阵子了，孤独的江洪明才意识到自己活不久了，而自己总归还是有根血脉的，他决定去北武劳改农场。在去的路上，他想政府应该把江火生教化过来了，说不定身体还棒了些呢。但在等待很久后，他看到的却是一个光头男子。那男子双手戴铐子，脸上的青春痘化成瘢痕，背也有些驼了，唯有一双布满血丝的眼睛放射着光芒。这光芒像利剑一样，捣烂了江洪明的心脏。江火生应该会说：爹啊，我想你啊，你怎么不来看我啊。

但江火生说的却是："你怎么才来啊，我冤枉啊，天大的冤枉啊。"江洪明火速看了两边，发现没人，才放下心来。他压抑着怒火，装作深情款款地看着儿子，说："你安心在这里改造吧，这里挺好，我看了，教官也好，改造好了，就能减刑，八年能减到六年，六年就能减到四年。顶多四年，你就会回家了。回家了，你想吃馄饨我给你做馄饨，你想吃稀饭我就给你煮稀饭。"

但江火生一个劲地摇头："不是啊，爹，我是冤枉的，我是你儿子啊，你还信不过我啊，我给你写了好多信，我是冤枉的呀，我真冤枉。我是你儿子啊。"

江洪明叹了一口气，心想：骗谁呢，就你那文化程度，还写信，你写了我怎么一封都没收到？还有，你和那些不三不四的人混我不是不知道，你去那些不三不四的地方玩我也不是不知道。正因为知道，我才懒得管你，我管不了你。你娘黄泉有知，也一定和我一样鼓掌。政府关得好啊，教育得好啊。不教育早晚也得枪毙。

江洪明心已死，盘算着时间说了些"好好改造"的话后，回家去了，没几年就死了。

这个故事写到这里，当止，但我还是想往下啰唆。也许你觉得公审大会现场枪毙人不符合常理，我也是这么觉得的；也许你觉得一个卖馄饨的人不会在每张钱上留记号，特别是角票，我也是这么觉得的；也许你觉得待在现场的江火生不应该被误会，因为那些人都跑了，而他没跑，我也是这么觉得的；也许你还认为江洪明应该相信自己的儿子，我也是这么觉得的。

我一直是这么觉得的。我一度觉得历史上并不存在一九八三年。但是在我见到江火生后，我存下了这样的记忆。

我认识比我年长十七岁的江火生，是因为我于一九八五年去了白虎镇，我在白虎镇一直生活到一九九一年。在我即将离开那里时，江火生出狱了，并且恰恰被上边分配到白虎镇供销社上班。他来到白虎镇的时候，闪耀着城里人和坐牢人的双重光芒，而大家看到他时，也带着本能的尊敬和畏惧。他割肉，别人多给他斤两；他喝酒，可以不给钱；他打牌，说欠债就欠债；他打架，只说一句话："你等着。"然后大家就不打了，回去准备家伙了，但是都没了下文。我注意到江火生这个有黑社会气质的人有两个细节。一是他碰到什么不耐烦的事，都要说："别耽误老子上厕所。"二是他戴一副墨镜，他的眼珠在镜片后边转动，没人知道他看到了什么、在想什么。这两个细节就像大侦探手上的烟斗，是个性鲜明的标志。很多白虎镇的学生都学他，我也学他，我对我不耐烦的事情总是说："老子要上厕所。"而且这样的话我特别喜欢对女生说，我因此不得女人缘。

在我来到城里亦即红乌镇后不到一年，江火生也回城了。他说他的青春已经葬送在北武八年，不能再在白虎镇葬送下去。他开始给文化宫舞厅做看场子的，但是人家说："我们这里已经有一个杀了人的在看着。"他又去文化馆舞厅找，那个舞厅没说他们有杀人的看场子，他们说："我们是公检法重点保护单位。"江火生后来想来想去，便变卖一切家产，去河边开了小卖部。江火生请了个想农转非的姑娘给他看店，自己去艳遇或者赌博。有一天，他败兴而归，顺路看到自己的店面，就敲门进去，把姑娘办了。一个礼拜后，他们发请帖，把婚礼办了，新娘喜气洋洋。

后来，江火生老婆的肚子大起来，等到瘪了时，母子都不平安，都没活下来。江火生那天晚上不知道怎么了，有些感怀，就烧钱，从一捆捆烧起，烧到一张张，从百元烧起，烧到角票。最后一张，他觉得好生眼熟，但是上边并没有一个"李"字。他哭哭啼啼地说："天哪，地哪，就是我自己也不知道当时是想占便宜还是想帮人啊。"江火生这个人至今还活着。

# 意外杀人事件

这个火车站是荒谬的所在。如果不是产权不明，地产商一定会拆了它，现在，野草从货运操场长到候车室，招惹来大量的老鼠和黄鼬，我们除非着急拉屎，否则不去那里。

一九九七年它建成时，烈日下悬浮着红氢气球，两侧电线杆上拉满彩纸，我们红乌县有一万人穿戴整齐，一大早来等，等得衣衫湿透。"出口气了。"有人这么说，大家点头把这话传了下去。也有人跳下月台，将耳朵贴在崭新的铁轨上听，说："该不会不来吧？"

"除非是国家把这铁路拆了，火车都死光了。"一位老工人应道。大家被这掷地有声的声音稳住，讨论起武汉、广州等大城市来，好似红乌已和它们平起平坐，今晚爬上火车，明早也能看到天安门升旗了，不知道北京的早晨冷不冷。

下午五点，火车张灯结彩着驶来。也许是没见过这么多前呼后拥的人，它猛然刹车，齿轮和铁轨摩擦过度，溅出火花。我们振臂欢呼，以为火车就要停下，不料它长啸一声，奋蹄跑了，车底排放出的大量白汽，喷了我们一脸。

后来我们才知道，几乎在红乌站建好的同时，铁道部下达了全国大提速的文件。所谓提速，其一要理解为火车本身提速，其二要理解为有些小站必须牺牲。我们坐在人工湖畔，看着从不停靠此地的火车从对面铁路坝驶过，心酸地念顺口溜：

> 红乌县啊红乌县，
>
> 白天停水，晚上停电；
>
> 火车一夜过六趟，
>
> 睡觉不方便。

我们想这是动物园的观光车，那么多外地人坐在里边，一遍遍参观笼子里的我们，总会生出一点优越感。我们房子这么矮，路面这么破，什么像样的历史都没有[1]。

我们想它出点事。一九九七年冬，它果然在二十里外的茶铺脱轨，不少红乌人去捡碎片，据说摔得稀巴烂。然后我们和它的关系麻木了，就像习惯一个亲人打呼噜，我们习惯它在深夜轰隆隆驶过。但就是这逐渐被遗忘的东西，三年后像故事里的伏笔猛然一抖，抖出一桩大事来。这件事割痛了所有红乌人。

那天傍晚七点半，火车快要驶过红乌镇时，车窗里吐出一只妖怪来，随意得像吐一只枣核。那里的铁路坝由山石和水泥加固，一般人摔出，以颅击石，当场即可报销，可妖怪着地时却伸出前爪疾走，像麻雀一样振翅飞起，又翩然飘落于远处的田埂上。

他悲哀地看着这陌生的地方，抽掉了一根烟，然后走近我们。

此前一天，青龙巷的算命先生发癫，交代大家隔夜不要出门。人们见他的手拍紫了，对街上著名的善良姑娘金琴花说：

---

1 《红乌县志》载，东吴都督程普驻军时见红色乌鸦飞过，猜到赤壁大捷，因此命名此地为"红乌"。红乌史上最高级别官员为明正德年间一文姓布政司，赴任途中病故，现红乌八景之首是"文亭墨竹"。

"小金你劝劝吧。"金琴花走来心疼地说:"别拍了,好伯,拍坏了。"瞎子却抓紧她的手臂说:"亲娘啊,明夜莫出去。"

"嗯,我不出去,我相信你。"金琴花说。人们爆出哄笑。

妖怪到来的这天是二〇〇〇年十月八日,政府称之为"10·8事件"。我们红乌镇人活久了,不习惯记日子,因此称它为"那晚十点的事"。这诡异的事只发生了十二分钟,十点开始,十点十二分结束。十点前,红乌镇狂风大作,落叶纷飞,天空裹着黑云,不时有闪电刺出;十点十二分后,乌云大开,闻讯而出的人们捏着没用的伞,恍如堕身白昼。

在这十二分钟内,只有六个本地人像是约好了,从六条巷子鱼贯而入建设中路[1],迎接上帝派来的妖怪。


## 赵法才

有段时间了,超市老板赵法才每晚七点半提着酒瓶走到朱雀巷的石头边,坐到十点,再去超市关门。偶尔有人问,还在想狐仙吗?他凄惶一笑。

他心里有个阴险的秘密,就像搬运工将最后几件货物乱抛乱丢,小学生将最后几个生字乱写乱画,他要将剩下的生命在这里

---

1 建设中路是红乌镇主街,长1500米,两边各有三条巷道,与主街构成一个"非"字:

求知巷　青龙巷　朱雀巷

---

　(西)建设中路(东)

---

明理巷　白虎巷　玄武巷

胡乱消耗掉。他拉开闸，让烈酒燃烧内脏，让湿气像毒针一样钻进脊椎，他发明了这个笨拙的自杀办法，在四十二岁时驼背，咳喘，白发苍苍。

这样的年纪也曾让他产生拥有一匹白马的想法，他想骑上白云般的白马，离开红乌镇，去做一个自由自在的鳏夫。但在一个头发挑染了一撮黄的小年轻骑着光洋摩托疾驰过后，这个想法就消散了。他叫住年轻人，遥遥地问："这车是谁让你骑的？"年轻人亮出车钥匙上挂着的玉佛，赵法才便明白了。他看到对方盯过来的眼神就像一匹幼兽恶狠狠地盯着垂垂老矣的野牛，便知老人应该去敬老院生活的道理，他不能僭越。

赵法才的自弃开端于红乌镇一次闻名的捉奸事件。那件事发生后，赵法才的老婆在满是橘皮的脸上扑上颗粒状的粉底，照着嘴唇画了一个肥满、鲜红的"O"，端来八样带肉的菜。

"喝一瓶吧，"她说，"喝一瓶吧，我去给你开。"她拿出啤酒，用起子开好："要不找杯子给你倒上。"赵法才摇摇头，找到瓶盖将还在冒汽的它细致地盖住，然后慢慢咀嚼每一片食物，他抬头时看见泪水已将她的粉底冲散，便说："瓦妹，别多想了。"

"你也不想想，她像正经人吗？每个月只拿五百块工资，哪里有钱买摩托车、买手机，哪里有钱交话费，她用的化妆品都是羽西的，有几个人用得起？"

"别说了。"

"你要是还惦记着，就去找她，把我们娘儿几个扔了吧。"

"别说了。"

他中止了晚餐，起身去超市，在路上他买了一瓶白酒，找到一块石头，坐下，开始了那个宏大而默然的自残计划。

在很远的时候，赵法才曾是名从容的砌匠，细致地调好一桶泥，用砌刀将泥均匀地抹到砖头的四个边沿，将另一块砖对准贴上去，这样一块块地往上贴，贴到房主没钱了，就封顶。但在女人以每两年一个的速度生下两女一男后，诗意的生活结束了，他的房屋被工作队扒光了，裤腿像是有三只饿狗扯着，他再也不能骑在屋顶上吹口琴，欣赏自己漫山遍野的作品了。

他扔掉最后的烟头，做生意去了。

他曾买来半仓库的铁观音，以为能改变红乌人的饮茶习惯，但最终还是将它们一套套地送给工商、税务以及每个可能为己所用的人，悲怆地送了三年；他也曾翻《辞海》来给店铺起名，但在最后盘下这间超市时，他想都没想就叫它"好再来"，既然长途公路边几十家店铺都叫"好再来"，那就说明它已经过市场检验。

他学会对偷喝啤酒的儿子咆哮："你喝一瓶，我们从老远运来的一百瓶就瞎做了、白做了，什么利润也没有了，你知道吗？"那是因为有天他做了很多事，干渴得要死，喝了一瓶啤酒，女人歪斜的身影从黑暗中移过来，女人说："喝吧，都喝光了。"

他像是刚杀了人，十分负疚。

女人瘸掉是因为从三轮车上掉下来。当时她喊停车，可正爬坡的三轮车发出更猛烈的咔吱声，眼见掉在柏油路上的一匹布就要不见了，她跳了下去。出院后她掉了许多眼泪，但在手伸进铁盒时，悲伤止住了。钱盒里躺着很多钱，她像慈爱的祖母轻抚它们。她没有意识到这些粗暴的孩子这些年来弄坏了她的腿、手指、门牙以及乳房，她和赵法才变成了它们谦卑的仆人，以至于忘记他们曾是乡下最白的一对男女。有一晚，她在下面抹了点雪花膏，像死鱼一样摊开，重口味的嘴还在说着讨账的事，赵法才偏过头干完了，从此没再干。

很多红乌镇人都这样，不再行房，不再吹琴，有一天死了，留下房子和存折。但赵法才在中年的末梢却出了点变故。那天技监局办公室主任打电话介绍远房亲戚来做收银员，他出门接，望见一幅在挂历里才会有的风景：一个高挑、白皙的年轻女子斜坐在光洋摩托上，一手捏着钥匙环上的玉佛，一手拢着耳边的发丝，对着他若有若无地笑。他躲过这行云流水的目光，像是被猛砍一刀，逃回超市。

直到这时他才意识到世界上还有爱情这回事。

半个月后，他去打货，临行前见她跑来请假，便柔软地问："什么事？"她脸红了："那个事。"他理所当然地应允了。车辆开走时，他偷偷回头，发现她也回头撒下一瞥。那是属于你的眼神啊，赵法才，他酥酥地想。

在省城的旅社，他躺在床上无望地思念，BP 机忽然响了，反拨过去，便听到那个魂牵梦绕的声音像当日技监局办公室主任一样在命令他："向后转，向前走，走出门口。"他跌跌撞撞拉开门，看见她穿着第一天穿的绛紫色 T 恤，捏着手机站在那里。"你怎么知道我在这里？"她没有说话，抱紧了他，胸脯像幼兽一样起伏。他在这踏实的感触里暗自流泪，好似旱地飘起大雨，然后那东西被清晰地抓住了。此后她成为他永恒的思念。他在无数个夜晚思念这柔软修长的双腿、微微隆起的小腹、如新月般翘起的乳房以及叼住他耳垂的狂野舌头。他说："渺儿啊，我的手就像船儿滑过你的腰肢，我一路滑下去，在这里停了。"他表现得完全不像一个生意人，他像洪水一样演说了半个晚上，以至于当他走进卫生间时，内心空荡得像一只筛子。卫生间里有油黑的盥洗池、漏水的便池、黑锈铁丝上别人留下的干硬毛巾，以及他松弛的身躯。他摊开手站在镜子前，觉得极不真实。凭什么呢？你比人家大整整十八岁。他感到脑后有刀锋掠过，有时深夜一人携款走过朱雀巷，他也会有这种感觉。

回来后，他轻按了下埋在床垫下的腰包，在熟睡的她旁边睡了。

后来她说："我也不知道为什么喜欢你，你不打我就可以，我怕男人打我。"虽然当时她是真诚地看着他的，但这个模糊的答案还是让他纠结。他需要在每件事情上画上等号，"1.00"元等于矿泉水，"3.00"元等于方便面，每件事必须清清楚楚。因此，他替她想了一个结论，那就是她喜欢他的店铺和存折。我们红乌镇人就是这样，当一件事过于不可思议时，人们就会套用《知音》上的故事来解释。

因为他无法撇开老婆，她表露出烦躁，这更坚定了他的看法。他像是碰见一个生意场上的对手，小心谨慎，量入为出，和她周旋着。他想：色字头上一把刀，自己终归不是傻蛋，有时就是碰见她的手抚摸顾客的胳膊（就像看见她在人家身下呻吟），他也能稳住自己，那就让别人神魂颠倒、倾家荡产去吧。

这样的来往最终停息于夏末的一个夜晚。那夜他拉上卷帘门，到办公室行军床上睡觉，却见她已卷着毛毯睡着了——她一定是躲在某个地方，偷偷留在这里的。因此他吸了一口口水，挤挨上去，把她扳过来时，却望见她泪流满面，像是泼了一盆水。

"我明天就不来上班了，以后也不来了。"她说。

"好好的怎么要走？"

"我决定了。"

也许是为了再度进入这美妙的肉身，他进行了大量劝说，她却总是摇头，他心里"咯噔"一下，算是明白了，她在下最后通牒。因此他松开手，觉得世界从来没有这样可恶过。然后她说："我们不说这些了。"

他们像两块石头生硬地躺着，呆呆地看天花板的黑，夜晚像河流，又深又远。忽而，窗玻璃"哐当"一声，掉下一块来，他惊坐起来，一道光芒射进他的眼洞，他慌忙扯毛毯盖她，那光芒却抢先一步照清那里。她像是夜晚稻田里被照得目瞪口呆的青蛙。

"谁？"他恶狠狠地问。

"你哥，赵法文。"

赵法才说"没事，我哥"，踩着侥幸的步伐走出去，走到一半腿软了，直到卷帘门被擂得山响，才颤巍巍地过去开门。卷帘门被哗啦啦拉开时，他讨好地说："哥，这么晚你要拿什么货呀？"迎接他的是一记耳光。赵法文、赵法武、赵法全三个乡下男汉和一个瘸掉的妇女像工作队一样轰隆隆开进了办公室。

"说，怎么回事？"瓦妹大喊。

渺儿没有回答。

赵法才哀喊道："没怎么回事。"

"没轮到你说。"

过了一会儿，渺儿说："我和他好了。"渺儿说得庄重、威严，是当事实一样宣布的，因此赵法才能想象她当时眼睛是直视着瓦妹的。瓦妹扑在了地上："出这样的丑事，我没法活了。"大哥赵法文打了渺儿一记耳光，赵法文说："你不用看我，我不怕你。今天我们就赏你一个结论。赵法才你过来，你自己说，你是谁的男人？"

赵法才像罪人一样走进光亮的办公室，不置可否，赵法文说："你要说错了，我现在就打死你。"赵法才便指了下地上的妻子，后者喊："谁是你的女人，谁愿意做你的女人？"

"你是，"赵法才又指了下，"你是。"

"我是，那好，你现在过去打她一巴掌。"瓦妹站了起来。

赵法才把三个哥哥的脸色逐一看了，躲闪着渺儿的目光，走上前拍了下她的脸。瓦妹喊："舍不得吧，舍不得吧。"他重重地抽了渺儿一巴掌，撤下手时，他看见她头颅高昂，嘴角流血，像烈士般不可凌辱，然后转身走掉了。走之前，她看了他一眼，那眼神冷漠而平静，仿佛早已相隔万里。他追出来，她已像鬼魂涉阶而没。

那天后，赵法才的精神状况出了问题，眼睛直勾勾的，不要吃不要喝，抚摸钱就像抚摸枯叶，让人感觉一生为之奋斗的东西之虚无。人们说应该给他叫叫魂。

二〇〇〇年十月八日这夜，是赵法才坐在朱雀巷这块湿石上的第三十九天。天空像是一片怒海，压制着底下的苍生万物，不一会儿闪电连轴刺下，甚至能照清纷飞落叶的茎脉。他狞笑着站起身，展开双臂，像年少的失恋者那样准备接受一场死亡式的大雨，可它们持久不来。

十点了，他才怅憾地走掉。

他转出朱雀巷，来到建设中路，路东有一家超市，光芒照射在门前的台阶上，像映出了一个黄格子，在那光芒里闪出最后一个顾客，是个衣着肮脏、身躯紧缩的中年人，他正像一个可笑的侠客夺路疾行。这时，超市的收银员跑出来喊："姐夫，他没付钱。"赵法才停下脚步，一把揪住对方的衣领，在意识到对方不是本地人后，他傲慢地说："听见了没有，人家让你付钱。"


# 金琴花


事后红乌镇很多人反应过来，他们并不认识金琴花，其意外程度就好似发现了一个潜藏多年的敌特。因此他们充分发挥想象力，设想她是上海籍劳改犯与本地妇女的私生女，是敬老院已故鳏夫的养女，或者是外迁者遗留的后裔，他们为此发生了要命的争吵。

我们公安局曾张贴协查通报，但那个能带给她来历和归宿的亲戚最终没有出现。在巡警大队有份她的讯问笔录，发现她交代的住址是红乌镇青龙巷三号，但那只是租住地，房东和她连合同都没签。在她不再住在那里后，它悄悄倒塌了，人们撑着伞走在泥泞的街面，抬头看见院子里的枣树淹没在一堆巨大的尘土中。

我们熟知这个院子，院子的铁门由一把永固锁锁着，墙上扎满碎瓷片，院内立着一棵不再结果的枣树和一间红砖房，房门倒是常没关好，因此每天下午都会有一些没长毛的孩子挤到铁门前，看她穿着红纱内裤走进厅堂，对镜化妆。

太阳落山时，她打开院门，走上青龙巷。青龙巷与冷清的朱雀巷不同，此时总是挤满下班的、收摊的和要回乡下的人，因此大家都能看见她打着缀满桃花的白伞，挎着巴掌大的皮包，摇着巴黎交际花才摇的小巧扇子，在唇部保持一个微笑的姿态，像皇后那样目不斜视、步态优雅地走过去。也许这时漂浮在她脑海里的是煤气灯、椰子树、可乐瓶子以及圣奥斯汀教堂那样遥远的东西，但我们红乌镇人留意到的却是她火鸡一般明目的丑陋。

她梳着庞大的发髻，使本已宽阔的脸看起来更大；苍白的脸扑满浓粉，也许是扑狠了，又补些青，这样青里有白、白中泛青，竟像死了些时日的尸身；她还在宽大的唇线中央细描了豌豆那么大一块红；她穿衣服，裙子虽然宽大，却暴露出麻酱色丝袜裹紧的两条巨腿，而上身则特别不合时宜地罩上浓绿的紧身衣，这东西将平淡无奇的胸脯勒没后，在肚脐上仓促一收，露出一层沃似一层一共是三层的肚子来。人们微醉的目光最后往往落在这里,就好像有一片热乎乎的海怎么沉也沉不下去。她总是在乞丐面前驻足,取出两毛、五毛、一块,分发给他们。那些驻守在青龙巷的乞丐早已摸清她的这个脾气,一直等着,就连别的巷子的乞丐也嗅到风声,赶在这时杀奔过来,因此最后她总是捂住皮包,像忙碌的母亲那样嗔怪着:"没有了,没有了。"老婶子小声问:"你为什么给他们钱啊?"她说:"你们不懂的。"

关于她的善,还有一件事可佐证。一九九九年夏,青龙巷侧沟发现一具疯子的尸体,奇臭无比。街坊、法医、居委会连番视察过后,将负担留给民政所,但后者恰好集体出游,因此有干部出来主持,着邻里就近埋了,这件事没人掏钱就没人干,那挂职干部不知能否报销,犹疑不决,最后是金琴花义捐了二百元[1]。

金琴花很少与人打招呼,巡警大队内勤罗丹[2]是个例外。每当后者骑着木兰经过时,她总是让到一边,嗲嗲地打招呼:"丹姐下班了啊?"罗丹是个皮肤、身材、长相处处合适的女子,却整日素面朝天,将自己裹紧在一身威严的制服里,有时候她不理,有时候则报以真诚至极的一笑:"是啊,下班了。"就好像金琴花是她的一个妯娌。

每当此时,金琴花的脸都像喝醉了,红一下。

然后金琴花走到巷口,那里的馄饨摊有一个她惯坐的位置,吃完她就折返回去。她这一来一去是我们红乌镇人习知的节日,要是她没来,我们就知道她来例假了。她蠕动着回去,总会有些中老年男子心领神会地跟上,他们像躁动的精子,气急败坏地互

---

1 此事闻名是因为它是个笑话,挂职干部在金琴花掏钱后,命令埋尸的人打收条,后者是文盲,因此又是干部代为执笔,他写道:今收到金琴花买尸费贰佰元整。

2 传说罗丹从检察院调到公安局是因为她与检察长的奸情被告到了北京。

相提防着，最终又像一脉相连的兄弟，妥善处理好彼此的先后顺序。最先游进院的精子总能听到低呼："快点啊。"他应一声"嗯"，故意很慢地溜进那间房、那张雕花大床以及她故乡一般的身体。

金琴花所从事的就是这样一个对别人来说难以启齿的职业。

以前我们在理解这个曾做过售货员、洗头妹的小姐时，总觉得她体内有一种深刻的惰性，这种惰性带给她贫穷和肥胖，也带给她心安。我们总是想这个世界上存在一种人，即使有人将饼子挂在他脖子上，他也懒得伸头吃一口，他什么都不愿改变。但后来我们发现自己错了，我们在那张干了很多场交易的床垫下翻出大量的纸花和纸鸟，拆开那些被精心折好的东西，便能看见用各色彩笔写的名人名言，有纪伯伦、泰戈尔的，也有席慕蓉、林清玄的，他们总是把世界描绘得非常美好。

又或许连这些美好也没想，她就是像未开化的人那样觉得这事情好玩。当男人紧张地脱掉衣服，将身躯压上来时，她发出搔痒式的咯咯笑，男人"嘘"一声，她便更加控制不住地笑下去。她总是这样欢快地和大家度过夜晚。

那个将她带入此行的美发店姐妹曾教诲她，要摇，你是做生意，因此要摇，男人一摇就出来了。她摇了一次，发现男人果然溃败在床，便嘻嘻笑起来。这时男人不知该自嘲还是该愤怒，总之心情不太好。她看状况不对，便去抱他："叔，我以后再不摇了。"

"摇都摇出来了。"

"那我等下补你一次。"

"说什么都没用，摇都摇出来了。"

"那我不要你钱，我退给你。叔，你不要不高兴，你不高兴我也不高兴了。"

她的生意因此旺得像一株结满谷子不堪重负的稻子，就等我们公安局来收割了。那天来动手的是巡警大队，他们意识到还有这样一只肥羊后，以闪电的速度扑了过来。

那天她没有上街。她遵从算命先生的教诲，给自己做了一碗鸡蛋面，接着又端来木盆，将衣服倒进去，鼓捣出一大堆白色泡沫来。她就是这样听话，瞎子说夜晚别出来，她却是连白天也不出来。待到天黑，她打开铁锁，将它挂在院门上，然后回屋收拾床铺。这是一个心照不宣的程序，进来的男人会锁好它。她就这样平安地躺在那张既是柜台又是港湾的床上，打起盹儿来。不久有个叫狗劲的男人进来抚摸她的肚腹，她疲沓地笑了下，用两只手的拇指、食指夹住内裤的边沿，将它往下扯。

她和狗劲并不知道，平素那些守在墙外的嫖客此时已像聚集在枝头的乌鸦呼喇喇地飞了，四名巡警和一名警校实习生马蹄包垫，悄然围住院落。那名实习生自告奋勇，率先攀爬上围墙，却在就要摸到枣树枝条时脚底一滑，将锁骨摔断了。他一声不吭地躺在那里，直到四位巡警跟着翻进来，像旋风一样刮进没关的房门，才非常值得地哼唧起来。他们将这对正穿裤子的男女抓了个现行。

狗劲没经历过这场面，但他无师自通，出来时双手交叉，举过头顶，将眼睛、鼻子和嘴巴遮起来，但火眼金睛的人们还是轻易就认出他了。十几分钟后他老婆气势汹汹地去了公安局，后来当她缴罚款领人时，嘴唇不停打哆嗦。她对着自己的男人低吼："家里又不是没有。"

而金琴花被押出来时，四处张望，认出一张脸就歉疚地笑一下，好像是要说你们回吧，没多大事。进公安局大院后，她被领到灯火通明的指挥室，一个人站在墙边，此时她还在好奇地研究墙上挂着的规章制度，研究完了就低头剥指甲。忽而电话响了，值班民警气急败坏地走过去，对着里边喊："还笑，别笑了！"几分钟后，电话又响了，民警气得青筋暴突："死孩子，报假警是要坐牢的你知道吗？"

金琴花说："哥，我什么时候能回家啊？"

"处理好了就能回家。"

他说得金琴花有些怕。可等到有人将她带到巡警大队办公室时，她就不怕了，因为罗丹坐在办公桌对面。她讨好地叫了一声"丹姐"，发现罗丹偏过头，便落寞了一下，可她是知道这些分寸的。接着主审的男民警吸了一口痰，"嗯"了一声，开始问话，他问得极为细致：谈好多少钱？什么时候开始的？谁先脱裤子？你穿什么颜色内裤？谁先动手的？一共做了多少分钟？

她开始不知应该怎样答才好，答一句就看一下对方，很快就通过对方鼓励的眼神知道路数了，便像说着别人的事情一样说开了。有时说得自己不好意思了，就低头继续剥指甲。

民警说："狗劲说可能有十分钟，也可能有二十分钟，可你说他一下子就结束了，你们到底谁说的准啊？"

"我说的准。"

民警因此大笑，金琴花便也含羞地笑起来。这时罗丹站起来舒展了下身体，两只脚先后蹬了蹬高跟鞋，像是要出门。金琴花讨好地看过去，却一下看见她倒竖柳眉。罗丹吼道："谁让你坐着的？跪下！"

金琴花猝不及防，迷迷糊糊地站起来，又听到断喝："我让你跪下呢。"她便被吓破了胆，哭丧着脸，围着座椅转圈，可是那鞋钉已像伞尖四处刺下来。"我让你跑，我让你跑。"那鞋猛然踩在椅子上时，金琴花转不了圈了，一把跪下，仰头求饶："丹姐，对不起，丹姐。"

"谁是你的丹姐！"

罗丹一脚踩向金琴花洞开的腰腹，那鞋钉像是踩进脂肪，踩进肠子，踩进盆骨，像是踩进了很深的泥潭，许久才弹回来。金琴花望了眼苍白肚脐上迅速扩大的一颗红点，扑倒于地，接着她意识到发髻被扯散了，一个人扯着她的头发正左右摇着。她听到一个声音在说："我们妇女的脸都被你丢尽了。"

就是从那一刻起，有个支撑着金琴花的东西折断了。这种折断带来极度的恐惧，以至于当她走出公安局所在的玄武巷时还在放声大哭。她应该穿过建设东路往西走，走向斜对面的青龙巷，走回自己的家，可她却浑然不知地朝东走。她就这样在闪电中披头散发，手足无措，走一步停一步，像一个走失了、找不到妈妈的孩子那样，脸朝着天抽鼻子、完完全全地哭泣着。

我们从来没见过一个人有这么大的悲伤。


# 狼狗


六年前，狼狗坚硬的内心出现了第一块霉斑。他像很多在黑社会上混的人那样装作不在乎，但是这东西还是势如破竹地长大了。制造这恐惧的，既不是警察、法官，也不是和他一样出来混的人，只是一个小屁孩。

那是个极其光明的中午，狼狗在揍他时，一次次看见拳头的影子。"你不要打了，你快把人家打死了。"狼狗阴着眼瞅了下说话的人，站直身，对准小孩的肉躯狂踩，就好像要将他踩成一摊、踩成一张。小孩一动不动了，他停下来，转身将那辆闯祸的自行车高高举起来，扔向水泥墙，然后才对肘部被擦破的女人说："没事吧？"

他拉着女人走掉时，身后传来山崩地裂的哭泣声，他想：要哭一个小时吧，哭完就背着歪斜的自行车回家了。可是那小孩追上来了。他摊开手拦着，小孩鼻孔冒着血泡："你就把我打死吧。"

"滚。"

"你今天就把我打死吧。"

"看看，找死来了，"狼狗无限可怜地看着小孩，"你还能怎样啊？"

"你不把我打死，总有一天我会把你打死。"小孩偏过头去。狼狗像是脚板心被羊舌舔了，欢快地笑起来，然而他很快清楚地意识到，那目光并非投降，而是盯在了女人隆起的肚子上。"你也有孩子和老婆的。"小孩走掉了。

对方若是个成年人，狼狗就不计代价将他弄死，但对方只是个小孩。我总不能把小孩也弄死吧，他宽慰着自己。然而在一次噩梦醒来后，他发现自己其实是害怕对方的，是的，害怕。这个孩子长着沉重的单眼皮，浮着巨大的眼白，眼睛抬起时射出一道凶残的光，这光芒不单针对别人，也针对他自己，显示出鱼死网破的决心。

他多么像十几岁时的自己啊。

那时狼狗书包里塞着一块沾满血迹的青砖，孤身闯进各种陷阱，从不退缩。他既像狗一样下作，又像狼一样报复心强，总是这样出示底牌：你要不弄死我，我就天天上你家寻仇，关门了就点火烧房子，打不过就找你女人、父母下手，我保证报复永比你多一次。

红乌镇的人不但怕自己死，也怕别人死，有时怕别人死甚过怕自己死，因此亡命之徒狼狗从十几岁开始无往而不利，二十岁没到就收走红乌镇隐秘世界所有的地盘、权柄。人们恨不能生啖其肉[1]。

可克星毕竟还是来了。

那个叫欧阳小风的小孩每天用语文课本夹着一把菜刀，仇深似海地走过街道，起初他犟着头避开狼狗，后来就直视着走过去。狼狗已经听说他在油泵厂闹出了点事，毛还没长全，就把厂里一个球踢得不错的汉子给打哭了。狼狗想过找机会灭他，但这个时候去灭，就表明自己太孱弱了。

就这样，在狼狗眼皮底下，欧阳小风像雨后春笋，长成了一个人物。在自感羽翼丰满后，他先下手为强，将狼狗掌管的文化馆舞厅砸了个稀巴烂。其实出事前，狼狗就已知端详，可他赖在家里细心做饭，还让菜刀划破了手指。那些被打得头破血流的手下气愤地赶来时，他稳重地说："你们放心，这件事一定会得到妥善处理。"

手下鼓噪了，他吼道："你们有完没完，你们打得过还用得着我出面吗？"然后他拨了关老爷的电话。关老爷是个没有年龄的人，历朝历代都做师爷，剩了一把威望，他同意安排狼狗和欧阳小风到他家吃饭。这是狼狗第一次和人讲理，以后就只能和人讲理了。

那夜狼狗早到了几分钟，谦恭地坐在沙发边沿上，看看这里看看那里，听到防盗门被敲响时，他点着了一根香烟，手指略有

---

1 关于狼狗不按常理出牌，有两件事可证明：一、在以前老大横死时，他敬了三根烟，然后像枯叶那样笑了，招呼每个人去喝酒；二、他曾只身收服一帮在菜市场盘踞的混子，那帮混子的头儿说："我杀人也不是第一天。"狼狗拿来一把牛耳尖刀，递给对方："接着杀。"

颤动。"狗哥来了。"欧阳小风接过关老爷的茶水，挤着笑招呼，一屁股坐在对面沙发上。他在接连完成这几个动作时，眼睛是盯着狼狗的，就像拿着一把乌黑的枪指着狼狗。

狼狗顶上去了。他不能低头，不能歪头，也不能光研究那身著名的金盾中山装，他只能像对方盯着他的瞳孔一样，盯着对方的瞳孔，就像用一把剑迎接另一把剑，用一颗子弹迎接另一颗子弹。他们就这样像是吹着小号，睁大眼睛。

没有比这更造孽的事了。狼狗的身体发出咔咔的响动，一个声音在循循善诱，去看看吊灯吧，去研究下茶杯吧，快垂下你的眼皮吧，就快支持不住了。可是一撇就是极大的耻辱。他知道这点，但那个叫生理的东西还是背叛了他，因为酸胀不堪，一颗硕大的泪滴从眼窝里猝不及防地滚出来。

欧阳小风浮出一个巨大的笑，跷起二郎腿，将积满的烟灰轻弹于烟缸。而他狼狗只能倒在沙发上，看空白一团的天花板，闻着有拖把味道的空气，他想这就是失败的味道啊，平平静静。吃饭时，欧阳小风热忱通天，跟关老爷像父子一样寒暄，又对他不停地说下不为例，但这样的语言有什么用，事情已经做了。狼狗装作宽宏大量地拍拍对方肩膀，教了几句做人道理，灰暗而去。

几天后，手下和兄弟跑光了。狼狗像是从火灾里捡回性命的人，用坦荡掩饰住酸楚，开始在街道做一个遗老。有一阵子他像死亡一样消失了，许久才冒回到夜宵摊，喝啤酒，抽三五，无耻地讲往昔江湖的笑话，不一会儿哈欠连连，流下可笑的鼻涕来。

对局外人来说这是不可思议的事，但是狼狗自己清楚。为什么那些过去的老大在他面前退却得那么快，为什么他们丢失了街道还对他呵呵笑，为什么？因为他们觉得他傻，就像他现在觉得欧阳小风傻。这口饭不能吃一生的，任何一刀多砍下一厘米，他就狗屁不值地躺到太平间了。在往后的岁月里，狼狗因为一次不幸的探病，彻底变成贪生怕死的人。历史上他曾多次跑到医院探人，所见之人不是头缠白纱，就是臂缝新针，自有一股韭菜割了再长的豪迈，可这回探的，无论头发、皮肤还是牙腔，都呈现出一种可怕的干净来，那是死神来过的痕迹。

病人抚摸着瘫痪的右手，说："就是洗个澡的事情。你也要注意，医院里也有很多像你这种年纪得了的。"狼狗就是在这一刻看到生命的悲哀结局的，一个斯文的、生活极有规律的小学老师都得了脑中风，那么他的弟弟，一个滥饮无度的混混，又有什么理由逃得过呢？

狼狗陷入疑神疑鬼的旋涡。他虔诚地去找医生，想这些白大褂多少得告诉他一点真相，可他们总是拿捏着"不排除""有可能"这样的话，近乎调戏他。狼狗拍桌子喊："我他妈的不要什么中药调理，我要结论，我要拍片。"拍片后，医生说："我说了没事吧。"狼狗一度像犯人遇赦，大喜，可是几天后他又跑来查心脏问题，他痛苦不堪地说："那里头总好像有一根牙签，跳着跳着就跳不下去了。"医生做了无效的检查后，烦不胜烦，找保安将这位昔日老大赶走了。

狼狗只能孤独地回家。

那是一间三层的商品房，每层都放着积满灰尘的家具，没有一丝人气。他温柔的女人按照黑帮片的套路，三年前带着孩子改嫁他乡了，那时他粗暴地说"你走吧走吧"，现在却像老去的母牛那样思念着对方。他找到她的电话，准备号啕大哭，却听到她说："有什么事？"因此他只能说："没事。"

"到底有事吗？"

"没有。"

"没有，我挂了啊。"

"等等，等等，你能不能等我一下，别挂电话，让我去洗个澡。"

"为什么？"

"我怕洗澡时死了。"

"为什么？"

"我哥洗澡时脑出血了，我怕我也会。我五分钟后回来和你说话，就说明我还平安。"

"好。"

这个澡是狼狗一个月来洗得最宽心的，小腿虽然还在抽筋，但他已能勇敢地将水柱冲向头颅。他想自己要是倒下了，这个亲人就会焦灼地拨打120，将他拯救回来。

他惬意地擦拭着身体走进客厅，拿起电话，听到了嘟、嘟、嘟的声音。他在这永远的孤独中泪流满面。那么好，狼狗，你死前没有人抓住你的手，抚摸你的额头，你死后也没有人来敲门，打电话，破门而入。那么，也许只有等到几个月后，等你身上爬满蛆虫，脑袋只剩空荡荡的眼窝和紧密的牙齿了，才会有人想起来收电费，你的臭味才会惊动红乌镇。可是，现在收电费的都是你不交他就给你停电，不会来催。狼狗号啕大哭，将话筒一下下砸向茶几。

狼狗成为红乌镇上混社会的人中第一个出来锻炼身体的。在小城，当众锻炼身体是件十分羞耻的事情，但他并不在乎，他目视前方，挺胸抬腿，执着而用力地奔跑在夜晚的街道上。没有任何事情能阻挡这样一个活着的奴隶了，即使二〇〇〇年十月八日这夜狂风大作、落叶飘飞，一场大雨分明就要来了。

穿着短裤的狼狗稳定地吐纳，一路矫健地跑出青龙巷，跑进建设中路。在闪电刺下时，他听到一声呼唤，看清了前头骇人的一幕：一个醉汉正惊惧地跨过一个女子，那女子肥沃、巨大，像只河马趴在地上，双腿抽搐着。他因此退后了两步，可这时他再度听清了那凄厉的呼唤："狼狗！狼狗快来！"

这是红乌人第一次这么有需要地呼唤狼狗。这声呼唤让他意识到自己还是一位老大，而作为一位老大，他怎么能像老鼠一样跑掉呢？因此，他几乎是难以逃脱地朝前走去。


# 艾国柱

开始有风了，白虎巷摊上的人都走了，艾国柱也想走，却还是缩着身子坐住了。对面的何水清在向公安局司机小刘隆重介绍手中的白烟，后者接过两根走掉后，何水清转过身来说："我就是你的果啊。"

以前，何水清是眼睛长在颅顶的人，每周一戴着墨镜，开着吉普，尘烟滚滚地去乡下上班，在那里泡热水脚，一心等周末开车回红乌镇。如此几年，他忽然在去年留下五四枪及存折，和当地一位女老师一起失踪了。人们以为世间最惨莫过于何妻，她在意识到这罕见的背叛后带领牌友杀到女老师家中，将后者父母双双骂哭，人们又说这造下了孽。

三个月后，蓬头垢面的何水清和女老师回到红乌镇，人们看见他们在汽车站外分手，何水清还擦拭了她的泪痕，却不知她去哪里了。数日后，钓鱼人在护城河绿堤发现一具女尸，气体将紫黑色的腹部撑得像只地球仪，上衣的几只扣子都撑飞了，苍蝇正嗡嗡地来回飞舞。

死者家属捡走农药瓶，抬尸到公检法三家示威，要求验尸为他杀，这件事到纪委那里被断为"民愤极大"，何水清因此被罢免派出所所长、副科级职务。死者家属不服，扯横幅继续上访，终是将何水清的编制也拿下了。这样的罢免也许算不得什么，要命的是熟人们的眼神，明面看来是关切的，里头却深藏着耻笑，因此，当李局长问他要不要到治安大队帮忙时，他拒绝了，改去门户紧闭的档案室。

何水清说："我是带着奔赴圣地的热情上路的，一直坐到火车能开到的地方才下车。在那里，城楼像想象的那样，放射着金针，而车辆接连奔行，发出哗哗的声音。我拥抱着沫沫，庆幸我们渡尽劫难，苦尽甘来。可是接下来的每件事都在告诉我：红乌容不下我们，这座城市也不会。

"一般的电影到最后才会释放出光明，而电影也就此戛然而止。它不往下讲，是因为它觉得幸福是显而易见的，不用赘述。可是我现在却知道其中的缘由，当我们翻过苦难的大山，看到的山的另一面其实还是苦难。我现在明白那么多出去的红乌人为什么都灰溜溜地回来了，因为上帝从未许诺，只要你离开了，就可以得到。相反，他一早就将我们圈限在红乌，让我们翻身不得。你看看守所的老犯人，放出去了还是想办法闹点事，好再被抓回来，为的就是在臭烘烘的地方活下去。

"我回来了。火车开过红乌时[1]，我已经预知将要受到的嘲笑，就像振翅的鸡飞上天，落地后难免要被别的鸡啄伤，而且我也看到沫沫脸上的死气，就像我来这里前在求知巷看到的于老

---

1 火车不在红乌停靠，因此何水清坐火车只能路过红乌，并在大站下来改乘中巴，才能回到红乌。

师，脸面煞白，眼神直勾、没有光，可这些都不能超越我在城市地下通道所感受的绝望。我跪伏在那里，看一双双鞋经过，它们无论怎么饿怎么冷，都会安然走回家，而我却连一床温暖的被褥都没有。因为饥饿，我和沫沫的关系变得异常冰冷。

"在没乞讨前，我曾经在马路边等了一个下午，为的是把路人等光，好到垃圾桶取半块面包。终于吃到时，我热泪盈眶。有一片屑儿掉下去，我快捷地蹲下去拈起它，塞到嘴里，然后就在这一瞬间，我看见面前站着一个中年人，他给了我六块五毛钱。我干别的什么都赚不来六块五毛钱，但当我将手伸进垃圾桶时，它来了。因此，我一下清楚了自己在城市里的命运。我在红乌时怀才不遇，总想出走，就像你这样，但我现在知道，只有这个地方适合我。"

何水清这个曾在《人民文学》发表过诗歌的城镇作家现身说法，让艾国柱颇难对付，而他绝不会是最后一个说客。自打几年前流露出走的意思以来，艾国柱就意识到红乌镇布下了一张严密的网。姐姐总是像打货一样，打回来一批又一批姑娘，不是说长得好就是说工资高，为的是赶紧找一个温柔的笼子，将野兽困住。而那些熟人则毫不客气地说："你放着这么好的工作不要，不是轻视人吗？"

外边的城市则像何水清说的那样，曾两次拒绝他。城市总是一个样子，长着青硬的楼宇，行走着戴眼镜的知识分子，像一个傲慢的姑娘，将来者审判为一个明显的乡下佬。在第一个城市，他因不会使用电梯而羞惭，而第二个城市的面试间则端坐着十几个严肃的人，将他像一只小老鼠筛来筛去，以至于让他的身体产生触电般的震颤。当他铩羽而归时，父亲控制不住笑起来，那既是耻笑，也是庆幸。这笑容很快传染给所有家人，他们将被窝掖得深深的、厚厚的，像掖一个深渊。

现在，他还是要出去。

他本来并不这样。在他还小时，父亲用起名的方式规划了他的一生[1]，他也一直努力走在这条从政的路上：师专毕业后考公务员，到司法局混迹，因为材料写得好被借调至县委办，并正式调入县委办。人们看着他时就像看着一个王储，眼神里带有亲密，他也习惯在这样的注视下春风得意地走。可是启示还是在一个夏夜出现了，那夜之后，所有粘在他身上的荣耀都碎成粉末。

那夜，他走到人工湖边，准备收割一个叫王娟的姑娘，他喜欢她衣领下微露的胸部，以及从那白嫩处渗出的令人呼吸紧促的细密汗珠。可是等到这个只是在医药公司卖药的姑娘走来时，他却看见她脸上细微的倦怠。她像枚剪影坐于石凳上，注视着空寞的对岸，随意说着什么。他一句也听不进，他全身的力量都用在右手指上了，它像蚂蚁那样在一尺之间缓慢移动。终于趁着一个看似无意的机会，他将手指触碰上她的手指，然后像是没有了呼吸一样地等待，要是过了几秒钟她的手还在，那就将它捏住，可她恰在此时将手抽走，压到大腿下。

他说了些话来缓解尴尬，然后无话，两人沉默地看着泛着微光的人工湖，直至水波荡漾，地皮震动，对岸传来越来越强烈的轰隆声。

不一会儿，火车驶过湖对面的铁路坝。它照映在湖里，就像一只缓慢游弋的红鲤鱼，看起来要游很久，可当你再次看时，它已消失在巨大的暗青色里，就像从来没来过一样。她叹息一声

---

1 一九七三年艾国柱出生时被起名为艾学军，三年后周恩来、朱德、毛泽东先后去世，艾父因此将之更名为艾国柱。

"深圳啊",走了,泪水挂在娇小的面庞上。

他开始不顺心起来。他中了这个因母亲患病从外地归来的女孩的蛊,变得像竹林七贤一样放荡,在一下不能出门时,接二连三地恋爱。起初他还相信这是一件极讲缘分的事,里边自有奇妙的哲理,比如世界上有二十五亿男子,也有二十五亿女子,为何独是我们聚在一起;比如我考公务员少几分,就得去乡下教书了,就无法在红乌镇和你天天碰面了。如此种种,都是偶然,都是命运。可是在一次相亲途中,他突然醒悟过来,这不过是自欺欺人。当时他撞见政府办的小李,问:"你去干什么?"

"去实小看一个老师。"

"是吗?听说她皮肤很白。"

"鬼话,脸上长了痦子的。"

他什么好奇心都没有了。这所谓的主宰不过是小城里的几个媒婆,只要出现一个从乡下调上来的女子,她们就会组织所有合适的单身汉去参观。当你坐上一趟飞越太平洋的飞机时,你的邻座可能来自澳洲,也可能来自南美。你可能知道偶遇的含义,但当你坐上的只是一辆红乌镇的人力三轮车时,那你便只能看见熟人点头,他们"小艾""小艾"地叫唤着,像无耻的姨爹。

一次打牌的经历加速了艾国柱的出走日程。那天,他、副主任、主任以及调研员按东南西北四向端坐,鏖战一夜后,副主任提出换位子,重掷骰子,四人恰好按照顺时针方向往下轮了一位,艾国柱就是在这时看见极度无聊的永生:二十岁的科员变成三十来岁的副主任,三十来岁的副主任变成四十来岁的主任,四十来岁的主任变成五十来岁的调研员,头发越来越稀,皱纹越来越多,人越来越猥琐,一根中华烟熄灭了,还会点起烟头来抽。

因为虚与委蛇太久,战罢,艾国柱在卫生间呕吐起来。

二〇〇〇年十月八日这个夜晚，艾国柱本来想和何水清分享一个痛苦的梦，但当他看见后者张开鲜红的牙腔，极度贪婪地吃着卤制品时，他放弃了。在梦里，他扑腾着手脚，偶然脱离了地面，他为此兴奋，一上午都在玩这个游戏，可是等疲惫了时，却猛然看见地底下跟着一只眼露凶光的巨鼠。他为此逃远了，可等到他着落于一棵树上时，又惊愕地看见它奋蹄追来，那竖起的皮毛正散发着激情的光芒。在到达树根后，它弓满身子，朝上一跃，竟差点将他捞下来。老鼠可是不会飞翔的，但它明显已经统治了大地和水域，让他永不能着陆。在梦的最后，四肢因为扑腾过度而僵硬，他绝望地看了眼空荡荡的天，垂直地掉了下来。

他不能给这个梦以合理的解释，只是感觉到一阵恶心。而现在那个吃出巨大声响的何水清也让他感到恶心，他想说明四点：你失败不代表我失败；即使所有人失败，也不代表我失败；即使我已失败过两次，也不代表会失败第三次；即使第三次还失败，那也比现在强，我不能在临死前追悔莫及。

可他没说，他只是给何水清倒酒。明天一早他就坐中巴离开红乌了，这是最重要的。那时爷爷也许要背着被褥扯住他，威胁要带着年迈的他走，那才是最麻烦的事情。

何水清的白烟抽完了，艾国柱拿出芙蓉王，他摆了摆手。"我只抽混合型的，"这是何水清从外地带回来的唯一财产，"在那里男女老少都抽白烟，我开始抽不惯，后来抽了，就觉得痰少，不恶心。"

"何所长，我帮你去买吧。"

艾国柱知道对方是这个意思。这样也好，烟买回来了，自己也好开口说走了，何水清叮嘱了一句："一般小卖部买不太到，你到超市看看。"

连包白烟都买不到，这鸟地方，他想。他走出白虎巷，穿过建设中路，朝东往超市走去。风灌了几下他的眼睛，他加紧脚步，看见一团黑影像蚂蟥一样扒在垃圾桶上，大口喷着口臭。他想，就是变成这个样子，那个叫上海的地方他还是要去，去了就不回来了。


# 于学毅


于学毅一直没有走出初恋。

在同学程艺鹤判定这是恶心的暗恋后，他疯掉了。这个疯是经过司法鉴定的，法庭因此没有判刑，他在精神病院待了一年，回到红乌镇，每夜去求知巷花坛边上坐着。因为这点，本来没装路灯的巷子显得异常恐怖。

程艺鹤事后一定很后悔，他如果老早将李梅在厦门结婚的消息和盘托出，也就不会遇刺，可他把它当成金贵的东西，坐而抬价。他先是让于学毅叫哥，接着又叫爹，人家都叫了，他却冷笑：“我就想不通，你有什么好想的？”

“我也不知道。”

“你蠢到极点了。”

“不要说了。”

于学毅愤然喊了一句。程艺鹤猝不及防，面色羞惭，过了会儿，为了扫除这让人恼火的尴尬，他踩着凳子，敲打桌子说：“你妈的是你要我告诉你的。”

“那你告诉啊。”

“我告诉你于学毅，老子今天想告诉你就告诉你，不想告诉你就不告诉。"

"不告诉算了。"

程艺鹤愈发没面子。他吐了口痰，这痰的主要部分吐到地上，星星点点溅向于学毅的手臂，于学毅擦了擦。程艺鹤索性去拍他的脸，见没有反应，又加重拍了一下，于学毅像茫然的孩子，端坐在那里。侮辱一直持续到程艺鹤意兴阑珊才结束，程本来要走掉，却偏偏加上一句。就是这句话让于学毅笔直地站起来，将空酒瓶敲碎于石桌，一瓶子扎向程艺鹤隆起的腹部。前后只用了不到两秒钟。程艺鹤眼球睁大，感觉有五只铁爪抓紧肠子，接着血从五个洞眼汩汩而出。这个侏儒因此痛苦地摇起头来。

其实在此前，于学毅就有点脑子不清醒。

有段时间红乌镇传出存在一只猿猴的消息，说是身长一米七，长着松针式的黑毛，两只眼睛在黑夜里有如手电炯炯有神，说得有板有眼。有人较真，一路问是谁散布的，问到源头，是二中生物老师于学毅。

于给出了一段谵妄的解释：圣地。对犹太教徒来说是耶路撒冷，对伊斯兰教徒来说是麦加，对他来说则是求知巷十六号的一栋绿色小楼。很多漆块被晒得发裂，掉了下来，碎成粉末，水管一下雨就渗漏，就像有人从楼顶往下尿尿。穿着花短裤的老头儿抓着报纸下楼上厕所，和提着尿桶、穿着睡衣的肥肿妇女相逢，他们的身体中间钻过挂着翠鼻涕的脏孩子，到处是恶俗带来的喧闹和破败。但是在她走出来后，一切像洒上光芒，变得神圣。

她就是于学毅的神。

每回走在通往它的路上，他都自感罪孽深重。筛糠，战栗，寄希望于她抚摸他的头颅，又绝望地意识到那里只会有一场严厉的审判。他的躯体刻印着她目光的鞭痕，她披头散发，一言不发，无情地鞭打。

他在毕业分回红乌几个月后再度朝绿色小楼走去。这几个月总是有个声音催促他，因此他终于是喝了酒，带着要为所欲为的热情大踏步前行，可胆量还是在走近时消耗殆尽了。他感觉所有的路人都知道他的目的，他是去约会啊，嘿嘿，他是去约会。他拖着双腿上了楼，在那里歪过头，听任右手食指和中指弓起来，笨拙地"啄"34房的门。他盼望里边无人，可还是听到了闷罐似的声音："谁呀？"

"我。"

"你是谁啊？"

"我。"

于学毅的声音像是怪物发出来的。他想从这一刻起，他任人宰割的局面就决定了。门开后，他低头走进去，授权自己坐在沙发边沿，一心等待那令人胆寒的驱赶，可等来的却是一声叹息。这叹息味道极臭，因此他惊愕地抬起头来，一只鼻孔粗黑、嘴唇鼓如白桃的猿猴正坐在对面，轻抚松弛的胸部，用巨瞳死死盯着他。

因为这个动物的存在，他轻松了许多。可是很久了，梅梅也没走出来，倒是"母猿"将双手交叠于胸前，说："不要抱什么希望了。"在于学毅退缩时，她拿起小镜子，像抿口红一样抿了几下嘴唇，说："我不能爱你。"

于学毅讲得眼泪都笑出来了。几天后，他又冷静地造谣，说李梅在广东做了小姐，傍晚起床后穿着睡衣，叼着牙刷，端着尿盆，到街边厕所洗漱。她在睡衣上罩了件外衣，为的是遮挡得了脏病，背部和胳膊开满映山红一样的狼疮。有人看见了回来告诉他。

他说最后一次见到真人是在建设中路。当时阳光热烈，妖孽无处遁形，他看见那个化成灰也认得的人迎面走来，恐惧地跑掉了——这个被日夜修改润色的女神，却原来只是个髋部粗大、身躯干瘦、脸部水肿的妇女，却原来只是这样啊！他跑的时候，路两边的房屋接踵倒塌，及至停下，它们还在向前倒着，世界毁灭了。

他在讲这些时，神态就像老人回忆不复再来的青春，有一些耻笑，有一些酸楚，我们以为再没有什么能伤害他了，可是在程艺鹤多说了一句话后，他还是崩溃了。我们只能这样理解，同样的话，如果是由他于学毅自己说，可能会带来完全不同的结果，也许他会和大家一起笑话自己。这就是自嘲和嘲笑的区别。

程艺鹤嘲弄地说："她烦你，一直烦，烦死了。"程艺鹤说的时候就像身后站着全世界的人，全世界的人一起说："她烦你，一直烦，烦死了。"

于学毅站起身，敲碎啤酒瓶，径直扎向对方隆起的腹部。血光闪过后，他又从程艺鹤痛苦的表情里破译出一句真心话：这就是事实，这就是，你杀我也没用。因此他松开手，惶恐地哭了起来。人们将他架起来抬到城关派出所，他还是躲避在哭泣中，有人抽了他两个嘴巴，他才止住哭声。他像人群里的鼠那样窜起来。

他顺利地进入另一个世界。

精神病院放他出来，是因为他可怜的母亲交不起钱了，这个年纪很大的寡妇将他接回来，给他做饭、穿衣、掖被子，一有闲就去打听那个梅梅。她找啊寻啊，寻到了求知巷，却只是看见一处废墟，野草还没长出来，蟾蜍们正在绿色漆块上一下一下地跳。她回来说："儿啊，别念了，你的梅梅早就走了，走不见了，走到北极，走到非洲了。"

他听说那里被拆了后，有了胆，从此夜夜去坐。他拣了废墟边上一处花坛，右膝顶着右肘，右掌撑着下巴，像朱雀巷的赵法才那样坐着，一坐坐到深夜。来来往往的人有些害怕，但在派出所将他送回家后，他又跑了回来。

民警将他架起来时，他四肢腾跳，大吵大闹。

二〇〇〇年十月八日是他难得清醒的一天。这天早上他将稀饭舔得干干净净，然后讲了一件事，母亲听完碗从手中掉下来，人跌坐于地。他说，他从睡梦中浑然不知地醒来，透过开着的卧室的门，望见一件白色长袍的下摆在夜风里轻微摆动，是一个男人坐在那里，他双手抱膝，慈悲地注视着他，像是在等待什么。

"他是在等我死亡，"于学毅扶起母亲，"我以为我早上就死在床上了，可现在还活着。"

这天夜里，端坐在花坛的他看见天空不停铺盖黑云，预想到有一场大雨，站起身走了，走前还敬了个军礼。他原以为沿路一个人也碰不到，却在转到建设中路后看见意外的喧闹，一群人正在鼓噪着追一个人。

那个人跌跌撞撞跑到他面前时，恰好闪电刺下，因此两人都向后回避了一下。于学毅呼吸紧促，想到一个问题：这个人会不会杀了自己？这是不是最后的时光？有时当中巴车开过一侧悬崖，他也会这么想，他想死之前就是这样，树枝还在摇曳，说话声还在，一切看起来不真实。

他张望了一眼夜色中的街道，说："你杀了我吧。"

于学毅原本的计划是走进墨黑一团的人工湖，六年来，它已吞没了三十条人命。六年前，当他意气风发地走向文化馆舞厅时，人工湖还只是一片垃圾场，一辆黄色的挖土车高高举起手臂，开始了它的第一次挖掘。六年前，他走进了舞厅，正在举办的高中同学聚会接近尾声，他坐下来，矜持地嗑瓜子。

舞厅里只剩一道蓝光在旋转。它总会停在一张苍白的女性的脸上。这是一张三年没有说三句话的脸，正在复读，没什么。可就在灯光熄灭前，这张脸显现出了河流般的哀伤。

他奉上帝之召，穿过作鸟兽散的人群，对她说："我送你回家吧。"

她轻轻摇头，和女友走了，他不知道这是一条拒绝之河的源头，他想时间开始了。

## 小瞿

傻子小瞿的辉煌始于一年前的暑日。

那天马路上跑来一个悲伤的父亲，脖子上围着理发用的白袍，脸扭成一团，跑了十几步便被自己绊倒了，像麻袋那样重重扑到地面上。所有的人站在那里，揪心地看着，只有小瞿选择纵身跳进泛着白光的湖面。

在那声音和光线都很含混的世界，他像巨大的泥鳅摇头摆尾，搜寻良久，才将一名失水儿童拖出水面。准备上岸时，人们焦急地喊"还有一个，还有一个"，因此他又游了进去。

他一共拖上来三个小孩。他躺在地上说"别挡着"，人们便闪开了；他又说"烟"，于是便有了烟，他抽上几口，咳起来，咳出眼泪了。电视台的话筒正好伸过来，女记者问："你当时是怎么想的？"

"我就是想，我能救起好多人，好多好多。"他声音越来越小，昏迷了过去。

这是红乌县电视台第一次拍到这么鲜活的镜头，片子一路送到中央电视台，在黄金时间播放，这个食品公司员工的生活因此发生巨大的改变。他在家里挂上锦旗和镜框（镜框里嵌着感谢信、剪报、合影以及记者的名片），每天像领导那样端着茶杯，等桑塔纳来接。这样的报告会、座谈会有时去一天，有时去几天，每次回来，他都打呼哨，让明理巷的孩子跑来瓜分两裤兜的西瓜子和蜜橘。

　　兰慧是这件事的最大后果，她和父母断绝关系，嫁了过来。人们看到这样的好女子配给这样的二百五，心想，她一定很穷，或者有隐疾。可是真要说她有什么缺陷，也就是头上有几根白发。人们撺掇小瞿，去呀，去问你老婆为什么喜欢你。小瞿特意跑到幼儿园问："兰慧，说，你是不是贪图我什么？"

　　兰慧轻轻摇头。

　　"那你爱不爱我？"

　　"当然爱。"

　　"我怕你不爱我了。"

　　"不会的。"

　　兰慧拉着小瞿走回去，小瞿不时对路人说："嘿嘿，她是爱我的。"人们难受死了。

　　过了些时日，小瞿烦躁起来。因为那些接送的小车再没驶来。他弄乱打好摩丝的发型，眼窝积满委屈的泪水，兰慧可怜不过，拉他的手，他像是找到出气的支点，粗暴地甩开她。他说："你看，你来了，他们就不来了。"

　　他故意不吃兰慧做的饭，背上没有子弹的气枪走到街头，对着路灯念念有词地打。有时点射，有时扫射，有时卧射，有时偷射，有时装成自己被击中了哇呀呀叫着。就这样射了几天，他被联防队找到了。联防队缴不下枪，就连枪带人一起拖到派出所了。

这件事的解决还是靠兰慧。她去超市买了有各种叫声的玩具枪，对着小瞿放，不能奏效，便抱着镜框去派出所，在那里死皮赖脸说了两个小时，交了四百元保证金，写了一份保证书，才算把枪领回来了。可小瞿说这不是那把枪，哭闹了一夜。

兰慧应该偷偷流泪，然后挑一天出走，永不归来。可是我们看到的却总是她带着小瞿去买菜，试衣服，温存得就像是小瞿的母亲。也许爱情这东西就是这样，它存在于爱的人那里，仅仅存在于爱的人那里，无法为外人道。

这样相对平安的生活终于有了遭遇危险的一天。那天，巷口走进一个吹着口琴、背着书包的身影，人们警觉地扔掉蒜，搬凳回屋了，交代孩子不要随便出门。若干年前，当这个叫雷孟德的人还是一个少年时，就像牧羊人一样将女孩引诱到罪恶的稻田，几乎将她撕裂了。愤怒的人们将他送到公安局，他晃着手铐，吊儿郎当地说："你们等着啊。"

那天，小瞿坐在门口，苦等心硬如铁的小轿车。那个身影停在他面前时，他擦眼睛研究了半天，不明所以。直到对方摘下墨镜，露出狗一样水汪汪的眼睛，他才反应过来，冲上去搂住对方，发出幼兽般的号叫声。

"走开，不要这么肉麻。"雷孟德说。可小瞿还是亲热地说："哥，你那一头长发呢？"

"坐牢坐没了。"

"你变化真大。"

"嗯，老子吃苦了。"

"你晚上就在这儿住吧。"

"当然，我这次就是准备来住几天的。"

这时，兰慧正好出来，她望见雷孟德脖子上的裸女文身，不安起来："他是谁？"

"我倒想知道你是谁。"

"我老婆，兰慧，"小瞿说，"这是我哥，雷孟德，我们从小一起玩到大的。"

"弟妹好。"雷孟德吸了一口口水。兰慧没有答应。小瞿说："兰慧，倒茶。"兰慧还是没有答应，她走开时听到身后在说"你小子有福气啊"，本能地知道那暧昧的眼光正在端详自己裤子下的双腿，寻思它们如何跨上自行车，她觉得再没有比这更羞耻的事。

傍晚下班时，她想他已经走了，却看到小瞿在给他铺被单。她拉起被单，说："这个不能铺，这是我们结婚用的。"小瞿跑到卧室掀来另一套被单，气恼地说："这个总可以吧。"

"没事，我走。"雷孟德说。他的眼睛是死死盯住她的，就像有一只肉虫在拼命往她脸里钻。她恶心地跑进卧室。小瞿极度下贱地恳求对方不要走，而雷孟德像是勉强同意了，她咕哝一句"死男人"，眼泪像连线珠儿抛下来。

小瞿对雷孟德的忠诚，根植于童年时长久的依附。在那遥远的岁月，当小瞿翻着白眼扎进人堆时，人们歧视性地跑开，只有雷孟德带他一起玩。也许雷孟德的本意是要他去做很多傻事，可他的感觉是光荣的。这个夜晚，小瞿和雷孟德挤在一张沙发上，问了不下一百个问题，而雷孟德只问了一个："你为什么下水去救那些孩子？"

"我就是想，我能救起好多人，好多好多。"

"你真替我雷孟德逞能啊。"

小瞿嘿嘿笑起来，却不知道这个大哥脑子里飘的都是自己媳妇的身影。这前凸后翘又正气凛然的身影真是惹人啊。

过了几天，兰慧对小瞿说："我不喜欢这个人，一点也不喜欢。"

"为什么？"

"他总是有意无意蹭我，蹭这里。"兰慧指着胸脯。

"有这回事？"

"你赶紧叫他走，他一天待在这里，我一天不安心。"

"我想想。"

"我求求你了。"兰慧啼哭起来。小瞿是怕哭的人，三两下便躁了，喊了一句"我去找他"，拿着气枪走了。在巷口，他用枪指着雷孟德说："站起来。"

雷孟德乖乖站起来。

"靠在树上。"

雷孟德乖乖靠在树上。

"你跟我说，有没有玷污我的女人？"

雷孟德强笑着说："没有子弹吧。"接着他便听到拉动枪栓的声音。小瞿将枪口对准了自己的瞳孔："我在问你呢，你有没有玷污我的女人？"

"没有。"

"没有，我女人怎么说你侮辱了她？"

"你先放下枪，你放下我好给你解释。"

"我不放下，我放下就打不过你。"

"我不打你，我打你是你的儿子。"

雷孟德轻轻拨枪口，拨开后，汗如雨下。随后他拉小瞿蹲下，说："《水浒传》看过吗？"

"看过。"

"看过你就知道杨雄和石秀的事了。你是杨雄，我是石秀，是好兄弟，我们是不是好兄弟？"

"是。"

"可是杨雄的老婆潘巧云跟杨雄告状，说石秀玷污她了。你说杨雄相信他老婆，还是相信兄弟？"

"相信兄弟。"

"你说要是刘备那二位夫人，一位姓糜，一位姓甘，都跑回去说关羽羞辱了她，你说刘备相信夫人，还是相信兄弟？"

"相信兄弟。"

"有你这句话就够了，我没白交你这个兄弟。"

"对不起。"

"我不怪你，你想就是杨雄一世英雄，也会误会石秀，何况是你。后来要不是潘巧云与那和尚的奸情败露了，怕是两个连兄弟也做不成了。我跟你讲这些就是为着告诉你两句话，一句是画虎画皮难画骨，知人知面难知心。一句是最毒莫过妇人心。"

"那你们之间到底是怎么回事？"

"怎么回事？你女人勾引我啊，我断然拒绝，她像潘金莲那样讨了个没趣，羞死个人，就恶人先告状，跑到你这武大面前告我这个武二的状。"

"那你怎么不跟我说？"

"我能说吗？我说了不是破坏你们家庭团结吗？你今天不用枪指着我，我还不会说。"

事情的结尾是雷孟德将手搭在小瞿肩膀上，小瞿哈哈大笑，说没有子弹的，被雷孟德刮了一嘴巴子。回到家后，小瞿按雷孟德所授，阴森森说了一句"娘们啊"，没再理她，而她早知大势已去，关上卧室的门，将男人挡在外边。

她为什么不离开呢？须知女人要比男人多上一层使命，因为这个使命，她比男人更重视家园。她应是拿定了主意，要待来日以主人身份将这个客人轰走。可是雷孟德先下手为强，趁她出来小解，从黑暗中抱住她，捂紧嘴，一只手强行插进睡裤的松紧带里。她气恼地背着他，将他背到厅堂。

　　小瞿晕晕乎乎拉亮灯，听见兰慧说："让他自己跟你说，他做了什么？"

　　"做了什么？"

　　雷孟德盯着小瞿，缓缓说："你的女人再一次地勾引我了。"小瞿去看女人，发现她正低头晃着脑袋，想必眼窝里有太多屈辱的泪水吧，因此他有些难以把握起来。雷孟德又说："如果是我调戏你，那好，现在请你打电话报警。证据呢？我说证据呢？"

　　兰慧走过来，一膝盖顶在他下身。猝不及防的雷孟德弓下身子，痛苦地扶住沙发靠背，"哎哟哎哟"叫唤起来。兰慧走到卧室去了。两个男人以为游戏到此结束了，却又见她拎着大开水瓶走出来，砸在他的肩膀上。

　　这次雷孟德什么也没叫唤。他站直身体，睁着眼睛把滚烫的开水忍受完了，方扯住她的头发，往墙上撞。墙上出现血时，兰慧绝望地看了眼小瞿，就像落叶一样往深渊绝望地飘。而小瞿则还在用食指点脸颊，努力思考着那个问题。

　　雷孟德伸出的脚就要踩踏她的肚腹了！

　　这时还是她用双手抓紧它，迅捷咬下拖板吐到一边，吃起他的大脚趾。胜负就要决定了，因为她都快把它啃下来了，他发出了杀猪似的尖叫。但是这时屋内传来一声含混的声响，在他们弄明白这是怎么回事后，战争逆转了，她松开嘴，而他捂着脚趾跳上沙发。

是小瞿一脚踩在了兰慧的腰上。

小瞿说："滚。"

女人好像没听明白，因此他加大音量又喊了一遍："滚，淫妇。"她爬起来，走进卧室，在那里待了很久，才像正常人一样哭起来。小瞿凶狠地擂门，说："别哭，不许哭。"里边便沉默了。

兰慧拉开门时，头发已梳理好，只是发丝还沾染着明显的尘灰。她既不悲伤，也不委屈，表现得像一个被皇帝放弃的忠臣，在快走时还给小瞿整了整衣领，说："你自己照顾好自己吧。"然后推起自行车，永远地走了。

雷孟德啧啧地叹息起来，那张扭曲的脸上充满遗憾。

"好了，现在只剩我们两个了，我们打扑克吧。"小瞿说。雷孟德没有搭理，他找到白酒，将它对着伤口龇牙咧嘴地浇，而后又撕来一道布条，将它包扎起来。小瞿一直饶有兴趣地看。雷孟德穿上了皮鞋，说："我去买包烟。"

小瞿等了一个小时，没等到雷孟德，因此他走出明理巷，走上建设中路去找。风已经刮大了，雷电凶狠地刺下来，一场大雨就要来了，他说："我的石秀兄弟啊迷路了，找不到回家的路了。"


## 李继锡


二〇〇〇年十月七日，在千里外的鱼镇，玻璃厂劳资双方对峙了一下午。最终，孔武有力的安徽佬被邀入办公室谈判，谈判结束，他拨开众工友，扬长而去。老板取得胜利。四十多位被领袖背叛了的工人，领走一千元，散了，只剩李继锡跪挡在门口。老板指挥会计、出纳、打手从他身上跨过去，见多识广地走了，他们边走边开心地聊，忽听身后一声巨响。

李继锡躺在地上一动不动，办公室的门已被撞开。

老板跑来探李继锡鼻息，脸色煞白。等到李继锡"哼"了一声，他忙说："我给你两千元。"李继锡没动静，他接着说："你要多少？"李继锡伸出三根手指。眼见着那手指像死鸟扑落于地，老板说："你别死，我给我给，不就是三千元吗？"

李继锡被扶起时说"谢谢"，又背过气去。不过他终于还是像睡醒了一般还过阳来，并在数钱时用指头矫健地点了点口水。老板说："三千元在你们老家都能买一个媳妇了。"

二〇〇〇年，三千元能买的东西琳琅满目，可以是一台二十九寸超平彩电、一本驾照，也可以是一个商品粮指标，而李继锡要买的是一部历史。这部历史维系于神医何恢东的一针，六个月前，李继锡穿越袅袅生烟的香炉，走进神迹频现的何氏中医诊所，何医生叫他褪下裤子，弹了弹那弱小的玩意儿，报价三千元，因此才有穷汉李继锡万里打工这档子事。

这一针非打不可。

要不是集市上偶然死了一只猴子，李继锡可能要永远地糊涂下去。当时耍猴人假戏真做，一鞭子抽死了它，连襟对着李继锡说："死的是什么？"

"一只猴子。"

"不，是历史。"

"连襟，你说玄乎了。"

"不玄乎，猴子活下来，生元谋人，元谋人生北京人，北京人生山顶洞人，于是就有了人。人最初是三皇五帝，颛顼帝高阳氏有后裔皋陶，皋陶有子伯益，伯益有后裔理徵，理徵得罪纣王被处死，子利贞仓皇逃难，为活命，改姓为李。这就是我们李家的来历。你说利贞没逃得及，被斩了，今天还有你我吗？"

"没有。"

"这李利贞便是我们的始祖，传至我们不知经历了多少朝代。今天我们长成这样子，鼻子这样、嘴巴这样、眼睛这样，都是历代祖先艰难进化的结果。我开始以为我的出世是极为轻便的事情，后来却觉得不然，历史上天花、瘟疫、饥荒、战乱那么多，只要一个祖先扛不过，这条通往我的链条便断了。你想想，是不是这样？而他们活着一日，便会以子嗣为大任，断不会为了私羞避世，该烧香烧香，该进补进补，可谓是战战兢兢、如履薄冰。他们这样努力几千年使历史不断，怎么甘心在你这里断子绝孙呢？"

二〇〇〇年十月八日，李继锡把工友不要的物什卖掉，凑上零钱，买了硬座票。他准备像护送国宝一样，将这三千元护送回老家的何氏诊所。为此，他将钱做了记号，塞到信封里，又包到塑料袋里，卷三卷，缝死在腰包里。他勒住腰带，系了个死结，尽管这让他呼吸不畅。

在寄放被褥时，老乡建议将钱汇回去，但这意味着要支出三十元手续费，更重要的是，没人能保证钱在邮局流通时不出一点问题，要是家人不在，单子被邻居领走怎么办？

中午，他到达鱼镇火车站候车室，观望了一圈，选定空荡位置坐下，不久有尿意了。待从厕所回来，对面多了对男女，女的头发染黄，眉毛文绿，嘴唇涂红，五颜六色；男的头顶是肉，脸上是肉，脖子是肉，胳膊也是肉，胳膊肉上文着一条青龙。天气还好，不会冷，因此男子不解地看了眼紧扣厚西服的李继锡。

李继锡想走，可是不能走。要是对方看出点什么，准会跟上。他坐下，故意跷起二郎腿，一闪一闪，那男女却只顾像鸡啄米一样啄着彼此的嘴唇。李继锡想起带现金投宿旅社的旧事，在看见二人间里已住进一位生人后，他找老板退房，老板只说了一句："你担心人家，其实人家更担心你呢。"清晨李继锡醒来，果然看见生人抱着巨大的行李箱在睡。

检票口拉开时，旅客像鱼儿呼啦啦涌去，包括那对男女。李继锡等什么人也没有了，才走过去。过道、台阶和月台空荡荡的，以至于能听到钟声尾音的消失，北京时间下午一点整，这意味着还有二十四小时就可以回到贵州了。

这时，在我们红乌镇——

超市老板赵法才在下棋，忽然一阵心痛，原来是巷道传来轰鸣声，他说有一道绛紫色的旋风，但棋友说分明什么都没有；金琴花在做白日梦，这个梦将在傍晚时说给狗劲听，她说她看见了自己潮湿的豁口，男人正欢喜地进犯这个豁口；狼狗在调配午餐，盐放多了，不利于心脑血管，因此掺了很多水，虽然掺水后没有香味了；艾国柱在红乌唯一的火车售票点文亭宾馆买票，忍不住将自己要去上海一家文案策划公司上班的消息告诉了售票姑娘，姑娘问多少工资，他说还不清楚；于学毅在择菜，择得很好，很小时他就知道怎样听大人的话，母亲说"你可以看些书"，于学毅说"嗯"；小瞿在擦拭气枪，他像小狗一样蹭着雷孟德："哥，你说要是我们生活在梁山该有多好啊，大块吃肉，大碗喝酒，大秤分金。你说是不是，哥？"

李继锡走进车厢。

"其实人家更担心你呢。"他这样想着，穿过打扑克、往座位底下塞行李以及端着滚烫方便面的人，找到座位，为它没有被占而欣喜。甚至这里还有点空。他脱下鞋，将双腿搁在对面，假寐起来。不久，有两个人走来，他仓皇收起脚。竟然是那对男女。

那男的说："你好。"

李继锡点头，全身力气用在克制脸红上了，可是越控制越有，因此他闭上眼，装作要延续被中断的睡梦。不久一声"咔嚓"惊醒了他，是男子开了罐饮料。男子说："你喝吗？"男子的头是斜仰着的，眼睛只留一条缝，俯视着李继锡微隆的腹部。他们刚才一定是在猜我的钱藏到哪里了，他们猜了西服口袋、衬衣口袋、皮鞋、内裤和腋下，将结论敲定在腹部，这罐饮料就是侦查结束后扔下的诱饵。

"不渴不渴。"李继锡说。对方咕噜咕噜自己喝了下去。他们已经知道用没毒的饮料来瓦解我的警惕了，防不胜防。李继锡将手叠于腹前，看着窗外，余光则监视着对面。

那男子揉搓了一些面包渣到上衣口袋，就好像里边藏着什么小动物，不一会儿那里果然伸出一条绿尾巴来。李继锡确信没见过这样的东西，说是小蛇、小鸟都不像。等到男子夹出来，他才明白是蜥蜴。翠绿色的它不停摆动，试图咬住男子的手，被男子粗暴地甩在茶几上。男子松手时，蜥蜴张望了一下，顶着残暴的眼球朝李继锡冲过来。

"干什么！干什么！你干什么！"

李继锡跳到座位上，那对男女则愤怒地过来收拾。这是惯用的招法！他们会在找到机会接触对方身体时，神不知鬼不觉地将财物抹走。李继锡搂住腰包，大汗淋漓地看着他们。

男子趴在地上捉到蜥蜴，将它丢进口袋。这时李继锡已湿透了背，却让自己吃惊地搭讪起来，他关心起那只蜥蜴，就像关心对方的孩子。男子只应了一句"哦"。

李继锡说："我要回家做手术了，肚子长了一个瘤。"

他们没有接茬，这样倒也自在。

晚上七点，男子泡方便面，女子抛下游戏机，说："怎么不给我泡？"

"你不是有盒饭吗？"

"盒饭冷了，我要吃热的。"

"你自己去泡。"男子取出方便面。女子推回来："不行，你去给我泡。"

"你有完没完！"男子吼起来。由此两人互称贱货，扭来扭去，有时是女子半个身子靠到窗户，有时是男子腿骑于茶几，李继锡退无可退，想喊，喉咙却像卡住了。

完了，完了，公然抢劫了。

乘务员走过来，将手搭在男子肩膀上，战争便停息了，乘务员走掉时，李继锡跌跌撞撞跟上去。在乘务室，李继锡解开衣服，露出汗湿的腰带，急速抓过桌上的剪刀。

"你干什么？"乘务员厉声问。

"我要把钱取出来，我的钱系死在这里了。"

"取钱干什么？"

"求你帮我保管，他们要谋我。"

"谁谋你？"

"就是刚才打架的那对狗男女。"

"你有证据吗？"

"他们总是故意过来挨我。"

"那你损失什么没有？"

"还没有。"

"没有就不能说明。你等发生了什么再来报告，或者直接找乘警。"

"大哥，他们真的是贼，我一百个看出他们是贼。"

"你想多了，像你这样的乘客我见得太多，你喝口水。"

"大哥，不是这回事，是真的。"

李继锡跪下，将剪脱的腰包呈上，那乘务员迟疑了下，说："好吧，好吧，下车前找我，我还给你。"然后拉开抽屉，将它抛进去，又推上抽屉，锁好了。

这比银行还保险啊。李继锡走出时，全身散发出无所事事的轻松，开始张牙舞爪地挠背上的痒。如今你们怎么偷啊，呵呵，我没有了。可是一回到座位，他便醒悟到那贼原是和狼一样，在食物飞走后气急败坏，摆明了要报复。

你竟敢去报官！男子瞟着李继锡，抽出水果刀，恶狠狠地削起苹果来。等下，这刀就会在一个悄然的时刻抹上我的喉结，我就会死在这没有亲戚、兄弟、老乡的火车上。

火车过隧道时，男子起身，李继锡也条件反射地起身，欲朝乘务室逃，意识到去路被阻塞后，又返身朝厕所走。厕所门关着，因此李继锡猛揸。那里边人还没走出，他便已挤进去。他哆哆嗦嗦将插销插好，又用力拉拉，方松了一口气。不一会儿，窗外有了光明，他悲哀地意识到，这是逃成瓮中之鳖了。此时门外响起杂乱的叫骂声，不单是那文身男子一人要吃他，他所有的同伙，整整一列火车的人都过来了，要吃他，开门！开门！开门！开门！

这个旅途精神病患者推开车窗，钻出去，像麻袋一样掉下去。火车正开过红乌镇铁路坝，那里摆放着一床按摩城的席梦思（天知道它是被弃了，还是要放在这里晒细菌），李继锡扑到上边，跟随着它冲到被水浸得松软的田里，滚了几圈。

李继锡呕了一小口血，不知自己死活，只是有点遗憾。待摸到口袋的断烟后，强大的痛苦才涌上来，他像被浇了无数桶水一般清醒：三千元丢了，白干了。

他下雨一样下着眼泪，走进我们红乌镇。

这时天空灰蒙蒙的，时间是傍晚七点三十分。朱雀巷小卖部的店主将账本递过来，说："你一个大超市老板，还来照顾我的生意，呵呵。"赵法才签过字，接过五十六度封缸酒，饮了一口朝前走，前头有块檐雨蚀刻的巨石，既是他的龙椅，也是他的电椅。金琴花被推进玄武巷的公安局指挥室，身后有人说"站好"，她说："我犯法了吗？"没人搭理，她研究起墙上的规章制度来。家住青龙巷的狼狗从饭后的打盹儿中醒来，自感血液黏稠，连饮了两杯水，但血管还是像交响乐一样腾跳，他禁不住泪眼婆娑。艾国柱听到电话铃声，父亲说"你的"，他走去接，对方自称姓何，也写点文学诗歌，说不如到白虎巷夜宵摊切磋一二。于学毅在洗碗，放水时，他提起《物种起源》看，等水充满盆子，他小心折叠好书页，他和母亲商量好了，每天看二十页书，不去求知巷了。小瞿在明理巷家中和自己打一种叫王三八二一的扑克，雷孟德说"睡觉吧，无聊"。雷孟德实在忍受不了下身的燥热。

我们红乌镇长、宽各二点五公里，就像规整的小盒子。生活在其中的人早就知道哪里的下水道没安井盖，哪里的羊肉串是死猫肉充的，哪里的库房能铲到做灶用的黄沙，哪里的女人像公共汽车一样积满泥垢。我们闭眼就能走到任何地方，可是当它们出现在李继锡面前时，却陌生得像一把把刀子。

我们爱恶作剧的天性也加重了这个外地人的屈辱。李继锡如果从农贸街往南一直走，穿过朱雀巷、建设中路，花十五分钟就能走到公安局所在的玄武巷了，可是不时出现的我们像是早有预谋，共同给李继锡指了一条相互缠绕、错综复杂的路。李继锡在瓦砾堆、鸡棚、死胡同和工厂食堂之间折来折去，摸到一间漆黑的大房子，敲了很久，才知是下班的汽车站。

一个多小时后，李继锡找到寺院般阴森的公安局，铁门关着，留了一扇小门，指挥室的光芒照射在那里。金琴花曾经站在指挥室，但现在已被带到巡警大队办公室。我想说，我们的注意力都被这个有点傻的女的吸引走了。

指挥室里只留我值班，我的心思在十几里外的乡下。一群孩子通过电话和我玩了一个游戏，在有一天明白"110"可以免费拨打后，他们就迷恋上这场游戏。他们踮着脚尖，取下公用电话亭的话筒，拨"110"，等我礼貌地说"这里是红乌县公安局"时，他们一哄而散。过了一会儿，他们又拨过来。从前我们常开车去把他们逮回来，他们见到满屋子都是警察便哭了，不停喊"妈妈"，可这并不能让他们死心。

这天，这帮孩子比往常还要来得捣蛋，他们同时在几个不同的电话亭拨打，我刚一接，他们就扑哧着笑开，说："接了呢，接了呢。"

"胡闹。"我说。

我是在这时看见李继锡的。他像是魂魄从无尽的黑暗里浮出来，眼珠一动不动。我说："你有什么事情？"他眼睛一闭，滚下一颗泪来，接着是一股积压良久的臭味从口腔飘出，我偏过头看报纸，听到他说："首长，我的钱不见了。"

"在哪里不见了？"

"火车上。"

"那你找铁路派出所。"

"铁路派出所在哪里？"

我没有接话。他等了一阵子，意识到我不愿理他，窸窸窣窣走到门外。局里司机小刘恰好夹着两根烟走过来，问道："你有什么事情？"

"我的钱在火车上不见了。"

"那你去找铁路派出所啊。"

"我不知道怎么找。"

"你走到火车站就找到了。"

小刘对我使了个媚眼，说："晚上真要去啊？"我接过抛来的烟，没搭理。后来，按照李继锡的说法，他沿着记忆的路线摸回铁轨，果然看见火车站。他蹚过蒿草，摸到铁门的锁，又沿排水沟往四周摸，透过破碎的窗户摸到室内也长着蒿草。

红乌镇从来就没有铁路派出所。我们以为他会知难而退，他却折回来，跪下说："首长，求求你们了。"

"我说了，你去找铁路派出所啊。"

"没有铁路派出所。"

小刘接过话来："这件事是有管辖权的，你知道不知道？"

"不知道。"

"在火车上出了事就归铁路局管，在陆地上出了事就归我们管，你懂吗？"

"不懂。"

"你知道租界吗？旧上海的法租界、英租界，那都是归法国、英国自己管的，火车也是这样，火车也是租界，不是说火车路过了我们这地方，就归我们管，火车是归铁路局管的。"

"不懂。"

"飞机你知道吗？中国的飞机开到美国上空，那么飞机里的空间还是中国领土，出了事情还是归中国管的。火车也是这样的，你现在懂了吗？"

"不懂。"

"别跟他瞎扯了，"我说，"老乡，你今晚先找地方睡吧，明天坐车去城市找铁路公安，向他们报案。"

"就不能向你们报警吗？"

"不能。我们接警是违反规定的，我们按法律办事，法律规定怎么办我们就怎么办。"

李继锡像是霜打的茄子缓慢走了。我和小刘聊起天来，十点一到我就可以去十几里外的乡下了，在那里她应该和校长睡到一张床了。我需要一个结论。

小刘说："等下要不要我送你？"

我说："我又不是不能开。"

窗外移过一个肥胖的身影，是金琴花。她哭得那么投入，以至于几次都没找到小门，她用脚踢起铁门来，我走过去说："门在这里。"她才像盲人那样顶着满脸的雨幕移了出去。

十点很快到了，接班的没来，倒是电话响了，小刘要接，我说："挂掉，又是那帮小孩。"

小刘照办。

我又说："把话筒取下来，让它晾着。"

小刘把它取下来，晾着。

风逐渐大起来，几次将门吹开，最后一次吹开时，我走过去重重一扣，却又被人猛然推开了，我正欲说"你怎么才来接班啊"，却发现那里站着的是个姑娘。她上气不接下气地说："110，我姐夫被人杀了。"

"被谁杀了？"

"一个外地佬。"

小刘跑进大院，大喊大叫，那个超市收银员开始抱怨："你们在干什么，电话百打不通。"我把话筒挂好，果然听到急促的声音，接过一听，有人在说："这里杀了一个人。"刚挂，电话又响了："公安局吗？这里杀人了，杀人了。"我以为只杀了一个人，不过是多人重复报案，接着我突然意识到什么，疯了一样跑出来，喊："杀了好多！在连续杀！还在杀！"

李继锡一共杀了六个。

李继锡从公安局走出后，走过玄武巷，走上建设中路时，陷入巨大的痛苦中。这种痛苦和肉身的肿痛、骤冷的天气，甚至精神上屡次遭受的羞辱无关，它只是诞生于无所事事。后来当我被贬为档案室何水清的手下时，后者分析说，事物无时无刻不在运动，这是事物与自身及外界和谐的基础，那时李继锡应该运动，却不知应该怎么运动——他往东不是，往西也不是，站不是，走也不是，怎么运动都没有理由和终点，因此是被放逐在黑夜的荒镇。

最终他听命于饥肠辘辘，走进好再来超市。那里像乞丐的梦，摆放着琳琅满目的食物，它们被封在包装袋里。按照文明世界的法则，李继锡将永远得不到它们，只能是看看，然后带着更深刻的饥饿走掉。

水果堆上的一把刀提醒了他。

他捉着它看，恍然大悟，遂将它夹于腋下，来到蛋糕架前，一顿吃。

"不能吃。"收银员喊道。李继锡却是抓紧吃了一块又一块，而后急速走出超市，收银员伸手挡时，他晃了一下刀。"啊呀。"她倒退一步，眼睁睁看他走了。不一会儿她跑到门口，恰好看见赵法才提着酒瓶走来，便喊："姐夫，他没付钱。"

李继锡想跑过去，却被揪住衣领。赵法才感觉像是捉住了兔子的脖子，几乎可以将他拎起来扔到街道上。这是个懦弱的外地佬。正因为如此，赵法才傲慢地说："听见了没有，人家让你付钱。"

李继锡扭了几下，没有挣脱。

"你把钱付了再走。"

赵法才说话时感觉腰里滑入了一个冰凉的东西。这种感觉对遇刺者和行刺人来说都是奇异的，就好像不是刺，而是肉像泥潭一样将刀子吸进去，又慢慢吐出来。

李继锡又刺了一下，感觉还是这样。

温热的血溢到了虎口，李继锡才抽出刀。他看到血像墨汁大块从刀刃掉下，适才还凶神恶煞的人正龇牙咧嘴地往地上一坐。李继锡为它有这么大能量而不可思议，因此像孩童一样沉浸在喜悦中，健步朝前走。金琴花挺着肚腹走来时，他几乎是不受控制地将刀刺进去。金琴花仍然沉浸在哭泣当中，就像不小心撞了树，试图绕过去，当她意识到纠缠她的是个男人时，气恼地说："走开，走开。"

李继锡接连刺了五刀。金琴花似没有痛感，只是觉得本来冰冷的身体忽然冒出臭烘烘的热气来，因此朝下看，便看见暗绿色的肠子像巨大的蛆虫往外涌。她着急地搂它们，跟随它们一起扑倒在地。

她似乎是死了，双腿却一直抽搐着。

这时后边响起喊叫声："狼狗！狼狗快来！"李继锡吓醒过来，踉踉跄跄跨过金琴花，贴着门面走，试图避开走来的狼狗。这位红乌镇的前老大看见李继锡躲闪的样子，拿出了勇气。

"站住。"

李继锡越发走得急了。

"我叫你站住呢。"狼狗踢起李继锡来，后者因为急于逃跑而跌倒在地。这本是决定性的时刻，但是闪电过去的瞬间黑暗让狼狗一脚错蹬在台阶边沿，崴了。李继锡爬起，刺了狼狗肩膀一下，这也不是致命伤，狼狗甚至有机会用拳头将对方再度打倒在地，但他犯了一个错误，他像早年那样不懂得保护自己，将下体暴露给了对方。

李继锡的膝盖顶到狼狗的睾丸，后者缩成一团，痛得大汗淋漓，便宜了李继锡像猴子跳来跳去，用刀尖不停刮削。

狼狗在人生最后的时光里是清醒的，他在被送到医院后说："妈的，我这里也痛，这里也痛，这里也痛。"他用手指各指了肩膀、胳膊和下体一下，十几分钟后死了。他死的时候咬着牙，全身紧绷。

李继锡斩杀狼狗后，跑了一段路，跑急了，扶住垃圾桶呕吐起来。路边走来一个年轻人，捂着鼻子，李继锡愤恨地说："你嫌弃谁呢！"

"你说什么？"

艾国柱没弄明白情况，刀子已捅进来，他像触电一样猛然抖直，整个人甚至像是被刀子举了起来，接着轰然倒地。那刀子一颤一颤，跟随心脏跳动了几秒。

李继锡拔刀时，后头冒出极大的鼓噪声，因此他夺路狂奔，在一道闪电打下时，他停住，向后跳了一下。对面有一道同样受到惊吓的目光。他捏紧了刀。但令他感到奇怪的是，那人安然张望了一眼四周，说："你杀了我吧。"他迟迟下不去手，直到和这个叫于学毅的人要擦肩而过了，才随意地划上那么一刀。

血像一根线从颈脖溢出来，于学毅捂住伤口，哮喘一般咝咝有声，乱走到树下。李继锡匆匆回头看了一眼，干净得像电视剧里的侠客。他有些欣赏自己了，因此像戏台的武生，在街道斜插着碎步疾走，直到前边横刀立马，站了一员大将。

"呔！来将通名。"小瞿将气枪瞄准李继锡的眼窝。

李继锡要瘫软了，又被后头混杂的喊叫声刺激了，因此鱼死网破，困兽犹斗，挥刀去刺，那英雄却是急急用枪杆来挡。乒乒乓乓七八个回合，小瞿抵挡不住，被划伤了脸。就像有一团火沿着半边脸烧起来，小瞿吃惊地摸，摸到一手血，惊恐地跌坐于地。

在被扎成蜂窝煤前，小瞿喊了三个名字，依次是哥、妈妈、兰慧。

这时，兰慧正骑着自行车奔在回娘家的路上，心间充满了被击败的屈辱，她对自己说："不要理瞿进军，不要理，以后就是他来求，也不要理了。"她将在第二天早晨搭乘最快的中巴车赶回来。乘客们看见了无穷无尽的哭泣，不一会儿，她将头伸出车窗呕吐起来。她确信是有了身孕。

警笛在遥远的地方响起来。李继锡朝西狂奔，奔过新华书店、油泵厂、转盘，来到城郊公路，奔不动了。此时，狂风、闪电和积云像从未存在过一样散去，天下竟光明了，李继锡回头见什么人也没有，沿小路摸进无定村。那里黑灯瞎火，人们都睡着了，只有叶五奶奶坐在门前，将剥好的花生丢到碗里。

随着岁月的侵蚀，叶五奶奶脸上长满老年斑，眼睛变成三角形，只剩了一颗牙齿。几年前，她还是一个自怜的老女人，听到脚步声，便大声呻吟，懂事的人总是过来安慰，她便拉人家的手，细说身体的每一处变化，就像诉说一座废弃的工厂。然后有一天叶五奶奶便不记事了，她开始只是忘记家里的某个人，后来便只记得家里的某个人。有天人们为了测试她的记性，说小曾孙被人抱走了，她便站起，以头触墙。但在另一天人们以同样的套路测试她时，她却笑着说："你什么时候来的，等会儿到我家吃饭吧。"那人本来就是她家的。

现在叶五奶奶胸前挂着纸牌，写着孙女的电话。叶五奶奶就是这样，失忆了还要出门，每天都要提着小提包，挂着拐杖，从后门悄悄出去，有时走一百米就返回了，说天真热；有时走几百米才返回，说走到大城市了，不能再走了；偶尔，她获得了体力，要走上一两里，这时便需要好心人对照纸牌打来电话。

叶五奶奶最近不敢出门。孙女说："你儿子都到城市住院去了，你还乱走，我们哪里有精力来照顾你。"也许是这句话让她记住了，她天天坐到门口等，人们问等什么，她说等儿子回来。

"你儿子叫什么啊？"

"我不知道叫什么。我儿子住院了。"

她等到了凯里人李继锡。已是强弩之末的他手里还提着滴血的水果刀，因为杀戮过多，刀背弯曲，刃口卷如刨花。叶五奶奶说："我要去看我儿子，他们不让。"

李继锡听不懂。

"你是谁啊？"叶五奶奶温柔地问。李继锡答："我杀了六个人。"

"等下就在我家歇吧，今天就别回去了。"

"他们在追我。"

"你饿吗？"

她把碗伸过来，他才弄清楚她的意思，因此丢掉水果刀，抱住她的腿哇哇地哭。我们是在这里抓住他的。叶五奶奶说："你们抓他干吗？"

"老人家你差点被人家杀了，你还不知道？"

"我儿子在住院，身体比我都差。"

叶五奶奶边说边进去，关了门。

李继锡被抓上车后，我们拳打脚踢，一通怒吼。但是一到局里，我们便审慎了，这可是一个重要性堪比希特勒、二王的人物。审讯室十分静默，每个人都压制着呼吸，以至于讯问者在纸上写了什么字我们都能猜出来，指针经过十点三十分时，像针一样弹了我们每人心脏一下。李继锡的头皮、脸、手脚和背部震颤起来，他抬起眼睛，楚楚可怜如一只即将被杀生的青蛙、一条即将被杀生的鱼、一头即将被杀生的水牯，并不像是手里攥着六条命的狂魔。

让人憋屈的是，这个人最终被司法鉴定为精神病，没有被押上刑场枪决。

那夜，我一度忘记乡下中学还有一位叛变的未婚妻，但在我从中医院走出后，我还是第一个想起了她。在中医院大厅，日光灯照射着一张灰绿色的行动床，床上躺着一个身材匀称的青年，他抬着眼安静地看着天花板，一动不动。

我想：你真是悲哀啊，偏偏在这个杀人之夜来就诊。但在走过去时，我又无比清晰地意识到他袒露的胸口有道狭窄而干净的创口。他是与我同年的艾国柱。每年十月一日，我们都会喝到天明，商量着去省会、沿海、上海、北京、纽约的事情，他很认真，我只是过过嘴瘾，我的婚礼定在春节。

我抚摸着他的眼皮，他仍然不肯合眼。因此我痛哭起来。

我拨打了爱爱的波导手机，怀着极强烈的倾诉欲说："爱爱，无论怎样，这一辈子都要吃好喝好、生活好，无论怎样，我都会保护你。"

这只是当夜无数个许诺之一。当夜，红乌镇的人彻夜不眠，紧紧抱着孩子、女人，就像他们正发着可怕的高烧，随时要被死神带走。

# 鸟看见我了

# 高纪元

有只圆壳的小虫，伸着六条钨丝一样的细腿，沿着桌面的沟壑爬行。我用粉笔小心翼翼在它周围画了一个圈，它便摇动着两根头须，绕着线圈走走停停。我以为它要憋死在此地时，它却振动翅膀，飞不见了。我在等一个人。

李老爹靠在床头，两腮鼓了下，一口血溢出来。我说："他们下手也太狠了些。"

"这样也好，这样就踏实了。"李老爹说。

要是知道会等这么久，我就不来了。可是有些事情由不得我，春天的时候，勋德要我去他家帮忙插秧，我不过是动作慢了一点点，他就说："你还想不想干了？"要是没有我，这么多东西谁收拾？对面墙上糊了很多报纸，又黑又黄，不是领导讲话就是先进报告。早知道应该带一本书来，我找元凤借元凤不肯。元凤说："你理个发，我就给你看。"元凤店里有好几本《知音》，封面都是穿裙子的妇女。

李老爹掏出钱跟勋德买了一瓶白酒，勋德说："莫喝多了。"

"人啊，一生有几个六十岁？"李老爹说，"不喝一盅？"

"不喝了，喝了要倒找你钱。"勋德说。李老爹就留我喝，李老爹闭上眼睛抿了一口，嗨出一声，说："快活快活，就差戳个瘔[1]了。"

白雪冰柜在墙角嗡嗡叫着，我走过去，拉开盖子一看，剩的猪肉、羊肉、兔肉、野猪肉、鸟肉还都有。今天是乡政府请县里人，怪不得吃不完。我找出大碗，一样拨一点，拼了一碗。我点着煤气灶，烧热锅，把菜倒进去，锅里冒出刺啦一大声。我手抖了抖，放下碗，去查看门闩，闩上了，透过玻璃看，外边黑麻麻一团，什么人也没有。

热菜端上桌后，空荡荡的房子好像有了生气，我把李老爹留的白酒拿了出来，倒好，十分幸福。要是天天有酒喝、有肉吃、有女的戳，就好了，可是勋德说："你应该知足了。你十三岁就上清盆街了。"

封缸酒有炒麦子的味道。我闻了闻，眼睛也闭上了。然后就在我也要嗨一声时，门咚咚咚地响起来。我傻坐着，也不知道拿东西盖着。接着窗玻璃又当当当响了三声，望过去，一个男子站在那里，直愣愣地看着我。

我拉开门闩，光一下扑在他身上，照出苍白的脸来。他的头发夹杂一些白发，眉毛吊得高高的，下唇扣得死死的，胡子拉碴，一眼就能看出不爱说话。我望了他一眼，他的眼睛就躲开了，好像犯了错。

"鸟儿呢？"我说。他把一个散发着腥气的尼龙袋丢在地上，我数了二十块钱给他，然后等着他转身走掉。可是他偏着头咕哝着，我听不清，问："你说什么？"

---

1 江西方言，脏话，后文同。

"盐。"他说。

我才想起李老爹交代过，除开要给他二十块钱，还要给他一点盐，便去找了个小塑料袋，去橱柜里挖盐。挖了一小袋，就看到他直愣愣盯着桌上，喉咙动了一下，吸口水呢。

我说："吃点吧。"他摇摇头，取过盐要走。我又说："吃点吧。"他拿一只手蹭了蹭中山装，放慢了脚步，我知道他动心了，便大声说："都是自己人，一起吃点吧。"他却快步走出门，我赶上去扯住，说："吃吃又不死人。"他这才像个乖乖，跟着我走到桌边。这就好了，吃人的嘴软，他不说，李老爹就不知道，李老爹不知道，勋德也就不知道。

他站在那里，不敢坐，我说："坐，不要钱的。"他就坐下了，规规矩矩地拿筷子，规规矩矩地夹菜，起初想夹肉，想想造次，就夹了蒜。我给他夹了块大的，他才正眼看了我一眼，好像是在谢我。我说："吃粗点，吃粗点。"他便像领了圣旨，放心大胆地吃起来，吃得满嘴油水。我说："莫急莫急。"他又规规矩矩地吃起来。

吃了半晌，他歇筷子，忧虑地看了眼窗外。我说："有人等你吗？"他摇了摇头。我找来杯子给他斟上一杯，他的眼睛便像是有火柴刮着了，整个人扭捏起来，嚅动着嘴。我知道他想说话了，便带头干了，他干了却还是不说。没几下，他的眼角红了，鼻子红了，脖子也红了，双手也不再放在膝盖上，自然起来。

我觉得他是个小孩子。

喝到后来，他像鹅一样惴惴不安地打嗝，打完了，又喝了一杯，醉了。我问："你怎么那么能捉鸟啊？"

"你跟我一样，你也能捉。"他说。

"跟你怎样啊？"我问。

"有仇，仇，跟鸟儿有仇。"他说。

"人怎么跟鸟儿有仇啊？"我很诧异。可是他眼睛想睁睁不开，头眼见着垂下去了。我摇着他，问："人怎么会跟鸟儿有仇啊？"可他就是不醒，我还是摇，摇得他不得安生，终于把眼睛一下下睁开了，好像母鸡好不容易屙出了蛋。他问："你说什么？"

我说："人怎么跟鸟儿有仇啊？"

"因为，因为鸟儿看到我了，看到我了。"他叉开手指答道，然后胳膊一松，头又扑臂窝里了。

"看到你什么了？"我问。他却是又睡着了，我觉得他在这里睡不是什么好事，就又摇他，"醒醒，醒醒。"他终于醒过来，我又问："鸟儿看到你什么了？"

他脑袋一激灵，眼巴巴地看着我，然后起身跌跌撞撞地跑了。"什么也没看到。"他拉开门，溜出去，连盐也不要了。

我追过去，看到门外漆黑一团，蒿草和树像袍子一般舞动。


我左手拿摩丝，右手拿滚筒梳，对着大镜子想梳个郭富城的发型。摩托车的声响从土街尽头传来时，梳子刚好缠住头发，扯也扯不下来。摩托车嘀嘀两下，我跳出理发店，摩托车轮正好卡在我两腿之间。

"是你能梳的吗？"公安小张翻动着厚唇说，"元凤呢？"

"元凤洗衣服去了。"我的脸红了。

"继续看店，回来收拾你。"小张说。摩托车退了退，转个方向向河边开去了，留下一股蓝烟。很好闻。

小张洗澡时，并不急着下水，而是从瓶里挤出一巴掌洗发水，揉到头发上，干搓着，搓充分了，才下河捧起一些水，浇在头发上，继续揉，揉得像一团棉花。小张说："高纪元，你懂什么，这叫干洗。"小张还会说："这是海飞丝，我只要这个，知道吗？"我其实早就知道了，元凤在河边洗衣服时，捡到的空瓶子就是海飞丝，元凤说，一定是小张洗完丢下来的，于是她乐滋滋地带回去了。

门前来了个骑钱江摩托的，电子打火，是下村的，问我："元凤呢？"

"小张来了。"我说。钱江摩托轰响着跑了。

小张说："你妈瘪的顽抗。"抬脚就踢勋火，勋火仗着年纪大，袒开胸脯让他踢。小张的眼睛本来就大，这下睁得铜环那么大，真用劲踢上去了。"咔嚓"一声，骨头响了，勋火喷出一口鲜血，歪倒在地。"你跟老子装死。"小张说。

小张夏天的时候也把手插在裤兜里，走路急匆匆的。我们小时候也把手插在裤兜里，因为手里捏着玻璃珠子，小张大概捏着手铐吧。曾经有几个人商量要趁夜把小张吊在茅房打，我告诉小张了，小张说"不怕，放马过来"。这么久也没见有什么动静。

卖菜的纪旺小碎步赶过来，对我说："等下看到小张，跟他说赵城派出所抓到的一桌打牌的，是我舅家亲戚，扣押钱扣多了，把木菩萨下的小孩上学钱也扣去了，问他能不能退出来。"

"你自己跟他说。"我说。

"你也不用明说，就暗示暗示。"纪旺堆着笑。

"我怎么暗示？"我说，"你看小张来了。"

"你这孩子，你也是高家人，也是纪字辈的啊。"纪旺说完，小碎步跑回去了。

小张的身影慢慢走近时，"嗯"了一声，是嗯痰。我老早让开座椅，让他坐上去了，他盘着二郎腿，拿起一把细木梳，轻轻划着头发。我站在椅子后边，低下头，喉咙里总是有东西要说，想挡也挡不住。

"元凤很喜欢你呢，每天都坐在门口等你。"我说。

"小孩子懂什么。"小张的牙齿是龅的。我觉得自己应该走了，可是又说了："李老爹被打伤了你知道吗？"

"哦？为什么？"

"过六十岁生日，喝了点酒，又要去戳瘘，就去戳十几年前断了的老相好。被抓奸在床，打得呕血了。正在住院呢。听说还赔钱了，家里借了几百块，说是损失费。"

"损失费？李老爹同意了吗？"

"同意了。"

"那就好了，人民内部矛盾，自己调解了。"小张把梳子扔在镜台上，拿起摩丝喷。我越发觉得自己无用，勉勉强强接着说："害得我这几天替他住店呢。"小张没有理我。

我说："害得我这几天替他住店呢。"

小张翻开公文包，找出一沓纸，像科学家一样研究起来。我说："骑钱江摩托的木生打工回来了呢。"

"嗯。"

"他没挂牌照。"

"嗯。"

我真是没话说了，也许木生交了保证金吧。

"来，抽支烟。"小张说。"我不会。"我说。"不会也抽，快抽一根，你立功了。"小张硬是帮我点上火。小张眉头张开，眼睛亲热地看着我时，就是我全身舒坦的时候。他掐我胳膊一下，掐得那么有力，我全身缩起来，哎呀哎呀地叫，可是心里美得要死。

勋德也怕小张，勋德知道我和小张关系好，不会赶我走的。

我转了个身，就要这样走出理发店了。没话说了，他也不问我，我就要走出去了。然后我像挤牙膏一样挤出一句话："我碰到了一个捉鸟的。"小张连嗯也不嗯，我尴尬死了，就这样走出店外。

走了几步，刚好元凤提着桶过来，要我帮她晾衣服，我便从桶里取出衣服来抖。这时小张走出来说："太阳真好啊。"

"我碰到了一个捉鸟的。"我说。

"捉鸟的有什么稀奇？"元凤说。

"怎么不稀奇？他说他捉鸟是因为和鸟儿有仇。"

"怎么有仇？"元凤说。

"说是鸟儿看到他了。"

"看见他什么了？"小张走过来说。

"不知道啊，鬼知道看到他什么了。"

"哪来的捉鸟人？"小张问。

"青山上的吧。给我们店送鸟儿送了几年呢。李老爹知道，我不是很清楚。"

"哦。"小张冷漠地说了声。

然后他又对元凤说有点事，走着往医院去了。我就知道李老爹的事情他不可能不管，打人犯法，还敲诈勒索。

"我要告诉你啊，纪元，爬灰不犯法，男女自愿。"李老爹喝到兴头时说，"一生不戳三个瘪，对不起老祖宗。"


## 张峰

露珠打湿了裤子，我坐在河岸上。元凤站起身，甩甩手，擦着额头细密的汗珠，朝我走过来，旁边的洗衣妇们看着她，嬉笑起来，又甜蜜又心酸地嬉笑起来："你看，派出所的小张在等着你呢。"

元凤涨红了脸，畏畏惧惧地看着这边，说："钥匙给你。"然后把钥匙抛了上来，我没有去捡，元凤摆动着牛仔裤下两条长腿又走了回去，在她蹲下去时，周围爆发出一阵哄笑。她埋下头，发狠捶打石上的衣服，以抵挡幸福的眩晕。

春天的时候，我把手缓缓插进那条牛仔裤里，触到温热的地方。我听到元凤的脖颈、耳根传出浅浅的呻吟，听到呼吸急促起来，可是她按住我的手，说："还没准备好呢。"我把手缓缓抽出来，凄惶地笑了下，冷漠地走了。

女人那里就像木板上的蛋糕，如果我不能克服饥饿，跑去吃了，老鼠夹子就会把我夹住，我就要在这鸟不拉屎的地方待上一生。

"我跟你说过多少次？"所长说，"你就是不长记性。吴县长说了，你们公安毕竟还是归党委政府领导，毕竟还是……"

我没有说话。所长从抽屉里拿出章子，对着工作分配意见盖了一下，说："好了，从今以后你就到清盆做片警，整个清盆乡归你了。"我呼吸时出了点声响，所长又细声细语起来："小张啊，下去冷静冷静，不是坏事。"

我第一次要来清盆乡时，内勤小许像老嫂子一般堆着笑，说："要不你骑嘉陵吧，踏板车走乡下路硌得慌。"我要是不把踏板车钥匙丢过去，他准得黑下脸来，说："我又不是为了别的，不是工作吗？"

阳光洒在河面上，闪眼，我的后颈有些刺痒。我捞起钥匙，下了河岸，骑摩托车去了土管所，在那栋阴凉房子的尽头，是我的警务室。没什么人等我。我打开门，门把底下的报纸推了几步，我拾起来，掸掸灰，扔到桌上。桌子几天前想必擦过，光闪闪的红漆上蒙着一层浅灰。墨水瓶、笔筒和印泥孤零零地摆着，材料纸一片空白。这个地方荒芜得连件案子也没有。

"你们公安毕竟还是归党委政府领导。"吴县长说。

在这句话说出来的前几天，勋火双手护着胸，说："真的没有，真的没有啊。"我说："你妈瘪的顽抗。"然后伸脚拨那双手。一般人继续护着就是了，可是勋火突然抬头，指着祖开的胸口说："你踹吧，这个身子是和吴县长共一个婆的。"我踹上去，勋火猝然倒地，喷出一口血来。

"你跟老子装死。"我说，然后晕晕乎乎地走出去。看到小许时我说，勋火牙龈出血了。

勋德在门口探了下头，走进来，笑嘻嘻地说："晚上喝一盅吧，弄了一批新鸟来。"

我摆摆手。

"兄弟，你这不是看不起我吗？"勋德笑得更热烈了。我没说什么，他接着说："那就这么定了。"然后从口袋里捞出一把棋子，分红黑颗颗摆好。"你先走。"勋德说。

我把车和对方兑了，把炮支到对方相口，后防空虚。勋德替我把一脚棋悔了，以免我被将死。勋德说："兄弟，你还是这么急。"我把棋子一抹，说不玩了。勋德便捞起棋子走了，房间空空荡荡，像是什么人也没来过。可是用不了多久，信用社的、中学的、计生办的、村委会的就都要来了，他们多是清盆本地人。

在我发配来这里之前，他们的生活好像缺少点什么，我来了后，他们感觉一项空白被填上，这里总算有个警察了。他们敬重与畏惧的感情被激发出来，像块糖迫不及待地黏上我。倘若我的摩托车没油了，他们就用嘴吮吸胶管，从他们的油箱里接一点过来。倘若我不愿意去吃食堂，他们就三番五次地来请酒，然后又把我抬回到床上，给我披上被子。

他们像照料一个皇室的孩子，照料着我。他们温柔地看着我，隐晦地鼓励我走进元凤的房间，捞起元凤的双腿。他们是温柔的看护人，是不要脸的狱卒。而我总是想在合适的时间找到一两个该死的年轻人，踢踢打打，我想告诉他们："我和你们的区别在此。"

我不可能在这里长生不老下去。

走出门后，五十米长的土街一览无余。肉铺里飞舞着寂寞的苍蝇，一张台球桌漏了块布，像得了癫疮。我没地方可去，只是左脚走了，右脚必须跟上来。走着走着，头有些晕，又走到元凤的理发店歇息。勋德餐馆脑子不好的伙计高纪元看到我，立刻让出位子，我坐上去，对着镜子慢慢梳头发。

高纪元的身体犹犹豫豫地动着，想在理发店找到一个合适的位置，好像找到了才有资格跟我说话。可是我实在烦透了这聒噪，他几乎还没说完，我就"嗯"一声过去。

"Welcome to New York."

在一部录像片的开头，穿三点式的金发女郎这么说。纽约往下，是北京，北京往下是南昌，南昌往下是九江，九江往下是瑞昌，瑞昌往下是赵城，赵城往下是清盆。联合国—首都—省会—市—县—镇—乡，世界的尽头。

苍蝇嗡嗡地围着将要腐烂的肉飞舞，一个年轻人后手高抬，一个人练习着台球。

高纪元总算不说了，走出去了，元凤提着衣服回来了，叫他帮忙，他又跟她说上了。我拉好公文包，往外走，说："太阳真好啊。"

元凤蹲下身取衣服时，胸部清晰地露出来，细密的汗珠正从微小的毛孔溢出来，静脉像叶茎埋藏在白嫩的皮肤下。我的下身膨胀。元凤抬起头笑了，汗湿的头发贴在额头，我的心绵软软的，没有归属。我默念着："睡一次，负担一生，睡一次，负担一生。"

"捉鸟的有什么稀奇？"元凤这时说。

"怎么不稀奇？他说他捉鸟是因为和鸟儿有仇。"高纪元说。

"怎么有仇？"元凤说。

"说是鸟儿看到他了。"高纪元说。

"看见他什么了？"我急急走过去问。

"不知道啊，鬼知道看到他什么了。"高纪元说。

"哪来的捉鸟人？"我问。

"青山上的吧。给我们店送鸟儿送了几年呢。李老爹知道，我不是很清楚。"高纪元兴奋起来。

"哦。"我说，然后对元凤说我有点事，往医院去了。


午休的时候，我怎么睡也睡不着。倒不是因为钢丝床硬，而是因为睡觉成为一项任务。我想晚上要行动现在就应该休息好，可是按捺不住自己。

李老爹见到我时，身子在病床上往后缩。我从那瑟缩的眼神中先后看到两个恳求：一是我已经赔钱、已经挨打了，不要再惩罚我了；二是不要去找他们麻烦，赔钱乃至挨打都是我自愿的。我拍住他肩膀，说："我只想了解捉鸟人的情况。"

李老爹说不出多少情况，但是他有一句话就够了。就像高纪元有一句话就够了。

高纪元说："他说是鸟儿看到他了。"

李老爹说："他从来都是晚上送鸟。"

我好像看到冰山一角，海底的风景却揣摩不出来。地皮还发烫时，我走出门，走到勋德餐馆，钟上的时间是四点。勋德和高纪元正在门口剥鸟，一个红色的大塑料盆里盛满污水，漂满羽毛。我说："勋德，有点事，跟我来。"

到了二楼，我坐在床上，掏出一百元，硬塞给勋德。勋德说："兄弟你这是怎么了？"我说："没什么，让妇女六点准备好一桌菜，我请客。"勋德和我推来推去，我把钱拍在桌子上，说："给你就是给你，还造反了不成？"勋德尴尬地接了，然后问："请谁？"

我招招手，他把耳朵贴过来。我说："计生办的小柯、信用社的小吴、木生，还有纪旺。前两个我来请，你电话借我用下。木生和纪旺我请不来，你请。你相信我，我决不坑他们。"

勋德走到楼梯口，我又说："你自己去请。"

五分钟后，听到楼下吉普车响，不一会儿，小柯噔噔噔上得楼来，见到我就眼放亮光。我说："油够吗？"小柯点点头，问什么事情。我在他耳朵边上说了句"捉人"，他整个身子就耸动起来，那是兴奋了。未几，小吴也上得楼来，我问："带了吗？"小吴从书包里捞出一根狼牙棒，问："要不要试试？"我还没接话，他就偷偷把棒子敲在床头，让钉子卡进木头里了。

纪旺进来后，一直挤着笑，听说是去捉人，惴惴不安地问："赵城派出所不能来人吗？"小吴接口道："没胆的人叫来做什么？"纪旺又笑了，我也笑了。木生进来时立刻就要退下去，我低喊道："不是找你挂牌照，你戴罪立功的时候到了。还有你，纪旺，你母舅不是想要退钱吗？"这么一说，纪旺和木生也摩拳擦

106

掌起来，合力把桌子抬到我面前。

我压低声音说："去捉一个外地佬。"

大家说"走走走"，我说："走什么走？你知道去哪里捉吗？纪旺你是青山人，你知道高家峦的，你说说捉鸟的外地佬住哪儿？"

纪旺想想，用手指蘸水，画了画，便画出捉鸟人的住地了，却原来是在村落之外，单门独户，屋前是土坡，屋后是竹林。我说："白天去容易惊动附近村民，结赖[1]，晚上我们开车去，速战速决。"我蘸了蘸水，在桌子上布置阵型，屋后木生、小柯，持木棍，屋前我、小吴、纪旺，持狼牙棒："露头就打。"

好像没什么可交代了，我沉默很久，忽而又振奋地说："皮鞋，不能穿皮鞋，走在沙子路上响声大。"大家却是谁也没穿皮鞋。我又问："油够吗？"

"够了，足够了。"小柯说。

"那好，打几把扑克吧。"我说。

发牌时，勋德探头探脑走上来，我说："下去下去。"勋德说："菜弄好了，吃吧。"

"菜弄好了，吃吧。"所长搂着我的肩膀往食堂走去。远处是小许的喊声："来来来，大家一起来欢送下小张。"

那天我喝醉了，我看着所长，所长却偏头对小许说："去清盆也不是坏事，政法委书记不就是从清盆一步步做起来的吗？"

我自己喝了一杯。

在我踹勋火之前，所长重重地甩了下办公室的门，走出来，对我眨了下眼，又点了下头。我立刻闯进去，对着勋火大喊："要

---

1 结赖：在南昌话中是麻烦、不顺之意。

想人不知，除非己莫为。"

小柯问："小张，到底为什么捉他啊？"

我说："总之有问题。"

　

路太陡了，吉普车往青山上爬时，好像是往漆黑的天空爬。有时候，车灯猛然照出一片蒿草，蒿草在风中舞动。小吴捏着狼牙棒，大概想自己是金兀术了。我说："吓吓就可以了，莫真动手。"

"他要狗急跳墙，拿出铳来，我收不住。"小吴说。

"他没伤你，你就别伤他。"我说。

"赵城派出所不能来人吗？"纪旺说。

他们一来，再大的功也被分光了。我现在还不知道要捉的是多大的猪，这种偏僻地方，跑来个把部级的通缉犯不是没可能。现在，我独自抓捕，独自审问，独自消化，消化清楚了，我就和秦副局长直接打电话，然后才把捉鸟的带到派出所。

秦副局长是局里唯一一个本科生，是市局派下来的。我在局里参加学习教育时，他正好看到，说："小张，你读过警校，应该知道，公安公安，条块结合，以块为主。虽说是以当地党委政府的领导为主，但并不排除条管。"

秦副局长又说："年轻人别搞歪门邪道，多破点案子吧。"

吉普车爬了一阵，吭哧抖起来，像要熄火，我问："油够吗？"

"够，够，婆婆妈妈的。"小柯说。

"够就好，够就好。"我说。

眼见要爬上最后一个坡，我又说："熄灯熄灯。"

"那你也要等开上去啊，摔下山，都死了。"小柯说。我嘿嘿笑了几下，竟是控制不住心跳。一到坡上，我就叫停。拉开车门，一阵凉风袭来，我将手插在兜里，急匆匆走到前头，几个人提着家伙小碎步跟上来。小柯将车门轻轻关上。

走到高家岙村小组时，一盏手电晃来晃去。我低声喊："蹲下。"大家便蹲到蒿草里了。然后时间凝滞起来，四周只听到虫子的叫。手电像萤火虫，慢慢晃，晃回家了，灯火明了，大约冲了个凉的工夫，又熄了，世界漆黑一团，分不清楚低山和村庄。

我手一挥，众人鱼贯而出，跟着从大路往东边碎步走，路面沙沙作响，呼吸声如幼狗。眼见着到了捉鸟人的单门独户，我手一垂，众人又埋伏在土坡下边。我静心听了听，屋内传出小孩唔唉唔唉的声音，又传出妇女呃呃呃的声音。汗从我额头冒出来，我"嘘"了一声。

屋内的声音越来越小，最后没有了，我还以为它们存在。

等到我相信时间过去很久，他们重又睡熟了时，我摆摆手，木生和小柯抄步上坡，绕到屋后去了。我摸着纪旺的肩膀小声说："你去轻轻敲窗户，你懂这里的话，就说借点东西。尽量把他骗出来。"

纪旺的肩膀哆哆嗦嗦，说："借什么？"

我说："借扑克牌。"

纪旺说："他要是问我是谁怎么办？"

我说："你认识高家岙的人吗？"

纪旺说："认识。"

我说："你冒充高家岙的谁谁吧。"

纪旺爬过土坡，往黑夜深处走，摸到门下，又悄悄跑回来，说是听到了声响。我说："那就等等吧。就怕妇女结赖。"我话还没说完，一阵风从身边蹿过，小吴拎着狼牙棒冲了过去，一脚把门踹倒了。

我只得赶紧跟上。待赶到门前，小吴的手电筒已经照出一个男汉，这男汉衣着整齐，脸色苍白，眼睛瞪圆，神情慌张，像束手待毙的青蛙。他小心摸到脖子上架着的狼牙棒，问："干什么啊？"

我指着自己的衣服说："我是警察。"

这人连看也没看，就瘫软在地。这时屋内响起妇女惯有的号哭声，我们赶紧提起捉鸟的往外跑。起先他的腿还在地面弹跳几下，接着就被拖起来了。我们像拖着一袋什么东西。木生和小柯赶过来后，我们抓住他的四肢抬着跑。很轻。

待我们赶到吉普车边时，回头望了望，底下的高家岙才刚刚有了些响动，才刚刚有了些灯火。我把捉鸟的丢在后座，然后拿手电照着他，他的脸上冒出大颗大颗汗珠，嘴角鼓出些许白沫。

我说："知道为什么抓你吗？"

捉鸟的说："知道，我杀了人。"

我胜利了。狗日的清盆。


# 单德兴


山坡上有条湿黄的路，地里庄稼蔫蔫奄奄，高家岙露出一排黑沉沉的屋顶，门前则摆着光光的晒衣架。什么人也没有。我回转身，继续敲窗子，叫唤道："冬霞，冬霞。"

里边的窸窣声和咕哝声越来越大，门开了。

"死哪里去了？"冬霞迷迷糊糊地问。

"守鸟儿。"我说，鼻子忽而酸起来。拴上锁挂，又找锄头把门顶好后，我脱掉衣服，小心地睡在床角。冬霞摸了下腋下的孩儿，扯过被子来盖住我，说："别冷着了。"我便无声地哭。

我在高粱地里蜷缩了一夜。

我刮火柴，老是刮不着，刮到最后一根，亮了，便用左手小心挡着，把火柴头倒过来，让火苗大起来，点着香烟。我是在学《乌龙山剿匪记》里的那个土匪，他想睡又怕睡过头，就点着香烟夹在手指里睡了。可是烟头还没烫到指尖，我便醒了。我好像听到狼狗的声音了。

狼狗总是弓着黄一簇黑一簇的背，拿鼻子在地上咻咻地嗅，在确信寻到我的味道后，高昂起头，拖着皮带后边的公安朝我追来。我不知道要跑多少路这个味道才会淡下去，我跑了六百公里，跑到这鸟地方，天天等它，等到我相信它再也不会来了，它却又探出脑袋来。

身体暖和后，我坐起来，靠在床头发呆。我想坐坐就好了，就起床，可是屁股下好像有块巨大的吸铁石吸住我，我便继续坐着。

酒端到我鼻前时，散发出炒麦子的香味，我那时候就醉了。我已经四年没喝酒了，我一直跟人说我不会喝酒，可是那个小二的眼神闪着光，分明就看穿了我的内心。我丢盔弃甲，像条跟着骨头走的狗，骨头往上，我的头便往上，骨头往下，我的头便往下。可是他并不这样虐我，我喝完了他就给倒上，我不太敢喝下去，他又拿手撑着下巴，亲密地看着我。我的喉间便有东西要呼啦啦说出来，好似涨起来的潮水。我压制它们就像压制掉到岸边的鱼，它们在上下弹跳着。

我想对着这个孩子说：我杀了人，我杀了人。

我用酒把它们浇下去了。

"你怎么那么能捉鸟啊？"他终于发问了。

我觉得这样好，他来问，我来说。"你跟我一样，你也能捉。"我咧嘴笑了一下。

"跟你怎样啊？"他继续问。

"有仇，跟鸟儿有仇。"我努力想让他开心点，可是酒劲冲涌上来，眼皮蹦跳，人扑在桌上便睡，还没睡安稳，又被摇醒了。他问："人怎么跟鸟儿有仇啊？"

"因为鸟儿看到我了。"我叉开手指说，埋头再睡。我也不知道睡了多久，我仓促醒来时，看到昏暗的灯光，陌生的桌子，一下竟不知自己在哪里。这时小二探过脑袋来问："鸟儿看到你什么了？"

我不知道他问的是那茬儿，想起来时脑后忽然一顿冰浇。我恐惧地看着这个人，他还是好奇地看着我，我不认识他。

我把自己卖了。

我晃着脑袋，猛吸一口气，吸得整个上身鼓起来，才好像清醒了一点，想想又吸了一口，清醒多了。我摸索着下床，轻声走到窗口，往外望了一眼。只有高家岙的纪茂老汉挑着一担粪，摇摇晃晃地走。

衣柜里的衣服整整齐齐叠着，像一块块打好补丁的豆腐皮。我抽出两件，捏在手里，却不知道往哪里放。一旦放在尼龙袋里，好像生活就从此诀别了，眼泪扑簌扑簌掉下来。

那小二不过是个小孩，他有多大判别能力？他怎么就知道这话后边藏着秘密？我只说鸟儿看到了，又没说看到我做什么了。他碰到别的事情，就把这个忘记了。即使他往外讲，人们也不会觉得有什么，有什么？退一万步讲，这个小孩认识公安，可就是公安听到了，也不会相信他，小孩子谁信？人家什么动静都没，我就跑掉，岂不是很可笑？

孩儿猛下里哭将起来，我把衣服丢进柜内，冲过去抱起他摇，他饿了。冬霞每当此时总是醒得很快，总是把背心扯起来，露出青筋暴突的胸部，塞向孩儿的嘴唇。孩儿像猪仔，闭着眼睛，整个嘴巴吸动起来。这次吸不了多少又睡着了，冬霞那里便像有檐雨，滴淌不止。

　　我把孩儿抱到摇窠，爬上床，冬霞却是接了一手奶，下床，自己走到灶间舀水洗了。去的时候，红花内裤下鼓胀摇晃，回的时候，白色背心鼓胀摇晃。我看得直了，冬霞便捉住那里，踩下裤来，我趴在她身上，摇晃起来，摇了几下，抖索掉了。

　　"怎么了？"冬霞说。

　　"没睡好。"我凄惶地回答。冬霞便翻身半搭着我睡了。


　　我把火香按倒在地上，蹲在她两腿间扯裤子，她死死拉着。边上的裤扣子扯绷掉后，她恼恨地坐起来，指着肚内有些时日的孩子，说："你也不害臊。"

　　我嬉笑着把嘴凑过去，她抽了那里一下，说："喝那么多酒。"

　　我反抽了过去，一边抽一边说："你再多嘴，老子杀了你。"火香的眼泪被抽出来了，一颗一颗往草丛里滚。我抽得乏了，下来扯裤子，扯到一半，什么都看到了，火香猛然把它拉住，切齿地说："单德兴，你记得。"

　　我往下一用力，那双手便松了。我挺着东西进了一个含糊的地方，火香好像突然记起什么，拼命扭动起来，那东西便被扭出来了。它在外边想也没想就结束了。

　　我懊恼地站起身来。

　　火香切齿地说："单德兴，你记得。"

　　"记得什么？"我走过去坐在她身上，掐她的脖子。

一觉醒来，光线已彻底黑掉，屋内的每件东西好像死掉一般，散发着丧气的味道。我哈着气拉开挂锁，往外看，远远的山坡、村庄已分辨不出来，路上也没有车灯。冬霞正在煤油灯下尝试喂孩儿粥水，见到我也没说话。

我盛了大半碗粥，一口喝完了；又盛了一碗，又一口喝完了。冬霞抱着孩子走到橱柜前，端着一碗肉过来。我说："哪来的肉？"

"岙上今天杀了猪，赊了一斤。"冬霞说。

我颤颤抖抖地拨弄着菜里的肉，一斤大概剩了八两，吃了两块后，忽然想到什么，去橱柜深处捞出过年存下的酒。冬霞说："你不是不能喝吗？"

"要死卵朝天，不死万万年。"我把酒瓶开了，对着瓶口喝起来。

"你这是怎么了？"冬霞说。

"喝，喝。"我说。

"喝，喝。"我也不知道喝了多少，想吐吐不出来，像发酵一般走出酒席。"德兴，骑得了吗？"后边有人问我，我摆摆手，找到那辆载重自行车，摇摇晃晃骑起来。骑了一公里，蹦跶着到了山谷。太阳很烈，油菜花满世界，我就像要爆炸。

然后，火香穿着布鞋袅袅走过来。我路过她时，说："让我弄弄吧。"火香没有接口，加快脚步往前走。我看到前边什么人都没有，便掉转车，赶上火香，把车卡在她前边，她前边也是一个人没有。

"弄下子嘛。"我说。

"弄你个头。"火香绕过自行车说。

这个时候，天上只有蓝天白云，地上只有油菜花松树。

我把自己灌醉了，踉踉跄跄走向床铺。好似这样眼一闭，事情就会过去，过几天一切都正常，我还是这个地方叫刘世龙的人，有户口，有结婚证，有准生证。可是他们总归是要怀疑的，为什么捉鸟？因为和鸟儿有仇。为什么有仇？因为鸟儿看到了。鸟儿看到什么了？他们就要牵着狼狗，带着棍棒手枪，找上门来问："刘世龙，鸟儿看到你什么了？"

我又踉踉跄跄走向大门，拉开门坐在门槛上往外看，外边是一团漆黑，我努力看，看得黑色世界里冒出团团彩圈来，就知道什么也没有，等也等不来。我锁好门，拿锄头要顶住它，冬霞说："顶什么顶？谁来找你？"

我说："你再说一遍。"

"谁来找你？你有什么可找的？"冬霞恼恨地说。

我嘿嘿笑着爬上床，古里古怪地打起呼噜来。

这件事别想了，就这么过去了。

可我终于还是被一阵窸窣声惊醒过来。我总觉得屋后站着一个人，汗毛倒竖走到窗边瞅，却是什么也瞅不出来；又走到屋前窗户瞅，也瞅不出什么。可是我巴不得站着个什么人呢。回到床边后，我坐下，没有任何睡意。

孩儿醒了，冬霞呃呃呃地哄起来，小声说："你今天是犯了病。"

我说："喝多了，头疼着。"

冬霞慢慢睡去，我把衣柜里那两件衣服塞进尼龙袋，掏出床边中山装里的二十块钱，又去橱柜里挖了半个饭团。冬霞迷迷糊糊地说："干什么去？"

"下饵子去。"

我坐了一会儿，看了一眼黑漆漆的屋，听了一遍娘儿俩的呼吸声，站起身往外走。这时"啪"的一声，门直通通倒在面前。我瑟缩起来，尼龙袋掉在地上，看着一束手电光像照青蛙一般照着我，大脑一片空白。

在感觉肩膀被什么刺中了时，我去摸了摸，我说："干什么啊？"

那人旁边走出一人，朗声说："我是警察。"

"鸟儿看到你什么了？"警察坐在我面前，身后站着四个虎视眈眈的男汉。

"我快要把火香掐死时，她手乱指，我就松了手，让她咳嗽，让她说。她说：'你看，鸟儿在看着你呢，鸟儿会说出去的。'我就接着把她掐死了。"

我踢了踢火香，像踢一袋猪肉。火香一动不动。这时我抬头看，果然看到一只眼白很大的巨鸟，斜着眼看着地上的一切。我找了块石头扔上去，它并不理会，我又去摇树，它还是不走。我骑上自行车落荒而逃，它呀呀地狂叫几声，盘旋着从我头顶飞过，飞到前方去了。

阁楼

十年来，朱丹接了母亲无数个无用的电话，唯一拒绝的，是一次可以避免自己死亡的报信。当时她走在回娘家的路上，午时的阳光使楼面清晰闪亮，没有风、燕子和蝉鸣，就像走进一座心慌的死城。她的母亲正疯疯癫癫地趿着拖板，迎面而来。猛然望见时，母亲已转进侧巷。她停住冲到嘴边的呼喊，觉得既然对方没看见，自己何苦多嘴。

　　她碰见的第二个人是社员饭店老板，他蹲在桥边剥鸡。饭店有十几年历史，入夜后，他常和老婆将泔水倒进护城河。这是个软弱又容易激动的胖子，他看了眼朱丹，朱丹并不看他。但走过去几米，她还是骂："断子绝孙的。"

　　"什么？"

　　"断子绝孙。"

　　"又不是我一个人倒，都倒。"

　　"有种你就再倒，你倒。"

　　"倒就倒。"

　　老板端起大红塑料盆将混杂鸡毛的水泼向护城河，后又将烂菜根逐棵扔下去。而她早已走到家门口。十年来每次见面，她都诅咒，他也必有所还击，但一直没有遭到报应。按照他说的，自己是有垃圾往河里倒，没有垃圾也创造垃圾往里倒。

河内早已只剩一条凝滞的细流，河床的泥沼长满草，飘出一股夹杂粪便、泔水、卫生巾、死动物，甚至死婴的恶臭。有一任县委书记曾开大会，说这是城市的眼睛、母亲河，修复治理刻不容缓，朱丹当时很激动，但只需进入实地测算，工程便告破产。它牵扯一点五个亿。

十年前，朱家在河边筑屋是因它占据八个乡镇农民进城的要道。将建成时，母亲与来自福建的建筑工发生争吵，因为通往阁楼的楼梯又窄又陡。"有什么用呢？"母亲说，"这部分钱我不可能付，你们觉得划不来，就拆了它。"包工头争辩不过，草草完工，一天后拿着砌刀说："你要活得过今年我跟你姓。"当时站在面前的是朱丹的父亲，他一脸愕然。

父亲是和善的人，和善使他主动给包工头的儿子取名，也使他无法阻止妻子不义的行为。除夕将近，好像是为了等女儿结过婚，也像是为了兑现自己身为一个男人对福建人的愧疚，他在郊外长河留下鱼篓、钓具和没抽完的香烟，去了另一个世界。

婚礼燃放鞭炮所留的火药味尚未散尽，新的鞭炮又点起来，客人们再度涌入，收拾、打理、吃饭、喝酒，像成群的企鹅挤来挤去。朱丹仰面朝天，放声大哭，几度要窒息过去，妇女们拿出手帕，不时擦拭她脸上汩汩而下的泪水。当她们已散尽，她还在无休止地哭，就像哭是一把保护伞，或者是一件值得反复贪恋的事。

因为父亲过世，已为人妻的朱丹每天中午回娘家吃饭，陪护母亲。也可以说是母亲让她履行这个义务。她和哥哥朱卫很小便受母亲控制。"休想逃出我的手掌心，"母亲总是说，当然还会补上，"我还不是为你们好。"

这种控制结出两种果实：朱卫醉生梦死，而朱丹胆战心惊。

朱卫知道什么都不做也会受到母亲保护，索性让她全做了。高二他辍学，被揪着去交警大队当临时工，几年后转事业编。母亲买下婚房，让他和自己一直暗恋的电影院售票员结婚。他只负责长肉，年纪轻轻，便像面包发起来，回家后总是瘫在沙发上，说："又说我，有什么好说的，要不你别管了。"而朱丹知道做什么都不会让母亲满意，生活中又总是充满这样那样的事情，大到是否入党，小到买青菜白菜，她都感到惶恐。有时不得不做出选择，她便捂着藏着，试图让自己相信母亲没有察觉。

"人总是要结婚的，我留意那小伙子半年了。"一天，母亲说。这是已决定的事，母亲却还是装着与她商量。果然，在她略表迟疑后，母亲大声呵斥："你知道吗，替他说媒拉纤的一大堆，你算什么东西？"后来母亲带她去城关派出所所长家，那里坐着一位皮肤白净的年轻人，在镇政府上班，父亲是县委政法委副书记。

大人们离开后，他一直低着头搓手。朱丹说："我认得你。"

"怎么认得？"

"就是认得。"

出门后，朱丹听到派出所所长小声问对方："怎么样？"

"我没有什么意见，就看人家怎么想。"

不久他们订婚了，试穿婚纱时，朱丹少有地展露出那种女人对自己的喜爱，在镜前来回转圈。"怎么样？"母亲问。她忽然低头流泪。

"不满意？"

"不。"

"那为什么流眼泪？"

"可能是高兴得出了眼泪。"朱丹露出难看的笑。母亲后来侦测几次，确信女儿是满意的。但临办婚宴时风云突变，朱丹呆滞了，这就像一团阴影笼罩在两家人心上。婚后数月，亲家母忍受不下，杀上门来，说："我知道你是强势女人，但今天这事不能不说，丹丹有问题。"

"她能有什么问题？"

"不肯行房。"

母亲大声说不可能，心下却全然败了。"说是亲家去了，丹丹难过，我们理解，但也不能难过这么久；说是嫌弃我们家晓鹏，我们也不怕嫌弃。这事我不说出去，但总是这样，我看还是早些了断了好。"亲家母说。母亲想起自家两代女人的悲哀，怕是冷淡也会遗传 —— 在嫁给好人朱庆模后，他们一年统共行不下三次房，都是又求又告的，最初一次她推来推去，差点将他下体折断。

朱丹回来时，母亲说："女人都要做这事情的，这是女人的命。"朱丹低头扒饭，母亲便分外忧伤地说："都是要躺在那里让男人戳的，你听话。"

"我知道。"

"忍一忍就过去了。"

后来与亲家母说话，母亲知道女儿每次行房后都会呕吐，有一次还呕在床上。亲家母虽然没再说什么，母亲却是羞惭不堪。她又是吓又是劝，与女儿一起研究《新婚必读》，吃肉苁蓉、胎盘，效果并不明显。母亲走投无路，找了个信人求告，却不知这妯娌听时满脸焦灼，传闲话时倒眉飞色舞。不一会儿，一座县城都知道此事。朱丹丈夫陈晓鹏受不住眼光，跟一个农校实习生好上，证据确凿，情节恶劣，朱丹和母亲却不敢闹，倒是那女孩子来到朱家门前叫阵。母亲走下去连抽她三耳光，被推倒在地。母亲便打电话叫派出所所长将女学生带走，关够二十四小时。

事实证明，母亲当初替朱丹选这个丈夫是对的。虽然从无一夜得到欢乐，也总是被教唆离婚，他终究还是像绅士一样护住婚姻。逢年过节，他一手提着很多礼物，一手拉着朱丹，来到朱家。他跟朱家去祭祖，很多事情办着也是向里的。在社会上，他和和气气，人们见多了鼻孔朝天的人，见到他这样又有面子又不傲的，总是格外亲热。母亲第一眼看上他时就觉得儿子朱卫不争气，现在看着仍充满慈爱。母亲感恩于他顾大局。

朱丹产子后，母亲松下气来。一个身高一米五七、体重八十斤的人，几乎是刨空身体，为陈家生下一个六斤三两的儿子，怎么也说得过去吧？亲家母要的本来就是香火而不是做爱，现在得到了，家庭便从风雨飘摇进入平稳，甚至比本来就恩爱的家庭还要平稳。她们达成默契，只要陈晓鹏不带女人回家，怎么都好。她们可以围绕新生儿分配好角色和任务：

　　妈妈、奶奶、外婆
　　喂奶、换尿布、带他睡觉

可是，孩儿一过哺乳期，朱丹又呆滞起来。不但呆滞，还加了惊恐。有时坐着坐着，突然中蛊，捂着胸大口喘气，额头出许多汗。"丹丹你怎么了？"朱丹却是站起，抓过包要走。"你去干什么？"母亲问。

"回家。"

"这不是你家吗？"

她猛然站住。

"你这是怎么了？"

"我快要死了，"她焦躁地说，随即又补充，"死不了的，你看，只是突然有点不舒服。"

这症状每隔几日来一次，有时一日来几次。母亲盘问不出来，失了眠，便幻听到楼上有男性脚步声，来回走几趟消失了。母亲自恃身正不怕影子斜，摸索上楼，在楼梯口摁亮开关，却是什么也没看见。角落里摆放着她和朱庆模结婚时的家具，还有一张四脚床。

"老朱，老朱。"她叫唤数声没人应。

母亲再不敢睡，开大电视，吵了自己一夜，次日便让保姆陪住。当嘴角长胡子的保姆在客厅打起呼噜时，她感到从未有过的踏实。以后她带着朱丹去坟前祭祖，去庙里烧香，那声响便再未来过，女儿却仍心慌不止。

曾有一次，女儿像是下定决心，自言自语走进厨房。母亲问："丹丹来做什么？"她又呆傻回去，拼命摇头。

"你来厨房做什么？"

"我不知道。"

"丹丹别怕，有什么事就跟妈妈说。"母亲口气软和起来。朱丹痛苦地看了一眼，落下眼神，"别怕孩子，你说，说什么我都不怪罪你。"朱丹却是回客厅了。母亲关掉煤气灶，走过去，罕见地捉住女儿的手，说："你不说怎么能治病救人，我们有病治病，有身体病治身体病，有心病治心病。我们妇女都有这样那样的病，又不止你一个。"

"没事，你看孩子都生了。"

"是啊，孩子都生了。这就说明你什么问题都没有。"

"都有下一代了。"

"是啊，那就别想了，越想越想不开。"

母亲也就如此了。后来她去找亲家母，亲家母找来陈晓鹏，说："以后别出去花心了，成何体统。"母亲说："也别说晓鹏。都是夫妻，夫妻应该有夫妻的照应。"

"晓得的。"

后来陈晓鹏至少在样子上过得去，接送朱丹下班，夜晚也搂她肩膀睡，可后者并无起色。即使是吃阿普唑仑、百忧解，也不见效。

终于有一天，母亲带着朱丹去省城看心理医生。那医生说："深呼吸。"朱丹做了几分钟深呼吸，果然头晕脑涨，立足不稳。

"是不是感觉就要死了？"

"是。"

"怕不怕死？"

"怕。"

"在死之前，你给我做一件事，背着双手，蹲下去，朝前跳一步。"

朱丹有些错愕，母亲说："让你做你就做。"朱丹背着双手，蹲下去，像青蛙一样僵硬地朝前跳了一小步，引得医生哈哈大笑。他说："你觉得一个快死的人还能跳远吗？你见过吗？"母亲跟着笑起来，朱丹看着母亲也笑起来。"什么事都没有。"医生说。

"是啊，一向都是疑神疑鬼的。麻烦医师再开点药。"母亲说。

"开个屁。我跟你说，你女儿的病就是自己暗示自己的。身体一不舒服，比如呼吸急促、胸闷——这是多么正常的事啊——就觉得是死亡的征兆。因此惊恐。惊恐得越厉害，她又觉得，要不是快要死了，怎么会如此惊恐？死个屁，快死的人能跳远吗？"

后来母亲咂摸几天，一看见朱丹便恶毒地说："死个屁。"女儿便低下头。可这也只好了半个月，朱丹有时走着走着，瞧见没人便弓着身子跳一步，次数多便成了强迫症。

此事久了，便由痛苦而厌烦，由厌烦而麻木，慢慢变成生活永恒的一部分。只是到退休那日，睹万物萧条，母亲才忽然意识到女儿比自己老得还要彻底。以前看女儿，觉得今日与昨日并无区别，这一天却像是多年后重访，诧异于一个三十多岁的女人，头发已像薄雪盖煤堆，灰白一团。

"你怎么不去染一下？"

"染了前边是黑的，发根长出还是白的，更难看。"

你还要活很久。母亲想，开始跟踪女儿。女儿总是目不斜视，像鹅，撇着双手沉闷地走。母亲有些不齿。女儿自打第一次骑车摔倒后便不再骑，现在满街妇女都骑电瓶车，只有她走路，搬什么都搬不了，像个文盲。女儿早上从夫家走到单位，中午从单位走到娘家，傍晚从单位走回夫家，既不理会人，也不被人理会。没人知道折磨她的人或事是什么。

由她去吧。有一天母亲意识到这样的跟踪早被察觉，便朝回走。她边走边抹泪，后来索性坐在路边水泥台阶上，看红尘滚滚。这些、那些，去的、来的，欢快的、悲伤的，一百年后都不在了。这样痴愣许久，她见着女儿坐出租车一驰而过。她迟疑片刻，像被什么弹了一下，趔趄着下到马路，拦停下一辆出租车。女儿若是出门办事，定会有公车接送。打电话至办公室，果然说是回娘家。方向却是反的。

那车辆出了城，驶过六七公里柏油路，转进村道，穿越一大片油菜花地、竹林和池塘，到达一座唤作二房刘的村庄。放眼望去，村舍鳞次栉比，贴着瓷砖，装铝合金窗，各有三四层，独女儿轻车熟路去的这家只有一层，仍是青砖旧瓦。女儿像是融进黑洞那样走入大门。大概也只五六分钟，她又出来，后边跟着一对老人。女老人矮小，笑着，真诚地看着她；男老人骨瘦如柴，只剩一张黄黑的大脸，眉毛、鼻孔、嘴角紧绷着，正将巨大的左手搭在女老人肩上，努力将右腿拖过门槛。

"爸，妈，不用送了，好好休息吧。"

那女老人便回头说："死老头儿，小朱跟你说再见呢。"女儿又走上前，捉住男老人瘫痪的右手，唤了一声"爸"，细声交代几句，他那原本像一块块废铁焊死的脸便忽然开放，露出全身心的笑。"要得，要得。"他说。

中午，母亲坐在餐桌边，看见女儿上得楼来，像上演哑剧那样，换鞋，放包，上卫生间，洗手，择菜，淘米，收拾茶几。她既不问母亲为什么不做饭，也不想知道保姆去哪儿了。她说了多少年的谎，骗了我多久啊？母亲心下闪过一丝恐惧，阴着脸坐着一动不动。女儿后来终于流露出惶恐的神色。

"把碗放下来。"母亲说。

女儿的身躯明显震动，接着她听到母亲说："给我。"她惶惑地望着，将茶几上的鸡毛掸子递过去。母亲指着她说："告诉我，这些年你都干了些什么？"

"没干什么。"

"没有？"

"没有。"

"那你怎么管那中风老头儿叫爸？"

"我没叫。"

母亲举起掸子劈下，被匆促躲开："跪下。"女儿便扶着桌沿转圈，像是快要哭了。"跪下，死东西，我叫你跪下呢。"女儿不肯从命，母亲便举着掸子四处追打。此时朱卫恰好归来，说："打什么，你从小到大就知道打，打得还不够吗？还不嫌丢人吗？"母亲便说："你问她，问问清楚，她外边是不是有一个野老公？"

"没有。"

"还没有。"母亲又打将下去，女儿却是仰头挨了。母亲便不再打，只见女儿委屈地抽动鼻子，哭哭啼啼，取过包要走。母亲捉住，说："别走，今天说清楚，不说清楚，就是死也要死在这里。"女儿挣脱不开，便恼怒地说："还不是因为你。"

因此，母亲知道自己当年拆散了一对鸳鸯。当时她只当提个醒，却不料真的拆散了。她曾毫无来由地教训女儿："你喜欢一个人时一定要想清楚。你只有一生，就像只有十块钱，一冲动，就花出去了。你脑子就是容易发热，喜欢听花言巧语。记得，你不慎重对待人生，人生也绝不会慎重对待你。"后来朱丹的表姐妹带着男人来做客，个个穿着文雅、举止得体。"你看看他们，要么家财万贯，要么父母当官，一起来，多有面子。"母亲说。

朱丹寻思母亲看出端倪来了。她背地里和同学谈了三年恋爱，那人退伍后到亲戚的电池厂当销售主任，叫起来"刘主任，刘主任"，颇是好听，却终究还是农业户口。"不过，无论如何，那都是我自己的选择，是我决定的，我不可能没有任何感情，"朱丹说，"现在想起来，我要是跟他过，苦是苦了点，也会比现在好。现在人不人鬼不鬼的。"

"那你当时怎么不说？"

"我敢说吗？"

"你就是处处寻思和娘作对。你想想，要是我死了，不存在了，不干涉你了，你还会要他吗？你愿意和这样的人过一生？"

"那至少也比现在强。"

这时朱卫插了嘴："丹丹的想法我理解。可是，天下执政党总是吃亏的，等在野党变成执政党，你就会明白，它们连前任都不如。政治不可靠，男人也一样。你跟那人过得下去，我不信。"

"不是这回事。"朱丹说。

他们却是因此又知道朱丹还曾经历一个恐怖的夜晚。那时距离她与陈晓鹏结婚只有半个月，母亲出差，父亲陪同前往旅游，而哥哥则在医院照应妻子，偌大的新居只剩她一人看守。她像只兔子，一回家便将门锁死，试图让自己相信男友刘国华并不知情。但后者还是在酒局上听到了："你的女人和别人拍婚纱照了。"

那众人的目光像是巨大的气体，推着刘国华朝险地走。"算了吧。"一个朋友说。

"算什么？"

他取过蒙古刀，走向朱家。据说他们炸开了锅，除开一人思前想后报了警，剩余人都骑摩托车逃回了家。值班民警说："口头犯罪不算犯罪。"

"难道要等他把人杀了才能算？"

"理论上是这样的。"

那当过特种兵、身高一米八的刘国华凭着一股戾气走到护城河，像野狼一般嘶喊许久。那四周原本有灯火的便都熄了，朱家的那盏也在犹疑中熄了。此时，刘国华的真气已一而鼓再而衰三而竭，他用手拍打防盗门，啼哭起来："丹丹，你开门呀，我的心被割得痛死了。"

这一两个小时，朱丹脑袋一直嗡嗡作响，只觉得无法解脱，人间所有的不快与折磨都涌上来，就像有无数条鞭子在抽打，就像自己躲在逃无可逃的角落，而猛虎不停用利爪拍打脆弱的栏杆。她想撞墙，想有一把手枪对准太阳穴，射进去子弹。她想要通透，一种光明的通透。"我快要疯了，"她对母亲说，"我没办法。"她打开门。刘国华滚进来，抱住她的脚。他除开哭只会不停地问："为什么？"

"我妈不同意。我跟她解释了几年，没用，她不同意。"

"那你还爱我吗？"

"不知道。"

"不知道，你不知道啊，"刘国华拍打着桌子，眼泪汩汩而下，"分明是你自己不要我了，你嫌弃我了。"

"我没办法。"

随后她又说："我想过办法的，对不起。"

"你嫌弃我。"

"我没嫌弃。"

"那你怎么还和别人结婚？"

"人总是要结婚的，我年纪大了。你别说，你听我说，我等过你，你总是说你会赚钱，你赚的钱去哪里了，你造的房子在哪里，你难道要让我嫁到二房刘去？"

这是分手的好时机，刘国华连口说"好，好"，就飘到楼下去了。她未曾想如此轻松，出了一身汗，跟下来。他一出去就关门，这是她期盼的，但她强撑着倚在门边目送他，以示并不绝情。

"不行，我还是爱你，"刘国华从黑暗中走回来，"我根本没办法克制自己不去爱你，离开你我完全活不下去。"后来他像疯子一意孤行。他找到一个新的武器，那武器挥舞起来是如此自如，以至于让他的软弱得到隐藏，同时也让他所有过分的要求得到尊重。

要么你死，要么我死，要么一起死。

"你知道吗？你让我感到害怕。"她摇晃起来。

"我不管。"

起初他像是在表演，后来便彻底陷进去："搞死我吧，只有这办法了，你看，我根本克制不了对你的爱情。"她去厨房给他倒水，出来时，看见他极其夸张地回到悲伤状态，便完全克制不住嫌恶。她说："喝口水吧，别说那些傻话了。"他一饮而尽，以一种动物般无声而可怖的眼神看着她，说："你到底爱不爱我？"

"你喝多了。"

"你到底爱不爱我？我问你呢。"

"不爱，"她突然进入罕见的平静中，说，"我告诉你，我不爱你，永远不爱。这辈子不爱，下辈子也不。你就是将我杀了，我也会这么说。"

"你以为我不敢吗？"刘国华抽出刀子说。

"那就来吧。"

她闭上眼。在那分外寂静的等待中，她像烈士，被一种前所未有的自主感包围，她说："来吧。"刘国华便绝望地嘶吼，他表达够对自己以及对方的眷恋，猛然一刀刺向自己的手掌。

"你干什么？"

"滚开。"

那野兽往下便像个出色的行刑人，先后在自己肚皮、胳膊、膝盖以及额头上画起线来，初时只觉那线突然变白了，接着便有一排鲜红的血珠蹿头蹿脑冒出来。

"你要干什么？"

"滚开。"

在她错愕时，他又喊了一声："滚开，你这婊子。"她便眼见着他将左手食指置于桌面，像切菜那样切下来。然后他说："我就是要让自己记得。我将身上弄出这么多疤痕，就是要让自己记得。这样我就永远不会对你心软。我让这些疤痕替我记着，我和你有深仇大恨。从今天起，我们有深仇大恨。"

"我保证，有一天我会回来清算你。我什么时候都可能回来，我可能搞坏你，也可能搞坏你父母、老公，还有孩子，可能搞死也可能搞残，可能搞一个也可能搞全部。搞一个还是搞全部，搞死还是搞残，全凭我的心意。我会等你长成一颗大桃子，再来采摘。我说到做到。到时就是你求我，我也不会原谅你。我以这根手指头发誓，我永远不原谅你。"

然后他永远地消失了。

朱丹因此呆滞了。所有人都知道她在婚礼上惊恐不定，她不时向门口张望，总是缩在父亲身后，一旦程序走完，便快速走回房间，锁上门。当时大家只当她是羞怯。"我怕他来泼硫酸，"她对母亲说，在后者将她纳入怀中时，她号啕大哭，"孩子生下后，我怕他突然蹿出来，将孩子夺下来摔死。这些年，他就像一块钢板塞在我脑子里，让我不得安生。妈，我就像站在孤庙里，雨地里到处是马蹄声，我转着圈，不知道危险会从哪里来。我怕。"

"别怕，我会救你的，我这就来救你。他来过吗？"

"没。他消失了。我一度想，他当时只是虚张声势，时间终将会改变一切。时间会让他的愤怒消失。甚至我以为这威胁本身就是恶作剧，恶作剧就是目的，他依靠这个来惩罚我。这个国家毕竟还有王法。他吓吓我，吓得我过不了日子，他的目的便也达到了。但正当我这样想时，他托人从外地带来一只包裹，那里有一个塑料袋，袋沿滴着透明的黄油，袋内装着一根发霉的手指。

那是他剁下来的食指。

"他就要回来了。"

尽管不太相信这说法，母亲还是在盛怒中召集本族在街上的人，杀气腾腾地去了二房刘村。"刘国华呢？刘国华在哪里？"他们在这青壮年都外出打工的村庄呼吼，找到那矮小的房屋。男老人照例用左手扒住女老人的肩膀，拖着残废的右腿出来。

"你们算什么东西？"母亲说。那男老人嘴角瞬时流出一摊水，说："说些什么呢？"

"她说，国华害了她女儿。"女老人说，接着又对母亲说，"你们也要讲良心，我们世代都是农民，我也知道你们是城里人，他们俩没好上，我们从来没怪过姑娘。不是一个条件。"

"什么不怪？你儿子说要杀了我女儿。"

"不可能，我儿子那么老实。"

"怎么不可能？"母亲使了疯，大声嚷起来。只见那男老人眼中滚下一滴球大的泪水，强忍着说："你们走啊。"

"走什么走？我今天特地来告诉你们，我们朱家就没怕过谁。"

"走啊。"

"我只是来告诉你们，我女儿这些年到你们家来，求你们，讨好你们，好让你们儿子回心转意，不要祸害她。她值得吗？你们配吗？你们哪一点配得上她讨好？"

那男老人怒得不行，颤抖着从随身包里抓出玻璃杯，掷过来，却是在距母亲还有一米时掉下。女老人马上大哭："都死了人啊，都没一个人出来做主啊。"母亲倒不怕什么村人，就怕人家又要中风了，强上几句嘴，便镇定地钻进车里，一溜烟儿回到县城。她找到派出所所长，所长二话没说，将刘国华申报为追逃对象。

又过去两年，风平浪静。母亲吃了往日好用强的亏，在老年生活中落了单，被一个练功团队召去，每日傍晚大力鼓掌。一日用力过猛，顿悟，这世道原来是吃人的世道，从此便难清醒。她又偏偏是无神论出身，因此能在表象上自控，一时使外人不能察觉。只是那疯癫像肥肉，时常勾引着她心甘情愿地走，一不朝前走，便如万蚁钻心。

那朱卫见情况如此，回家便少了。人们只道闺女是小棉袄，见着朱丹每日仍归来。母亲开始无休无止地折磨保姆，比如怀疑她投毒。那保姆是嘴角长胡子，大字不识一个的村姑，哪里受得了这般侮辱，卷起铺盖要走，被朱丹拉住，加了两百工资。朱丹说："三姑，你好歹在这里服侍八年了，就当她是个小孩，作弄她吧。"那保姆一听，心软了，后来还能开玩笑："老怪，你说我下毒，我要下毒早就下了，等不到今天。"

母亲说："哼，你先吃，你下毒先把自己毒死最好不过了。"

保姆便大碗喝酒，大块吃肉。然后她们在宅子里旷日持久地玩游戏。母亲总是出其不意在角落放上画过奇怪图案的人民币，装作忘记了。保姆总是将它们收集起来，还她，她便蘸口水一张张地点，要是少了，便大叫："我早就知道你是个不诚实的东西，你就这样贪心，连主家这点钱都偷。"保姆便打电筒去找，不久便真找到五块钱。

却说一日，母亲灵感来了，怀疑保姆将农村的亲人接来住了，便闲不住，四处搜寻。她从一楼翻至四楼，一无所获，便去了阁楼。通往那里的楼梯又窄又陡，她是单手扶着脑袋走上去的。她一打开锁，便见里边灰蒙蒙一片，一只壮硕的乌鸦扑棱棱飞出窗户。

两只用不干胶粘得严严实实，又被包装带捆死的木箱躺在那里，暗红色的油漆尚未剥落。看得出来，它们时刻等待被搬走，却像是不幸的孩子被永久遗忘。母亲抹抹盖上的灰，心里说："我可是从来没整理过这两箱东西。"

她下楼找保姆，没找着，便提着剪刀上来，撕裂不干胶，剪断包装带，将箱盖揭开。一股陈气几乎将她熏翻。接下来她所见的，让她痴愕。她先想到保姆父亲是宰牛的，接着判断这绝不是动物尸骨。她感到有意思了。这时，在她囫囵的脑海中，有两件事正相向而游，游到一块儿她就明白了。

尸骨……女儿。

但楼下此时正好传来保姆爽朗的笑声。三姑你还笑，你干的好事，你杀了人，还藏尸在此，坑害我朱家！她跌跌撞撞下楼，手翻笔记本，找儿子朱卫和女儿朱丹的电话号码。朱卫的手机一直没人接。朱丹的手机也一直没人接。第二次拨打时，朱丹已关机。母亲便在一阵强似一阵的恐惧中下楼去，走进光明的中午。她穿过护城河，走进知书巷，就快要撞着女儿了，却是侧身转进侧巷。兹事重大。她抄近路去城关派出所了。而朱丹走完知书巷后，走过护城河，和社员饭店老板交锋几句，便走到家门口。慵懒的保姆提着毛线及时闪现出来，谄笑着说："丹丹回来啦？"

"我妈今天怎样？"

"还不是老样子。"

"我看她跑出去了。"

"不怕，她会跑回来的，她怕我偷她的东西。"

果然不久，母亲高叫着"别跑别跑"，带一伙警察跑来。这事有诸多蹊跷处 —— 疯子报案从来没人理，即使那老所长是她一世情人。他们从初中好起，没牵过一次手、拥过一次抱、亲过一次嘴，却像世间最亲的兄妹，一向都由他来忍让、迁就她的骄横。这天她啼哭着猛然跪下，所长便老泪纵横："如果是儿戏，就当是陪你儿戏吧，反正我也早退居二线了。"他带着一名警察和两名实习生走进朱家大宅。上楼梯时，他们看见朱丹正汗如雨下地朝下走，便一起退到转角处，让她先下。

"丹丹你这是怎么了？"他问。

"没事。"

她凄苦地笑着，扶着栏杆软绵绵地走。大约十分钟后，那四名警察在查看现场时茅塞顿开，争先恐后朝下冲，其中一位还拔出枪。他们看见朱丹刚走到桥边。这十分钟啊，她只走了十米，她的脚就像黏着巨大的口香糖，她就像在噩梦里那样无望地逃跑。

"我们发现死者的西服里有刘国华的名片，他是不是你的初恋？"

"是。"

"他死了多少年了？"

"十年。"

据说在朱丹被铐起来时，母亲突然清醒了，她扑在女儿和警察之间，以极其正常的语言号叫："是我干的，是我干的！"

"是我。"朱丹说。

那老所长几乎像拎一只兔子那样将她拎开了，她便抱紧他的裤腿，大叫："是我杀的，我一刀一刀地杀，一刀一刀地剁，我将他剁得稀巴烂！"

"是我。"朱丹说。

此后母亲便像扎进没有终点的深雾，再没正常过。她曾经去看守所门口守候，但并不知道守候的是自己的女儿，是保姆牵着她去的。当囚车驰过时，朱丹透过铁窗，看见母亲甚至在笑，只是这笑容平淡而遥远，像是彼此没有任何血缘上的联系。这件事轰动了整个县城，甚至整个地区，每天都有许多人插着裤兜，来朱家门前，仰着头参观，有的人还掏出手机拍照。刘国华的亲属早就在这里贴满"血债血还"的标语，也拉上了横幅。母亲这时就像是他们中的一个，好奇地看着每一个细节，有时还用手抚摸白纸，用脑海里残存的对知识的记忆，念出一些字来。

案件在地区中院审理。出人意料的是，陈晓鹏忽然不顾母亲的指责，动用父亲及自己在政法系统的一切关系，替朱丹运作了起来。他请来一位名贯三省的大律师，那律师在法庭上只一句话便使审理进入僵局："死者系服食大量安眠药自杀。"

"我的当事人在死者昏睡后，探了他鼻息，才知他已断气。在慌乱中，我的当事人将他拖到床底，藏好，后来出于害怕，将他分尸，试图扔走。如按照现在的刑罚，她构成侮辱尸体罪，但在当时，法律并未规定这一罪名。"

"胡扯。"

那本来就已闹过事的刘家亲属，在旁听席上鼓噪起来。法官这时敲打木槌，用一种长辈人的慈悲问："被告，是不是这种情况？"

朱丹转过脑袋，看见刘国华的母亲正揪着一团白手绢，捂着唇鼻哭泣。哭着哭着，她用右手拇指和食指捉住鼻尖，清脆地擤下鼻涕，然后继续歪头歪脑地哭。在她大腿上有一张缀着白花的死者遗像。在意识到朱丹看她后，她站起来，大声说："可恨这女子，这些年来总是到我家来，不是骗我说儿子在广东，就是骗我说儿子在福建，说我儿子一定要赚可以买下一个县的钱才肯回来。你骗了我们多久啊。你这个骗子。"

朱丹说："对不起。"

接着她转过来，对法官说："我现在呼吸平稳，神态放松，医生说得对，当我转身面对恐惧时，恐惧便也如此。"

此后，公诉人要求出示证物。那两箱子白骨便被抬来，其中一只下肢还套着皮鞋，多数骨头被当众剁裂，裂口像开放着的喇叭花。"可以想见当时用力之猛。"公诉人说。

"这并不意味着什么。你并没有证据表明此案系他杀。"律师说。

"我们有被告总共八份供述。"

"我认为我们还是应该重证据而轻口供。"

"被告，你自己怎么看呢？"法官这时又慈悲地说，他的态度引得旁听席上一片震动，一伙由刘家邀来的亲友拍起桌子来，纷纷批评起这世道来。却是这时听到朱丹说："我要说是我杀的，你们就会判定是我杀的；我要说不是我杀的，你们也就很难判定是我杀的。我如今要说，是我杀的。"

"你们可以知道，我家地板上有一块划痕，那是他皮鞋蹭的。你们可以看见他的鞋跟有蹭掉的痕迹。那是我勒死他时，他的脚在本能地往地上蹭。他喝了我泡过安眠药的茶水，睡过去了，我扯下电话线，缠住他颈部，勒死他了。当时他的脑袋靠着我这边肋骨，这块肋骨现在还痛。

"人是我杀的。没什么好说的。你们刘家提出要赔偿，我这些年一直在积，积了有七万，算是对你们的补偿。"

她说完后，现场一片安静。那刘母举起遗像，想说却不知道说什么，便摇晃着它。"别让我看到他，恶心。"朱丹说。在处决她前，她写了一封简短的信，说："晓鹏，你一定要相信我是爱你的，我一直都爱着你。我们的儿子属于你。"

她在牢里一直跪着，死命地闭着眼，就像枪决在即，但最终她是被注射死的。

午后

中午，大人们像是喝过迷药软绵绵地低着头，一个个睡着了。安安试图甩脱捉着自己的干枯蜡黄的手。奶奶半睁着眼，嘴里犯恶心，又睡了过去。安安在甩动时，感觉那手紧握自己一下，像虫子蜇过。好玩。谁知甩着甩着甩开了。那只老手像瞎子摸黑，摸出几道弧线，疲乏地落向扶手。安安嘿嘿地笑，露出整块牙龈，门牙尚未长好。

这时，座钟的秒针一步一步地走，像有人在一下下地铡草。安安抬起腿，跨到门外，再将另一条腿拖出。阳光像一场金黄的雨。安安跑进道路。因为跑得快，脸上的肉上下晃动，不一会儿跑掉鞋。他心急火燎地将脚塞进去。他感觉他们已走远。后来，他抓起鞋赤足跑，房屋和山峰在眼前晃荡。他像汽车"嘀克、嘀克"地绕过弯曲小道，穿越整个村庄来到村头。阳光被村长家高大的房屋遮挡，留下阴影，安安像猛然失明。等它们（晾衣架、人力板车、蒿草、水槽）逐渐显现出来，他才明白没人。往日，反动、后学和辉东在这里拍炮。炮是用硬纸折成的，拍炮就是用手猛拍它，拍翻为赢，赢了拿走。安安不会折炮，总是等别人施舍。因为颜色不好看或者边角磨损，反动会施舍给他，然后赢走，最后又送他。安安再要玩时，反动便说"去去去"。后学与辉东会附和，"去去去"。

安安走过村长家。屋内正重播电视连续剧《包青天》。一集又开始，正播着主题曲。安安一句不懂，跟着哼的只是模糊的调子。安安看见通往河边的道路上浮着三个小黑影，大喊："等等我。"可他们不停。安安撒开腿追，绊了一跤。道路像楼梯猛然竖起来，痛楚和委屈杀到眼前。安安"妈妈妈妈"地叫。可是爸爸妈妈去了外婆家。安安哭得没意思，抹掉眼泪自己起来。他们走了不大一会儿到达水泥桥前。桥是用六块预制板连起的，洪水过后，桥墩陷进深泥，预制板七歪八斜。他们喜欢在桥上滚铁环，看谁滚得远，滚得远的可以耻笑滚得近的，滚得最近的必须下水将三只铁环打捞出来。

烦人的安安走来，脸上挂泪痕，嘿嘿笑着。他比画出几道弧线，说："我奶奶睡着了。"他们吸着鼻涕，对着眼神，准备比赛。安安抓反动的裤腿，说："我奶奶睡着了，手还像瞎子一样乱摸呢。"反动甩动屁股，说："走开。"后学与辉东随即附和，"走开"。辉东推着铁环，快要撞上安安时，大喊让开，安安便失神地跳进蒿丛。辉东上桥，推了几步，就让铁环栽进河里。反动和后学大笑，安安看看他们，也笑起来。

"笑什么呢？"辉东白着眼睛说。安安便不笑。反动说："没什么说的，你自己下去捡。"

"你们还没推呢，不见得比我远。"辉东说。

"我推给你看。"反动说，"小样儿。"然后他拿起铁环，小心滚过一块预制板，捞住它，说："比你远多了吧？"后学则推过两块预制板。辉东咬牙切齿地捞起裤腿，脱鞋，一步步走下河。安安学着反动的样子，双手抱于胸前，睥睨地看。水像幽井，将光明阻隔于水面。辉东用脚没探到，脱掉衣服，扎猛子进去。反动说：

"该。"

这时安安想起来，说："《包青天》刚放一集，我听到的。"

"胡说，白天不放《包青天》。"反动说。

"真放了，我听到唱歌。"安安说。

"放你妈。"后学说。

"是啊，放你妈。"反动说。

可是他们接着就唱。

反动："开封有个包青天。"

后学："铁面无私辨忠奸。"

反动："江湖豪杰来相助。"

后学："王朝和马汉在身边。"

反动背起手走出八字步。安安愉悦起来，好像是自己终于对他们有用了。等辉东湿淋淋地上岸，他们又不睬安安。比赛几轮，辉东学乖，老说："反正也脱过了。"有时反动就是没推到他那样远，他也下河捡，他从水里冒出脑袋，很爽很爽的样子。安安看得入迷，一时觉得河不宽，桥不长，自己也能推过去。可他不敢提出来。下一个节目是去蒿丛比谁尿得高。反动说："你给我看着，不许碰。"安安接过泛着光芒的铁环。

蒿丛出现"你妈"的呼喊，辉东像兔子逃脱，反动和后学追出来，三人跑远。安安提着铁环，冰凉、沉重。他将铁环竖放在路上，感觉推一下就会滚动起来，可手一松，它就歪斜倒地。他努力回忆他们的动作，觉得诀窍只有一个字：快。他试得满头大汗。当他终于将铁环放在预制板边沿时，已物我两忘。他咳嗽两声，松开捉着铁环的手，它便在预制板上笔直地跑，很顺利。他觉得能平安推到对岸，一定能，而他们不行。他们一中午也没推过去一次。然后他听到大喝："原地站住。"他看着铁环像兔子跳进河里，他差点跟着栽下去。

转过来。

安安转过身，看见三双焦急而慈悲的眼。他们匆忙打手势，让他蹲下，他蹲下，才感到不晕。反动温柔地唤："别怕，孩子别怕。"他们仨手拉手像解放军一样小心地挪上桥，将他解救上岸。反动点着安安的脑门说："要是滚下河去怎么办？"后学说："你会划水吗？"辉东跟着点安安的脑门："你要是淹死了呢？"反动推开辉东，说："没轮到你。安安你听着，你要是淹死了呢？你淹死了你奶奶怎么办？你爸爸怎么办？你妈妈怎么办？你一家人怎么办？"

安安红着脸。

"快给哥哥赔不是。"反动说。安安认真摸辉东的手，说："东哥对不起。"又摸后学的手，说："学哥对不起。"最后摸反动，还没说，反动就说："好了好了，没事了。"然后反动看了眼天空，说："我们还要玩什么呢？"后学和辉东都没想法，安安也没有。他们只知跟着反动走，反动会有办法的。一贯如此。这次反动走回到村口时顿住，示意安安回家。安安不动，后学和辉东便将他架到回家的路上。安安还要跟上，三人回头，发出恶狗般的汪汪声。

安安看着他们像是去分享巨大的秘密，失落死了。他愤恨地想：反正我也累了。他往家走，要走回椅子边，将手塞进奶奶的手里。他就是被这干枯蜡黄的手剧烈提醒到，心脏空掉，好像大风刮过，刮得什么也没有。要是他能活到二十岁、三十岁，就知这感觉叫失恋。可那时他能想到的就是：我的心空空荡荡。他转身回来，沿着他们走过的路走下去。

他们仨勘察过一个又一个稻草堆，闪进最大的一个。他躲在稻草堆后边，旁边传来秒针走动的声音。他知道是后学和辉东将稻草一捆捆塞到铡刀下，由反动铡。声音好听极了。不久，声音消失，他想他们是不是走了。他得回家，困了。这时，反动开唱："开封有个包青天。"他们便跟着唱起来。安安的血活转起来。他竖起耳朵，听见他们在争执谁该当包公。其实不用争，最后总是反动当，可他每次都要假装以理服人。

"我皮肤黑，你皮肤黑吗？"他说，"我肚子大，你肚子大吗？"

因此后学只能当王朝，辉东只能当马汉。

"王朝在吗？"

"喳。"

"马汉在吗？"

"喳。"

"王朝马汉听令，带犯人陈世美，"反动说，"速带犯人陈世美。"

这个游戏玩不下去。而安安矜持起来，他要等待反动的一句话，这句话就像一块糖、一个抚摸、一个及时的赞赏。他一定要等到，而不是自己贱兮兮地跑出来。最终反动悲叹道："要是安安在就好了。"他一把跑出来，拍打衣袖，跪下，说："陈四美到。"反动噎住，不过很快恢复开封府尹的威严，说："你应该说犯人陈世美到。"安安说："犯人陈四美到。"反动抛出稻秆，声如洪钟地喊："王朝！"后学捡起它。"喳。"反动喊："马汉！"辉东捡起它。"喳。"哈哈哈……反动仰天大笑，将犯人陈世美押上铡台。

后学和辉东将安安拖到铡刀下。阳光自遥远的天空投射下来，闪耀于刃口，像在那上面涂抹一层雪花。安安的脖子因为靠在冰冷的铡槽而发痒，他嘿嘿笑。他笑时整块牙龈露出来。笑什么笑？后学和辉东按死安安，可他笑得更加不可控制。反动迈着八字步走来，用鞋尖踢木柄，比画着刃口，拿嘴吹手指。他对眼睛骨碌转着的安安说："犯人陈世美听好，开封府铡刀有三种，第一种是龙头铡，为皇亲国戚准备；第二种是虎头铡，为文武大臣准备；第三种是狗头铡，为黎民百姓准备。你是当今皇上的驸马，理当用龙头铡。你可知罪？"

安安咻咻地笑。

后学和辉东说："你应该说犯人知罪。"

安安的眼里便放出磷火般的光："犯人知罪。"

反动抬起手腕，看了眼不存在的表，说："午时已到，铡。"说完摇动木柄，刃口挨到安安脖子时停止，算是铡过。接着是后学，将刃口停在安安脖子处也算铡过。最后是辉东，他朝手心吐唾沫。安安不耐烦地说："等下轮到我了。"他也像反动和后学那样，将刃口停在安安脖子处，算是铡过。但是他在提起铡刀时感觉吃力，为着不丢面子 —— 不让铡刀压不下来 —— 他使尽力气，几乎是跳着让身体吊在刀柄上。那往下的力气便不受控制，像马车不歇气儿地坠向山谷。铡刀切掉安安的脑袋。笑声消失，像正流淌的河水不见。过了很久，血才从颈口一股股地喷出来。他们仨像大风吹刮的锡纸，哗哗作响，站着尿了裤子。他们看着不敢看的铡台。辉东太入戏，或者说本来就是"逆子贰臣"。后来，辉东之父吴主任赔偿安安家五万元。

（感谢方舟先生为我讲述这个故事的雏形。）

春天

# 一

"看清楚了。"年轻人长时间盯着，忽然捂住鼓起的嘴躬身跑开。我甚至看见泪水倾斜着滴向地面。看守高耸眉毛，睁大眼看我："早说了不要看，有什么好看的。"他拉上裹尸布，这样她便只剩一个轮廓了。

我一直走到殡仪馆外。年轻人蹲在路边，已呕吐干净，不过指头仍按在地上，手臂不停地抖。我拍拍他，他转过头来，眼泪像伤口的血不停涌出。我完全理解这种痛苦。"不要难过，你毕竟来看过她。"我说。

他动动嘴角。

我扶起他缓慢地走。他回头望着殡仪馆。"我带你去漱口，"我说，"只是去漱漱口。"我们来到小卖部，我让他扑在柜台边，买了一瓶矿泉水。我说："走，我们出去漱漱口。"但他好像睡着了。我用力拉，他反应过来，跟着走出来。他漱口的动作十分机械，好像老人在咀嚼什么食物。一辆挂满尘土的桑塔纳驰来，路过我们时猛然转弯，差点剐蹭到我们。

它停在殡仪馆门口。

一个四十来岁的男人从驾驶室钻出来，匆匆走进馆内。他穿着棕色夹克以及肥胖人才穿的松松垮垮的牛仔裤，屁股后挂着一串钥匙。不久，从后座钻出一位矮个儿妇女。她穿黑色礼服、黑色裤子、黑色平底皮鞋，右臂用别针别着一块黑纱，手里还捏着一块黑纱。她挎着黑色的包，像鸭子追赶着前边的男人。

　　"我们进去。"暮色将至，年轻人才说。我感觉有很长一段时间，他并不知道世界发生了什么，不知道一个女孩死掉了，也不知道自己为什么来。但他终于醒悟过来，又哭上了。我扶着他走进馆内。现在温度是这么低，大厅阴凉，看守拖着水泥地面。他对我们说："我真搞不懂。"

　　"您辛苦了。"我说。

　　看守在一块已很干净的地方来回拖了一阵子，示意我们坐到东边那排椅子上。这样我便能看见坐在西边的那对男女。不像我们这边——年轻人正靠着我说着呓语——他们分开坐着，隔两个座位，不停争吵。他们吵得越来越凶，声音嗡嗡地飘浮，弄得大家头昏脑涨。

　　"吵什么？"看守将拖把重重蹾在地上。男子抬起头，而女人掏出手帕抽泣。有时哭得欢快了，她便停住，用食指和拇指冷静地撸出鼻涕。看守躬下身继续拖地。我觉得是过度的无聊摧垮了他，使他将地板当成反复擦拭的艺术品。

　　我看见男子里头穿着暗红色 T 恤，手戴金戒指。他一会儿揉搓头发，一会儿抓痒。他将放在空椅上的黑纱别到胳膊上，转过头对女人说："我戴着了，我知道这不光是你的女儿，也是我的女儿。"然后他看表，问："还要多久？"看守继续拖地。"你就这么急？"女人说。男人盯着她，眼露凶光："要不是在这里，我早揍死你了。"不过在一阵沉默过去后，男人眼眶却红了，鼻下也挂出鼻涕。

"我只有你这一个女儿啊。"他抽抽搭搭地哭起来，从口袋里摸出烟盒，将烟抖出来叼到嘴上。他又摸出火机点燃它。他一边咳一边抽烟，眼泪都滴在烟卷上了。

"请熄掉你的烟。"看守说。

"熄在哪里？"男人望望地面、座椅以及摆放着各式骨灰瓮的橱柜。看守继续拖地，看起来要收尾了。男人歪斜着脑袋，阴沉沉地看他，非常用力地吸了一口。"我跟你说了，公共场所不许抽烟。"就是我怀里的年轻人也被这声咆哮吓坏了。看守气势汹汹地走过去。

"不许就不许，你说话就不能客气点？"

"你不懂公共场所不许抽烟的吗？"

"你客气点说不行吗？我得罪你了吗？"

"你没得罪。"

看守走到他面前，继续说："你没得罪，要抽的话，请出去抽行吗？"男人一只手揉搓着眼窝，另一只手仍然夹着烟卷，烟灰积得老长，不久掉落在地。看守的眼光跟着落向地面。"我就是抽了，你能怎么样？"男人说。

"怎么样？"

就是看守自己大概也没想到，他抽了男人一耳光。这下子热闹了，男人挺身而起，将骨瘦如柴的看守拎起来。"你知不知道，这里烧的是我唯一的女儿，我只有这么一个女儿，她被烧了，你知不知道？"他猛击着看守脸部，"你知不知道？"

看守大喊大叫。男人望了一圈四周，将他丢下来，踢了一脚，"去你妈的。"然后男人取下钥匙串，大步走向门外。我先是听见桑塔纳啾啾地叫起来，接着听见车门被嘭地关上、发动机启动，后来是车辆转弯时轮胎与地面发出急剧摩擦的声音。他逃了。

女人坐着发抖。看守爬起来时，她说："我跟他没关系，他早就不是我的丈夫了。"看守盯着她，她便朝后退缩。随后，一个穿白色阻燃工服的工人提着铲子赶来。她重复了那句话。那铲子冒着烟，可以想象，它刚取出时一定被烧得通红，现在灰扑扑的。我记得铲子上曾滴下一滴黏稠物，就像塑料被燃烧时会滴下的那样。接着女人又说了一句话，就是这句话惊醒了年轻人。他笔直地站起来，反复捏紧拳头，朝大厅后头的火化间走去。在我赶到前，他直通通跪在地上，双手展开，胡言乱语起来。我想他是在哀求，不要将一个已经死去的女孩再弄得尸骨无存，尽管这无法避免，我还是盼望着不要就这样一下子将她烧个干净。

他的脸上像是有人在一盆盆地泼水。我他妈的也要哭了。那个女人，也就是死者的妈妈说："春天，是你爹让你这样的啊。"

她一直在咕哝："每一次都是我来揩屁股。没有一次不是。你为这个女儿负过什么责？你负责都负到哪里去了？你算准了我，你知道我心软，知道把春天丢在马路边一个人走掉，我就一定会去把她抱回来。你真狠心啊。但是春天又不是我一个人生的。你这做爹的难道半点责任也不该负？为什么每次都是我来给你揩屁股？我难道天生是你的用人？"

在看守和工人跑向领导办公室后，这个穿着黑色礼服、黑色裤子、黑色平底皮鞋，别着黑纱，像一只黑鸭子的妈妈，步履蹒跚但内心坚定地走出去，追随她前夫的脚步。她边走边说："说什么我也不回来。我受够了，早就受够了。我决定了，你不回来我也不回来，你以为我回来，我就不回来，我看是谁回来，看是谁更狠心。你随她怎么样，我也随怎么样，我看是谁回来。"

# 二

他掏出一张不足三十字的介绍信。看格式原是开给看守所的，现改写成给殡仪馆了。在填写探视理由处，警官画了个斜杠。这里最好能写上具体内容，比如"协助调查采访"，他面露难色。"这就够了，"警官说，"我们这里还没开过这样的介绍信。"

他用了两天来解决此事。打电话给自己报社的记者，让他们帮忙联系这座城市的政法口记者，再由后者联系这边公安局熟人。一环比一环疏远。他得到这边记者的承诺，说马上，却从上午等到下午。最终他闯进报社，喊叫着记者的名字。

"没看到我正在忙吗？"对方说。

"我只是着急去看一下，兄弟，"他越说越缓和，"她是我女朋友，是我女人。"

"你看分局那边也快下班了。"

在等待时，他想：实在不行，就将汽油倒在停车场角落的废弃灵车上，反正仅有的一只轮胎也瘪了。车内锈迹斑斑，塞满湿润的木条。将这些木条点燃，让它们冒出浓烟，然后在他们赶出来时，潜入殡仪馆。这办法并不明智，还不如手持木棍，将他们逐一打翻。

当他第一次走进殡仪馆时，看守拦住他："你怎么搞的？"他看见自己的鞋在刚拖过的地面上留下印迹。"你要干吗？"看守说。

"我来看我的女人，她死了。"

"运来多少天了？"

"应该有七八天。"

"带户口本了吗？"

"没。"

"结婚证呢？"

"我们没结婚。"

"那你有什么证据证明你是她男人？"

"我就是她男人。"

"那我也是。"

看守接着说："你总得有个证明。"

"我骗你干吗？到现在我还没看她一眼呢。"

"每个人都这么说，都说自己是死者的亲朋好友。但你不觉得殡仪馆也是个单位吗？你们想来就来，就走就走，难道就不应该对它讲点规矩吗？"

"你看这里一个人也没有。"

"这是规矩。"

"您行行好。"

"我为什么要行好？我在这里上班，干的就是这事。我得保证死人不受打扰。"

"她真的是我女人。"

"没有人不是这样说的。"

"你知不知道，我在这世上爱着的只有她，我见不到她，就活不下去。我活不下去，你也别想。"他从钱包里先后掏出两张钱，哀望着看守，可看守将手插进裤兜头也不回地走掉了。后来看守又提着拖把回来，在年轻人脚下拖来拖去。

"我没工夫和你玩什么柔情。"看守说。

"我是记者，"他想了很久，说，"我有权对她的死因进行调查。"

"刚才你不是说你是她男人吗？"

"我是记者，同时是她男人。"

"那你的记者证呢？"

"没带。"

"走开。"

他掏出这张不足三十字的介绍信，递给我看："我也不知道这个行不行。我是顺道来向您告别的，您是好人。"

"你要先休息下，你可以到我家休息。"

"来不及了。"

"那我陪你去，我反正也没什么事。"

"我得感谢您，但这事最好还是我一人去干。我应该怎样向您表达我的拒绝呢？我得感谢您，您是好人。"他显得为难。"我终归也是要去送她一程的。"我说，然后搂住他肩膀，走向车库。我载着他朝西郊行驶。下午的阳光射向车窗，他迷糊起来。他睡得很少，即使有时间睡，脑子里也应该交织着种种噩梦。不久他果然醒来，问："到哪儿了？"

"还早。"

"我一定睡了很久。"

然后他眼神空洞地望着前方。最终，一根冒着烟的大烟囱进入视野。"就是那儿。"他说。我们便开到烟囱下的殡仪馆。它的门前有着龟裂的水泥停车场以及一座狭小的花坛，摆着两排塑料花盆，里头都是塑料菊花。

看守穿着仪仗队式样的制服，一身洁白，包括皮鞋和手套，只有肩章和袖口的缀条是红的。他弹着裤缝，看着我们走来。年轻人拿出中华烟，很久才知道怎么拆开封条。他将过滤嘴都捏皱了，说："师傅抽根烟。"看守将手抬到唇前，摆了一下："不抽。"他确实很该死。

"您看看。"

看守接过介绍信，背过身，就着阳光研究。这时，年轻人攥紧右拳，将它提到胸前，准备给看守的后脑勺一击。我扯他的衣角，却是让他更加愤怒。他等待着，直到看守招招手，说："你们也知道，我也是按规章办事，规章规定我怎么办，我就怎么办。"

我说"是啊是啊"。

我们跟着往里走。进门前，看守说："擦干净。"我们便在一块红色门垫上来回擦鞋底。年轻人一直沉浸在自我赋予的勇气中，可一进到这巨大而安静的大厅，人便发软，苍白的脸上渗出许多汗珠来。

看守领着我们穿过大厅来到领导办公室。一位戴眼镜的男子正在看报，介绍信递过去后，他看也没看便签了字。然后我们回到大厅，从西北侧小门走出去。路的尽头是火化间，据说那里的化尸炉泛着银光，像面包烤箱排列整齐。停尸房在通往火化间的路途中间，左边连着冷库。"制冷坏了，修了几次没修好。因此无论如何，今天也要把她化掉。唉，到时候可能还要切开尸体，否则会爆掉。"看守说。

年轻人停在那儿走不动了。

"你非得要看。"看守说。

年轻人喘着气，深呼吸好几次，才继续走动。看守推开装着毛玻璃的门，一股浓烈的福尔马林气味冲过来。房内摆着十来张铁床，有几张盖着裹尸布，显现出尸身的轮廓。墙角则起了一圈半尺高的青苔。有尸体的地方，植被茂盛，我想到这个。看守径直走向其中一具，像魔术师一样拎起白布一角，说："你们真的要看吗？"

年轻人极为认真地点了点头。

看守缓缓揭开裹尸布。哦，现在想起来还是犯恶心。春天躺着，肿胀了一倍，肚皮却瘪了，从上衣缝隙露出解剖后粗枝大叶的缝针痕迹；那皮肤一部分呈褐色，一部分发黑，像是豆腐起了霉斑；只有脸部还稍微保留住一些往昔的影子，但是大耳扩腮，眼球暴突，嘴唇肿胀外翻，露出岩尖般的牙齿。我的脸皱成一团，眼睛痛苦地闭上，我已经为这具尸身严重吐过一次。年轻人一直硬站着。看守问他："看见了吗？"

"看见了。"

"看清楚了？"

"看清楚了。"

三

我走进小区里我的家。电梯在四层开启，一个年轻人蹲在对面墙角。他迎着我的眼光，想说话，却自我劝止了。我走过去，打开自家房门，听到细微响动，是他站直了。我转过头来看。他的嘴唇再度开启，再度抿了下去，像好不容易支起的帐篷一下扑倒在地。

"有什么事？"我说。

"请问是陈先生吗？"

"我身体不舒服，不接受你们谁的采访。"我关上门。一会儿，响起敲门声，我拉开门吼道："够了，朋友，我说够了。"

"我是春天以前的男朋友。"他说。

"什么？"

"我是春天以前的男人。"

"你有什么事？"

"我想看她有什么遗物留在这里没有？"

他不争气地流出了很多眼泪。我则在等待一种叫恍然大悟的东西，就是这个人，就是他啊。他说："说起来都是因为我。"可我觉得不是这回事，他应该具有让女人崇拜的危险面容以及冷漠残忍的脾性，可他无论是面相还是举止都显得过于老实。只有额头一块不大的疤痕似乎证明他还有过暴力经验，而我宁愿相信他是挨揍的。

"进来吧。"我说。

他匆促致谢，躬下身去解鞋带，被我制止。我去那间小卧室取了遗物，发现他还留在门口。"我是在报上看到消息赶来的，没想到她死了。"他说。

"炒作一阵子了，本来是自杀，非说他杀。"

"我知道。"

"春天也不是什么小姐。"

"嗯，说起来是我害了她。"

"别这样。"

我想我终归还是与人为善的，便缓和口气："我一直没给外人看过，你坐。"他鞠躬着接过去。在那本《茶花女》的扉页上，有一行字：

玛格丽特对春天惭愧。

他一见到此，便像罪犯在铁证面前表现的那样，猛然栽下头。这是当日他的笔迹，稚嫩、自信而草率，在爱情的冲动里迷信对方是唯一。现在他穿过时间之河，有大量的结果可以用来校验当初的赞唱与誓言。而他即将打开的日记本，每一页都被圆珠笔画了大叉，有的已划破，我们仿佛还能看见春天当初歇斯底里的举动。我走到厨房倒水，年轻人则在不停翻日记本，最终他抱紧自己的头，抽泣起来。我看见他的背部微微颤抖，接着肩膀、胳膊和衣服也明显耸动起来，仿佛整个身躯都参与了这场哭泣。

春天这样写：

> 我找不到谁说话。我想了所有人，没一个合适。也许不是合适，而是没人愿意来听。我快要死了。我都要死了，他们还在问："你怎样了？要不要喝点热水？"你也不在。即使你在，你也会狠心走开。我不可能再相信你。我病得快死了。我会死在没人要的野外，总是下雨，下了很多天，我的尸体都湿透了，你们也不会来。我不在你们的名单里。我活该这样。你们没一个会同情我。没有没有没有没有，你们没有一个人在乎我。我算什么东西。

除开这些，整本日记留下的便全是一个被迫害妄想症患者的胡言乱语了。我早撕掉那页说我的，她写我如何处心积虑地勾引她——路过时蹭她，用手指勾她下巴，将手掌捞向她下体，等等。她构陷了所有人。

"没这回事。"我说。

"我知道，"小莉皱紧眉头，不停晃荡着脑袋，"你最好把它们全撕了。"

我端着水走回客厅。年轻人抬起头，睫毛湿答答的："我得走了，实在打扰您很久了。"

"没事。"

"我能带走吗？"

我点点头，将为他准备的茶水放在茶几上，由着他走出去。"你有什么事需要帮忙，可以来找我。"我说。

"嗯。"他匆匆回答道。

我关上门，走到窗边，一直等到他在地面出现。他走错了方向，很久才知道回来。他仰面朝天，吊垂双手，放肆地哭泣着。有几个路人停下来看，他差点撞上一个。我想这时就是有人向他脸上吐痰，他也不会管；就是照着他胸口插一刀，他也会朝前走。他要哭很久很久，为着罪孽。

此后又只剩我一人。在长长时光里，我将酒放在腿间，坐在沙发上发呆。上午走了，下午来了，灰暗的东西从天空压下来，天黑了。然后，从那狭小卧室传出若有若无的呻吟。也许只是感冒，但春天像经验丰富的老太婆，在四周沉默时她沉默，一听到脚步声，便赶紧呻吟起来。我们走到门口时，那呻吟便极为大声。

"你怎么了？"我们走进去问。

"我快要死了，你看，都没什么血色。"她悲啼着，眼泪朝外滚。"奸诈。"小莉看着我。我点点头，说："喝点热水吧，我这就去倒。"后来我们路过时不再停留，她的哼叫便徒劳。现在她都死了，我还能听到她在房间像织布一样织着自己的呻吟。

"够了。"我醉意醺醺，踹开房门。那里只有一床暗红色的小席梦思。我找到扫帚，在每个角落扫荡，我吼道："够了够了，别他妈再哼叫了。"她便停止哼叫，却又在我低头时，悬浮于某个角落。我仓促望去，她便像一口气吹飞的碎片，无声地散了。

我打电话给小莉，说："我从没像现在这样想你。"可她仍沉浸于自己的悲哀："将房子卖了吧，我实在是住不下去了。"

"卖，过完元旦就卖。"

"能早点就早点。我实在没这么倒霉过。"

"那你还回来吗？"

"不回了。"

我整夜开着灯和电视，比任何时候都盼望早晨到来。在白天，我穿过一条条街，嘴里模拟着，嗯唵，嗯唵，嗯唵。可总有一股万有引力，将我扯回来，即使背对着家门，我也会倒退着回来。嗯唵，嗯唵，嗯唵，我模拟着，像头驴被迫回来。

"这不就来了吗？"

保安将手越过年轻人的肩膀，指着我说。年轻人转过身，眼睛像棍子打在我身上。几天工夫，他头发凌乱，脸色灰白，嘴唇也不见半点血色，连着眉毛也灰了。他就像常年吸毒，或者连续熬夜打牌一样，在生理上极为疲倦，却在精神上极为亢奋。

"我是特意来向您告别的。"他向我鞠躬。

"事情处理好了？"

"还没，我这就要去看春天。"

"你还没看到？"

他捏紧拳头，骂起殡仪馆看守来。说起这老实人的愤怒，嗯唵，因为并不践行，便在嘴皮上极尽凶狠。他一边在包里翻介绍信，一边破口大骂。


# 四


警察没有回答，将我召入会议室。有人拉上窗帘，摄像师扛着机器，摄像机尾端插着一根线，连着话筒。电视台记者举着话筒，背诵开场白。是自杀还是他杀。殒命。这究竟是。欢迎收看。《谜局》。

"我可以走了吗？"我再次问。

"你等等，他们也许会问你一些问题。"警察的眼睛盯着摄像机。

船夫双手扶膝，目不斜视，坐在角落。我听到"先录先录"的声音，灯光师举起白炽灯对准船夫，后者的脸瞬间僵硬。电视台记者走过来抓起船夫的手，有力地摇着。"别紧张。"他说，然后抽出那只手。船夫不知是要将手指合拢，还是继续分开着，便让它悬在半空。直到采访结束，船夫才收回手，去抓了抓衣服。

然后电视台记者开始抖电线。就要到我了，我喘着气，没有比这种等待更熬人的了，我还没经历过这种事呢。当电视台记者提着已经顺溜的线，在跟随的白炽灯照耀下走来时，我站起来，他就像将军一样散发着威严，盔甲哐当作响。

"不用站着。"他笑着说。我因此坐下来，我的脸得有多红啊。

"准备好了吗？"

"好了。"

"我们都知道死者生前曾在你家住过一段时间。"

"是。"

"她是你什么人？"

"我妻子过去的同学。"

"她为什么住在你家里？"

"她是我妻子的同学。感情好。她穷。住不起房子。也许。"

"你觉得她是个什么样的人？"

"待人和气，挺懂礼貌的。"

"具体说是？"

"就是特老实。"

"比如？"

"她对每个人都和和气气。"

他对我轻眨眼皮。我说："唉，没想到她这么快走了。"他便对着镜头发表议论，然后转过来说："谢谢。"他握住我冰凉的手，而我的汗倾巢而出。

"我可以走了吗？"我走过去问那位警察。

"等等吧，谁知道还有什么事。"

不一会儿，法医推开门。他将蓝色文件夹抛到桌面，然后戴上白色手套。后边闹哄哄地跟着一伙报社记者，为首的是那个穿着红色鸡心领毛衣的矮子，他皮笑肉不笑地和熟人点头，然后带着一股畜生般近乎蛮横的自负，坐到法医对面。

"现在要拍吗？"法医对着摄像师喊。

"可以吗？"

"可以，有什么不可以的？"

法医振振衣服，坐好，从文件夹里抽出一张照片，说："你们看，鼻子下有白色蕈状泡沫，说明是溺死的。这是冷水进入呼吸道，刺激气管黏膜导致的。"接着他又抽出一张，显示春天手里抓着泥草："这也是溺死的重要特征。我们至少可以排除她是被杀死后再抛入水中的。她是直接溺死的。"

矮胖的记者举起手来。

"什么事？"电视台记者问他。

"我可以问问题吗？我怕耽误你们拍摄。"

"没事，人家会剪辑。"法医说。

"那我说了。这两张照片并不能排除是他杀。溺死不一定代表自杀，别人也可以将她推下水，置她于死地。"

"这种情况很少见。"

"我在电影里看过，金三角的毒枭经常将人推到河塘里淹死。"

"那是电影。"

"电影来源于生活。"

"我问你，假如你是凶手，你会将一个成年人推到河里吗？"

"有什么不可以，什么痕迹都不会留下。"

"你考虑过他的游泳水平吗？考虑过他的求生本能吗？考虑过水深水浅以及水的流向吗？这些都考虑过吗？他要是没死，你怎么办？"

"我会事先采取措施。"

"什么措施？"

"捆好他的四肢，或者绑缚重物。"

"那在这起案件里你看见过绳索或者重物吗？"

"当然，"记者解下相机，调出照片，"你看，她的双手被绑住了。"法医摆摆手。记者接着说："很简单，要是我自杀，怎么能将自己双手绑起来呢？"

"这在自杀中并不罕见，你没见过而已，"法医做起手势，"你既可以通过别人帮忙，也可以自己先做好绳套，用牙齿拉紧系带。"说完他慈悲地看着记者，就好像不是他在疲于招架，而是对方就要踏出最后一步，掉进自己安排好的陷阱里。记者果然说："你也不能排除有人将她双手绑住然后将她推到河里的可能性。"法医鼓起掌来，警察将船夫带过来。

"你问他吧。"法医说。

"是哩，是我捆住了她的两只手。"船夫说。

"什么？"

"是我去捆住她的。"

"你为什么要捆她？"

"我们都这么干。"

"你们将尸体的手绑住？"

"是哩，这样我们就能把尸体拖到岸上来。"

"你不可以将尸体弄到船上吗？"

"不吉利。"

船夫又补充道："我捆的时候她已经死了，鼻子下冒着泡泡哩。"记者吸了一大口气，胸口跟着鼓起来："我真想踹死你这老东西。"法医微笑着走过来，摸出烟，不停地在烟盒上敲打这根烟，说："写新闻不是写小说，你说是吧，小何？"记者面红耳赤地收起采访本，说："我不也是为了工作吗？"

摄像师重新打起手势。法医抓紧吸两口，摁灭香烟，重新坐回去。"我不知道你们知不知道河流的宽度？"他比画着，"只有这么宽，四到五米。你游几下，这么说吧，挣扎几下，就到对岸了。"

"嗯。"电视台记者说。

"想弄死一个人还是很难的。"

"那这同时是不是也意味着自杀的难度增大？会让既遂率不高？"

"不，对自杀心切的人来说并不如此。给他一口水，他就能将自己溺毙。对人生感觉太累的人，可以将脸伸进马桶淹死自己。还有的人，仅利用山间一场大雨，醉卧于小道，也能让肺部进水。所有证据都在表明这起案件的当事人在想办法寻死。她先喝了农药。"

法医抽出尸检报告："我们从她体内提取到有机磷制剂。农药是她自主喝下去的。这是她原本想采用的自杀方式。如果是别人将她弄死后再灌入，那么因为代谢停止，我们便不可能在肝脏等处提取到农药。琥珀色的酒瓶没有瓶盖，放在椅子上，酒里掺了敌敌畏，散发出臭味。河水隐藏着布片、剩饭剩菜、用过的卫生巾、黑色的泥浆以及正在自溶的死猫死狗，也非常臭。河水裹挟着它们极为缓慢地流淌，也将它们沉淀。春天已喝了四瓶，第五瓶里掺了农药。她坐在路边椅子上，仰望着沉闷的夜空，程序性地抓起第五瓶。她只喝了一小口便弯下身子呕吐。但她还是又喝了两大口，确定喝进去一些。

"她喝得不多，不足以致死，但身体反应强烈。她抱着头，踉踉跄跄地走。右腿朝右边晃，在右腿成为支撑腿后，左腿朝左边晃。她往前晃了几步，便连续后退。她半转过身子，继续晃荡着。头是晃动的根源，让她的身体转着圈。她恶心呕吐，汗如雨注，同时还在来回转着圈。不一会儿，她感觉进入一个雾的世界。路灯、座椅和树枝变成大大小小稍浓的轮廓。她紧抓着头，大口喘气。

"她的身体已被损害一部分，但尚未损害彻底。求生不能，求死不得，比死还难受。她来到生与死的中途，人间就在井口，闪现着讽刺的弱光。她没有力气再爬升一步。而井底那永远黑暗的处所，像母亲一样挥舞着煽动性的手帕。跳吧，跳下来。她反复权衡着：就一下子，什么都结束了，不会再有肉身的疼痛和精神的磨难了。还有，再不决定就来不及了，就会像重伤的野猪在泥浆里永恒地、可怖地抽搐。

"因此，她跳入几步之遥的河里。她不再顾及河水臭气熏天。这在自杀案例中很常见，很多事主最终都背离了最初的自杀方式。春天开始走。她走了很久很久，像身处于噩梦中，怎么也走不动。她焦躁、恐惧、愤怒。最终她辨清河流的细响。她走上防洪墙，哀鸣着，猝然栽向河里。她飞落时，所有世事像高速奔跑的数字在她眼前清晰闪现。被遮蔽的事都有了眉目，哦，就要恍然大悟、大彻大悟了。然后她被河水及时吞吸。河水像无处不在的冰刀，刺进她身体，在她的思维里划来划去。"

"还有这里，"法医展示出又一张照片，显示春天的手掌充满瘀痕，皮都破了，右手食指和中指甚至露出骨头，"她在尝试往岸上爬，在抓，不过最终能抓牢的只有水中的水草。春天够到防洪墙的护沿，双手不停颤抖。她再也使不出力了，就是支撑着不让身体掉下去也办不到。身体正像一头野牛，将她朝反方向无情拉拽。她终于像一枚孤独的炮弹，再度掉进河里。有段时间，她从水里伸出一只手或半个脑袋，但后来我们能看见的便只是微微隆起的水面。她的面孔开始在广袤而沉闷的夜空浮现，这张灵魂的脸独自待在虚空之中，看着自己越沉越深，一直像秤砣那样依附于水底，被水底吸住。后来，它也消失了。"

"是不是可以说，她还是有着强烈的求生欲望？"电视台记者说。

"你可以理解成这个想死的人已经死了，而她的躯体还在做本能反应。"

法医点上烟。摄像师扛着机器走了。屏声静气的众人开始说话。矮胖记者走过来，说："你没办法证明农药不是别人骗她喝的。她喝醉了。"

"你有证据吗？"

"没有。"

"没有证据你说什么？"

"反正你没办法完全排除他杀的可能性。"

记者走回去时，拉拉船夫腰间的尼龙绳。"不关我事。"船夫晃荡着脑袋。

"你不错嘛。"

"不关我事。"

"你为什么不绑她一只手,绑一只手不是也能拖上岸吗?"

"这个要看情况哩。"

"绑一只手不是更省事吗?"

"我不知道,我要回去哩。"

记者嫌恶地丢掉绳子。这时,警察说:"你们不是要问吗?这里有个死者以前的房东。"那伙记者便转过来,齐刷刷地看我,就像我身上别着什么明显的凶器。

"我还有事。"我说。

"就一会儿工夫。"他们中的一个说。倒是那矮子说:"有什么好问的?"他一个人先走了。

"我们就耽误你一会儿,"剩下的一直跟在我后边,"她是你什么人?"

"我妻子过去的同学。"

"她为什么住在你家里?"

"她是我妻子的同学,和我妻子感情很好。当时她租不起房子。"

"你知道她做鸡吗?"

"不知道。"

"真不知道假不知道?"

"真不知道。"

"当时有没有男人上门来找过?"

"没有。"

"那有没有人打电话给她?"

"不清楚。"

"她在你那里住了多久？"

"三个月。"

"三个月，你怎么可能不知道？"

"真不知道。"

"你连她是做小姐的都不知道？"

"当时她可能没做。"

"那你知不知道她偷东西？"

"不知道。我得走了。"

"就这个问题，她有没有偷过你的东西，或者别人的东西？"

"不知道。"

"那你有没有收她房租？"

"没有。"

我继续走，他们像飞机抛出的降落伞，离我越来越远。他们说："不收房租，可能是用睡觉抵了。"我立刻停住，指着他们："说什么呢？"

他们摊开双手，阴阳怪气地看着我。

"我告诉你们，你们左一口小姐右一口小姐，你们呢？你们不是吗？"有时发怒会让人说话流畅很多，"你们有没有想过她也是一个人，也有属于人的尊严？她都死了，你们还纠缠那些事干吗？"

"她做小姐是不可争辩的事实，我们用事实说话。"

"去你的用事实说话，你们只是挑有利于你们的事实而已。你们的报道有一句同情她、关心她的话吗？你们关心的只是读者的肮脏心理。你们为着讨好读者，不惜出卖一个可怜的女人。这就是你们自诩的新闻正义？你们跟那些恐怖分子有什么区别，你们不就是报纸的败类、新闻的亡命之徒吗？你们从前到后，有从人的角度去理解一个当事人吗？"

"你理解过。你说。"

"滚。"

我走向车辆。可仍旧气不能平，我转身继续咆哮："什么事到你们这儿，都被刻画成色情。色情、色情、色情，你们脑子里除开这个就没别的了。一旦不是色情，你们就疯狂做伪证。你们有笔能写，信口雌黄没人管。你们不怕遭报应。"

他们一起笑起来："你看他，说得头头是道的。"我钻进车里，感觉爽多了，觉得只要一提方向盘，车子便能跑向天空。可不一会儿，脑袋便鸣响起来。我去了电玩城，到处是嗒嗒的枪击声，我玩不好，便去洗浴中心。水柱砸向地面，也是嗒嗒的声响。我还得去迪厅，迪厅真好啊，就像有什么东西主导着我们，嘭嚓，嘭嚓，嘭嚓嘭，让我的一只手不由自主弯起来，在脑袋和肩膀跟着弯过去后，它又主导你朝另一个方向弯去。没人告诉你这样，是你自己知道就要这样。这样我就无暇顾及那让人发疯的嗯唵声了。

后来我将脑袋塞到小姐的胸里，说："就这样捂我一夜吧。"

"不。"小姐来回碾压着我。

"就这样捂着我的脑袋，求你了。"

我捉住她的腰，继续说："我给你两千。"

我直到次日才回到小区。阳光明媚，而我因为疲惫而恶心。我将车停到门口，甩上车门，看见那伙记者守在一辆车内。来了，来了，他们怂恿着穿鸡心领毛衣的矮胖记者。后者摇开车窗，说："不要以为我们的办事能力差。"

"滚。"

我走向小超市。我听到车门被关上，感觉他像豺狗一样盯着我的背部。他一定一只手插在裤兜里，另一只手晃荡着，他用眼神跟同伙说，看我的，然后继续吊儿郎当地走过来。最终他拍住我肩膀，说："听说你和她关系不明不白。"

"谁？"

"死者。"

"我说你是听谁说的？"

"你别管，你就说有没有这回事。"

"谁这么诬陷我？"

"这个人，你认识他，他也认识你，"他的手划向空中所有住户，"当然我也认识他，虽然刚认识不久。不过，从我的角度来说，我还是更愿意相信当事人。"

"没这回事。"

"我也是为你好。"他看着我，"你最好考虑清楚，写什么，怎么写，都在我。"

"滚蛋。"

我继续走向小超市。他走过去拍打我的汽车，说："你不知道马路边不能随便停车的吗？"接下去又对那一伙记者说："一个普通居民而已，把自己当新闻发言人了。"直到我从超市结账出来，他还在说："你不觉得你现在的表现很可疑吗？"

我想抽他一顿，但我想他没什么招了。


# 五


列车最终悄无声息地驶出去，就像上帝轻轻移走一块积木。一共十五节，一会儿就溜完了，我看见对面的月台空荡荡的。它好像只装载小莉一人，它的任务就是负责将小莉从我身边装走。

我感到一种散架的孤独。我们家就像散伙了。

　　我随便吃了点，买到刚上市的早报、晨报、都市报，坐在车站逐字逐句读。它们以较大篇幅报道春天事件的新进展，可用其中一条标题概述：

　　　　护城河悬案添新疑点，
　　　　死者生前被搜身侮辱。


　　它们以一名KTV小姐的讲述为底，外加许多评论性语言组成。她化名芊芊，就是穿旗袍、涂口红、在河边喋喋不休的那位。她敢作敢当，拨开身边掐她的伙伴，提着裙摆走到刚被她们拒绝的记者面前，说："她就是被他们害死的。"

　　"别说。"

　　"什么别说？要是没做亏心事，他们为什么跑掉？"

　　"事情都过去一个月了。"

　　"就是因为这个，就是，"她觉得旗袍很闷，叉开两腿，像只圆规那样站着，"来，有多少料我给你们报多少料。别拦我。"


　　一枚从周生生买的铂金戒指，价值约一千五百元。毛毛戴不进去，问："你这是给谁买的？"

　　"给你买的。"马勇讪笑道。

　　"你怎么不带我去试？你知道我指围吗？"

　　"我身上有钱，一时高兴，临时买的。"

　　"谁信？"

　　"不信拉倒，拿来。"

　　"不，你说清楚。"

172

"拿来。"

"给我试试。"这时春天走过来。毛毛愤怒地递过戒指，说："你试你试。"

"走开。"马勇说。

"给我试试。"

"你试，你试啊。"

"你别哭，男人是你从我手里抢走的，我都不哭，你哭什么？"

春天对着光线举起它，在男人就要抄走时，一转身，戴到右手无名指。严丝合缝。不大不小。她还甩了甩手，它就像生在上面。"摘下来。"马勇吼道。春天转过身，看见他作势要扇下来的巴掌，说："打啊，打啊。"毛毛气得不成样子，不停跺着高跟鞋。

"打啊，你倒是打啊，这个戒指你说要买给我，却转手送了别人。"那巴掌便打下来，并不重。"你以为你是什么东西。"马勇说。

"我不是什么东西，我只是好怀念生病时，有人跑来，又是炖汤又是按摩的，"春天摘下戒指，瞟了眼毛毛，还给她，"我只是戴戴好玩，他哪里会给我买什么戒指，他也从没带我去金店试过指围，我只是逗你玩。"

至少在这个环节，姐妹们认为春天是打了漂亮仗的。那戒指从此像脏东西，毛毛指头没法戴，心里也戴不上，可为着刺激春天，总是拿出来玩。"你玩着玩丢了怎么办？"有人说。

"丢就丢了，多大一场事？"

可真丢了时，毛毛大汗淋漓，在衣柜、收银台和包厢不停翻找。包厢灯暗，她便取了应急灯，后来还拿扫帚柄去沙发底下扫荡。"他要是知道了，还不打死我？"她看着姐妹们，"也不知道是谁人品这么烂，手这么贱！"

"你好好想想，最后一次见到它是什么时候？"

她骂骂咧咧地想。马勇走来时，她还是没想到。"什么事？"他说。她低头咕哝着："卫生间，肯定是，上个卫生间，不见了。"

"到底怎么了？"马勇烦躁地问。

"春天偷了我的戒指。"

"你确定？"

"我记得上卫生间回来时，看见她的身影。"

"你确定看到了？"

"百分之八十是她，百分之百。"

"春天。"马勇喊叫道。

"什么事？"春天走过来。

"你拿了毛毛的戒指？"

"没有。"

"我再问你一次，拿没拿？"

"没有。"

"我给你机会，你自己拿出来。"

"我没拿，怎么拿出来？"

"我最后一次警告你。"

"我没拿。"

"好吧，所有人都给我滚到更衣室，滚进去。"

马勇像赶鸭子一样将大家赶进去，命令每个人打开衣柜，由毛毛挨个检查。现在想起来，并不是毛毛有什么证据，她只是出于害怕，要将丢失戒指的责任推给别人。她选择了自己最恨的人。可是春天瑟瑟发抖起来。在所有衣柜都没找到这银白色的玩意儿后，毛毛喊起来："扒开春天的衣服，搜身。"

春天缩着身躯退到墙边。毛毛走过去，抽了她一耳光。"没

174

有。"春天说。可还不如不说呢。毛毛蹲下去，掀开春天上衣，将手探进胸罩里摸索。"没有。"春天痴愣地看着上方，气若游丝。

"什么没有？"毛毛从她胸罩里取出戒指，"你看看这是什么？"

"这是我的。"

毛毛戴它，果然戴不上："你看清楚，这是谁的？"

"我的。"

毛毛一个巴掌打下去，将要再打时，被马勇拎走。春天眼里闪出一些欣喜。可是马勇挽起衣袖，躬下身子便揪住她的头发。春天开始弹跳。马勇没有抓好，重抓了一次。他拎起她，用手肘压住她脑袋，掂了掂，说一声"起"，三两步便跑向另一头。春天的身子跟着自己的头发，头发跟着那只文着暗蓝色大龙的粗手，朝另一头奔跑，猛然撞到墙上。还好墙上包着厚呢子，墙体也是木板，否则准得撞死。

"是不是你偷的？"

"不是。"

马勇换了另一只手，重新抓牢，不停拎着她往墙上撞。"你这个疯子。"马勇咆哮着。而春天还在说："你说过永远不打我的，你说过。"

"你他妈就是一个疯子，我认识你的时候你就是个疯子。"

马勇是个偏执狂。我们以为撞三五下就够了，可他撞个没完没了。我们一起去拉他胳膊，他还是用尽最后的气力，将她撞了一次。墙都凹下去一些，脖子撞歪了。

因为这事，很多人觉得过去一些莫名其妙的事都得到了解释，比如一只耳坠不见了，或者本来是五百元的转过背回来就只剩三百。她们恍然大悟。可我觉得春天不是这样的人。春天是偷走了戒指，可这和偷走一个男人相比算得了什么？你偷走我的男人，我偷走你一枚戒指，不算合理吗？何况这戒指本来就是买给我的。谁比谁不要脸？春天当天就走了。

我坐到九点，买了啤酒，一手抓着方向盘，一手握酒瓶，开车回家。我看见路人指着我，无声地惊呼，交警也露出疑惑的眼神。我若被逮起来就好了，我实在没办法安排自己的生活了。

我在家里沉沉睡去，直到房门被敲响。是物业的人。"公安分局打电话来，要你下午两点前去一趟。"他说。

"什么事？"

"没说。"

"你确定是找我？"

"是。"

"那你知道是询问还是讯问？"

"我不懂，你最好赶紧去一下。"

"一定是找我去问春天家人的联系方式，"我说，"一定是这个。"

凭什么？我坐在沙发上，不停地换电视频道。凭什么？可最终我还是驱车出了门。在岔路口，我看见阳光暖融融的，像在人行道上铺了一层明晃晃的水，树枝和树叶全镀了金，灿烂地摇曳。这是自由时刻的景象，你可以就此开溜，远走高飞。可我还是驶往分局。我反复跟自己强调：询问针对的是证人、受害人以及知情的人，讯问针对的是犯罪嫌疑人；如果是犯罪嫌疑人，不会打电话来，直接上门扑倒就是。

驶入分局大院后，我没有急着打开车门。我还在想，这一生我到底做错了什么事而自己还不知道？或者，我曾经得罪过什么人？等到我确信嘴里没一点酒味后，才走下来。我想我害怕的是公安局本身，就像头一次住院的人，满脑子都是开膛破肚的传说。

"没事的。"我在走廊听到一个来回兜圈的人这样呢喃。他穿着松软的白衬衣、白背心、黑裤子，脚上还蹬着凉鞋，趾间沾着发裂的泥块。他是船夫，自言自语道："我不就是听你们指挥打捞一下吗，打捞有什么错？"我斜盯着他，他便低头避开我的眼神。我按纸条上写的，敲开某间办公室的门。一位戴着眼镜的白胖警察坐在里边。"坐，坐。"他站起来，带着本性里的善意，还给我倒了杯水。这使我大为宽慰。

"请问找我有什么事？"

"没事，就是想了解一些春天的事。"

"她是我妻子过去的同学。"

"她为什么住你家里？"

"她是我妻子的同学，和我妻子感情非常好，她又穷，租不起房子，就住到我家里，住了三个月。"

"你觉得她是个什么样的人？"

"是不是好人不好说，但至少不是坏人。她讲礼貌，很少给别人添麻烦。"

"你知道她在 KTV 干过吗？"

"我也是最近看报纸才知道的。"

"她有没有向你或者你夫人说过什么？"

"说什么？"

"谁谁对她不好之类的。"

"从没说过。"

"你回忆一下。"

"没说过。"

"她住在你家时也没说过？"

"没说过。"

他做完笔录，走过来给我看，我伸出右手食指，轻点印泥，在签名上摁了黄豆那么一块。"你们每个人摁指纹怎么都这么小气？公安局就有那么可怕？"他说，但没让我再摁。

"我可以走了吗？"我擦着印泥，说。

"听说你是画家？"

"只是业余爱好，算不得什么。"

"那你怎么看这事？你坐。"

"现在的死亡都他妈是受辱，"我在报复自己刚才的谨小慎微，"在之前任何一个世纪，死亡都是私事，都是一个人庄重的谢幕。而现在，你看看现在，它变成人咬狗的新闻素材。你不知道每天有多少读者对着春天这个名字自渎。"

"你这么说很新奇。"

"还有更新奇的。就是以前我从不信一句话，现在信了。"

"什么话？"

"'人一进公安局，没罪也会觉得自己有罪'。"

他看起来乐翻了。我说："现在我可以走了吗？"

"你等等。"

他背着双手，游荡到走廊，将脑袋探进会议室。通过虚掩的门，我看见会议室地上团着一捆沾满灰尘的电线。"我可以走了吗？"我说。

# 六

这是个念头。就像我听见的嗯唵，只是个念头。它扎根于脑海，小莉却试图通过肉身的位移来躲开它。"我们快点走，我一刻也待不下去。"她说。她弄不开车门，嘭嘭地拍打它。我一转，它便开了。她刚发动好汽车，熄火了。她又不停地拍打方向盘。

"手刹没松。"我说。

她嗞嗞地呼着气，吼道："还愣着干吗呢，还不过来开。"我便下车。在擦肩而过时，她既不看我，也不说话。她脸上扑满白粉，神情僵硬冷漠，身上散发着我没闻过的味道。这是憔悴的征象。她半躺着坐好，眯着眼说："看见什么了？"我知道她不需要答案。河边，记者和围观的人都走了，穿旗袍的小姐该说的都慷慨激昂地说了，如今在孤独地烧纸。她一边用小枝拨弄不大的火焰，一边哭。她既为春天哭，也为自己哭，归根结底，还是为自己哭得多一些。我没有告诉小莉这些，我什么也不说。

直到到达农庄，她还在睡。而一醒来，她便说："这是什么地方啊？"她看见的想必也是我看见的，挂着暮色的屋角，阴凉的地面，一伙从不认识的人。他们带着动物那样的眼神，平静地看着我们。这不是你指名要来的地方吗？我想。

"我们先去吃饭。"我说。而小莉跟着店员走向房间。是大炕铺。

"不是说有单间吗？"我问。

"不好意思，你看也不影响什么。"店员说。

"那还有单间吗？"

"没有。"

"这到底是什么地方啊？"小莉吼道。

"男女会分开两个大铺，都这么睡七八年了。"店员鞠着躬，退了出去。

"我怎么睡啊？"她继续吼道。

"我也不知道会这样。"

其实地方是她定的。她发泄完，就会从后面抱住我，撒撒娇。可现在看起来不会了。"我们去吃饭吧。"我说。

"不想吃。"

我们去了大食堂，她果然只吃了几粒葱花。我发现这里有股蠢蠢欲动的气息。当店员将几张桌子拼到一盏亮灯下时，男人们抛下筷子围过去。他们要进行简单而快捷的赌博。店老板洗牌，游客抽取一张，如果抽到九，而上家抽到七，则可以赢上家两百。如果下家是六，则可以赢下家三百。每个人都觉得自己会赢。我抽了一张，赢了一千。

"别玩了。"小莉说。

"您别不好意思。"店主讪笑着。这时我的血液正茂盛地流，开阔地流，全身正在发痒。"再玩几把。"我说。

"我说别玩了。"

"最后五把，就五把。"

小莉靠在我肩上睡了。要不是我突然抖动胳膊，将一张大牌甩到桌面，她估计永远都不会醒来。她说："怎么还没完啊？"

"就快了，就三把。"

"怎么还有三把？"

"最后三把。"

我说的是真心话，但是三把复三把，一直到我望了几圈没望到小莉时，才收手。我想我真该死。我走到大炕铺，掀开门帘，就着昏暗的灯光找，没找到。其中一个有点像，我轻拨她肩膀，她便翻转过身，继续打鼾，鼻孔下还挂了一颗泡泡。她去哪儿了？我焦灼地走向农庄的每个角落。不会被强奸、被谋杀、被丢进井里了吧，天黑透了。我打电话没人接，又不敢太过失态地呼唤，我去问路人，他们努力回想，若有所思，最后摇头。我走向门外，汽车还停在那儿。我拍打车门，又用手机的弱光照，没人。

这真跟噩梦一样。

我终于丧心病狂地喊起来。店员仓促跑来，将我带向厨房。一位厨娘正在涮锅，她努努嘴，你看她睡得多香。我看到我亲爱的孩子正扑在木桩上，就着旺盛的火盆睡呢。我在厨娘的嘻嘻笑中将她抱出来。

"去打啊，再去打。"她扑打着，我嘿嘿笑着。然后她真的粗暴地、怀着恶意地推开我，走下地面。

"我要回去，我们什么时候回去？"她说。

"我们才刚来。"

"我要回去。"

我看着她恶狠狠的嘴脸。"好，你不走，我走，"她转身就走，"你就死在这里玩吧。"我心里被割伤了。不过我还是跟着她去锁柜取了行李，又跟着走向汽车。我说："还没退钱呢。"

"有多少钱，要退你去退吧。"她夺过我手中的钥匙，推开我，打开车门。我拉她，她便弹跳起来："干什么？"

"我来，天太黑，我来。"

直到回到家，我们还是没说一句话。她在副驾驶位置低头睡着。我开着车，眼睛紧盯车灯照耀的路面，就好像不是车辆在奔驰，而是柏油路将自己送到轮胎下。柏油路将我想说的话一遍遍滚送出来——

跟女人你没办法讲道理。

跟女人你没办法讲道理。

没办法没办法，没办法。

跟女人你没办法讲道理。

我将她抱到床上，盖好被子，然后拉着她的手，坐着睡了。我像睡了几个世纪，直到被窸窸窣窣的声音弄醒。小莉在往大旅行包里塞东西，因为愤恨，动静很大。

"几点了？"我问。她没回答。我看墙钟，凌晨两点。

"你要干吗去？"我问。

"回家。"

"这么晚回什么家？"

"我要回家，我一刻也待不下去了。"

我起来坐到沙发上，这样离她就近一点，我看着她每个动作以及它们投射到墙壁上的巨大阴影，说："开车回去？"

"坐火车。"

"票订好了？"

"当然。"

"什么时候的车票？"

"五点。"

"怎么这么早？"

"我跟你说过，我一刻也不想在这里待下去了。"

她不停地在茶几上撅那只包。我嗫嚅着。我已提前预知到那巨大的孤独，我将一个人在此度日，我们就是一起去住一段时间的宾馆也好啊。"这都是什么事啊，"她因为找不到什么，而将衣服从衣柜里全部扯出来，抖落一地，"这他妈都是什么事啊。"

"别这样，慢慢找。"

"我知道。"说着，她仰头哭起来。我心里硬掉的东西又软下来。我听到她说："你说，都死这么多天了，还嗯唵干吗？"

"你听见了？"

"是，嗯唵个没完。"

"是隔壁老人在嗯，嗯一两年了。"

"但愿是吧。"

接着她对着空气质问："我今生没作践你，前世也没祸害你，你怎么就独独不放过我？叫你来家里住，难道也是我的错吗？我得罪你什么了？"

"别这样。"我说。我想抱住她，在她耳边说"我爱你，比以前任何时候都爱，特别爱，就这会儿，我以前觉得你只是亲人，但现在我特别爱你，我从没像现在这样爱你"，可我的双腿像处于滚滚激流，无法挪移。她沉浸在自己的情绪当中，并不看我。就是我紧紧捉住她的手，她还是沉浸于这悲哀之中。她抽走自己的手，将自己从这个房间，这个家，这个城市里无情拔走。她哪怕说句"你记得照顾自己"也好。

我驾车穿透黑雾，送她至火车站，陪她取票，过安检，上月台。我捏着站台票，像战败的将军，表面矜持，内心灰凉，看着对手席卷走一切。从今往后好长一段时间，都是我一个人过，月光穿漏，被褥冰寒，地起西风，纸屑飞舞，家将不家，人将不人。

小莉走进车厢。

她一直没转身，没招手，也没投身于什么紧要的事。她视我为无物。她麻木地坐下去，将包放于膝盖上，闭上眼，长嘘一口气。她迫不及待找她老妈去了。我用手捂着嘴巴，感受着鼻孔酸楚的味道。我就像吃了芥末。列车一共十五节。


七


我走下斜坡，穿过水泥道。每隔一定距离便有一棵柳树，两棵树间又有一个长排座椅。道路和防洪墙之间是绿化地。河水的臭味飘来。人们看着那个小姐从塑料袋里取出纸钱。绿化地像是被一头牛来回踩踏过，泥土边缘像尖刀伸出来。

"你就是爱看。"

在来前，小莉说。可她怎么不问问自己为什么那么磨叽。女人就这样，无论什么性质的出行，都会弄成极大的外交事件，要做充分细致的准备，特别是在脸上。我说："我就在那儿等着。"我在阳台上看见河边新聚了十来人。

小姐捏着火机，抖落纸钱。她穿着旗袍，没法蹲下去，因此躬着身体。一滴极大的泪珠无声地滴向地面。她眼前那一小块地倒是平整光滑，枯草微微起舞。我好像看见肉身躺过留下的凹形。那颗小石子还待在那儿。

最初尸体被扔来时，由一张腐烂发黑的草席盖住，露出湿漉漉的头发和一条腿。船夫蹲着，不时咳嗽、抽烟、擤鼻涕，眼睛始终痴愣地看着尸体，就像不相信这东西是自己辛苦一早晨打捞出来的成果。人们骑着车，直视前方，驰过水泥道。他们骑过去一拨又一拨，直到一个人捏了捏闸，从车上跳下，跟着车跑了几步。她一只脚踩向脚踏，想再次骑上去，但猛然惊停，果然啊，她一直看着。那些后来者将脚踮在地上，扭过车把，跟着她惊异地看。

"不关我事。"船夫盯着地面说。

草席下露出腿，脚踝森白，脚底起了皱缩。裤子水淋淋的，滴着水。丢在一边的一只松糕鞋因为浸满水异常鼓胀。人们被同类死亡的景象击中，看见自己的未来，嗫嚅着，脸上闪现出纯净的哲学色彩。可用不了多久，随着太阳带来热气，他们便躁动起来。后边的挤前边的，前边的尽量不让挤过来，又见人丛中伸出一只手，不停召唤，那些还滞留在水泥道上的新来者便毅然跑过来。在大道远处，还有许多人快速骑来。其中一位骑着没电的电瓶车，蹬两圈，车轮才转动一圈，车身歪歪扭扭，人心急如焚。他们团聚时黑色脑袋组成可怖的景象，就像一群秃鹫被饥饿折磨，不停地挤来挤去。

"怎么回事？"其中一位说。

"是他们叫我打捞的，不关我事。"船夫走掉了。他缩着肩臂，压制着自己不要走太快。那说话的人看了一会儿船夫，转过身来，举起一根手指，哦，他翻出名片："这事报料的话，至少值五十元。"

随后，三个女人搭乘三轮车赶来。她们穿着轻佻的衣服，浓妆艳抹。人们都知道这是什么人物，也通过她们焦灼的脸色知道死者是什么人物。她们走进人们自动让开的小道。

"不太像。"一个说。

"怎么不像？你看那里。"另一个说。

她们便看那松糕鞋。"鞋带上还有她系的小东西呢。"第二个说话的人补充道。这时，一直没说话的那个穿旗袍的小姐咧开嘴，皱着脸，夸张地笑起来。直到哽咽的声音传出来，我才知道她是在哭。她的手腕上文着"义"字。人们就像城里人看乡下人、人类看动物那样，嫌弃地看着。就是在她哭起来后，这嫌恶也没减轻，顶多只是多了一点新奇的看法，原来就是做鸡的也有感情呀。他们用眼神互相肯定彼此的看法。他们的眼神还像一双手，拉扯着新来者的胳膊，让他们着重注意这几个浓妆艳抹的女人。等她们眼眶湿润地走掉而记者们又赶来时，他们嘈杂地汇报：是附近 KTV 的。小姐，卖的。

记者们跳过来。摄像的，笔直站着，眯住一边眼，将摄像机摇来摇去；拍照的，时而单膝跪地，时而踮着脚尖，时而跑到更高一点的地方，咔嚓咔嚓，没完没了；写字的，不停在笔记本上写着，写完一页，便粗暴地翻过去。人们围到后边，轻踮脚尖，伸长脖子。"走开。"那些记者朝后头捶手。

只有一位穿鸡心领毛衣的矮胖记者一言不发，蹲在尸体前沉思。当有人招呼他时，他猛然伸出手制止。他就像我们天才的孩子，皱着眉头，歪着脑袋，一动不动，像要从尸体上谛听出什么。他找到一根小枝条，挑起草席一角，人们跟着侧下脑袋，想看见什么。只有阴影。他一直盯着那里，忽而又扔掉枝条，揭起草席。他一边站起身，一边揭，将草席掀到一边。然后他取出相机不停拍摄。拍完了，他将双手插进裤兜，转过身仰起头，继续沉思。

春天躺在那儿，衣服沾在身上，显现出鼓胀的胸部，有的地方没沾紧，储积着水。她裸露出的皮肤极其苍白，像猪被放过血、刮过毛，而在枕部、项部、腰部等处，则出现淡红色的斑块。这斑块不是隆起于皮肤上，而是隐藏于皮下。据说只要按压，就会消失，而一撒开手，它又重新出现。在她的腰下有一个边缘整齐的三角形小洞，是尸体被扔过来时压到了一颗小石子。她正像打鼾的人那样永睡，翘着嘴，鼻下鼓着一颗气泡。她眼球斜挺，睑球结膜处挤压着血块。她手握泥草，右手的食指和中指露出指骨。就算被绳索捆住，她那死去的手仍然紧握着泥草。

我感到难以忍受。尽管我早知道结局会是这样，知道这是这个神经错乱的姑娘的必然归宿，尽管如此，我还是难以忍受，猝然呕吐。这难以遏制的呕吐就像一个人被划开肚皮，怎么兜也兜不住往外滚的肠子。我双手撑住地面，蹲着，像加大了马力的抽水机那样吐着。人们仓促避开。一位白发苍苍的老头儿拄着拐杖，跟着也呕了。秽物涌出来，一部分沾到他胸前的衣服上。"你非得看，"他的老伴儿恼怒不堪，拿手帕不停擦拭，"你就是有瘾。"

"我不看呢。"老头儿的眼泪滚出来。

我不再呕吐时，走上水泥道，走向斜坡，在那里坐着，一直坐到路上开来一辆破旧运输车。警察从车上走下来，大喊退避，对着尸体不停拍照。船夫不知从哪里溜出来，说："你们总算来了。"

"没有哪辆车愿意来拖。"

警察将头歪向运输车，接着又转头回来继续拍："你的钱别着急，我会帮你落实。"船夫点点头，不知该不该走掉，蠢蠢欲动，很久才说："早上不是拍过吗？"

"早上光线不好。"

"是他们自己围过来的，我拦不住。"

"没事，你回吧。"

船夫便走掉了。警察拍完，招来搬运工。他们戴着污黑的手套，仰着头，将那硬得像家具的尸身抬到担架上。在要抬上车前，他们将担架半倚在车斗上，死去的春天便一动不动地靠在那儿，裤脚滴着水。司机跑来帮忙，将她弄上车。然后车辆一溜烟儿跑了。人们顿时感到萧条，不久都散了。

穿旗袍的小姐不停打着火机——她今天带来了纸钱——那玩意儿嗒嗒地发出声音，蹿出微弱的火星。直到穿鸡心领毛衣的记者来了，她还没点着。"他们说你来这里了。"他说。那小姐看了看他。

"我想采访下你。"他说。

"采访什么？"她说。

"听说你和死者关系很好。"

"是很好。"她停止打打火机，抬头望着天空。

"那你能讲一讲吗？"

"没什么好讲的。"她的两个同伴拉着她。

“我要讲。”她平静地说。

“没什么好讲的。”

“不，她就是被他们害死的。”她拨开身边掐她的伙伴，提着裙子走到记者面前。

“别说。”她们说。

“什么别说？要是没做亏心事，他们为什么跑掉？”

“事情都过去一个月了。”

“就是因为这个，就是。”

她觉得旗袍很闷，叉开两腿，像只圆规那样站着。她的同伴退到一边。她在讲述时不时回过头来强调：“我要讲。”人们围拢过来，那记者推阻着，就像这事只有他才有资格听。可其实谁都听得见。小姐越说越激动。

最终，人群散去，我听到焦躁的喇叭声。那是属于我的暗号，有人在命令我。我家的老爷车正停在斜坡上那条通往城外的道路上，小莉从车上走下来，走来走去，好不耐烦。我们要去一个农庄。我知道等下她会说：“我一刻也待不下去啦。”

# 八

一则消息：

本报讯（记者何放）昨晨6时许，护城河东段赵家闸处打捞出一具女尸。据在附近晨练的李老先生称，尸体是天亮前被一起晨练的伙伴发现的，随后报警。赵家口公安分局民警赶到现场安排打捞，并在上午将尸体运走。据记者在事发现场目测，女子20岁出头，身高约1.62米，穿着白色上衣、黑色九分裤以及白色松糕鞋，皮肤苍白，部分位置起鸡皮疙瘩，双手被绳子捆住，已经死亡。记者从警方了解到，该女子身份不明，是否他杀正在确认中。

# 九

我没见过小莉发这么大的火。她双手打战，无休止地咆哮"滚滚滚滚滚"，像连珠炮发向紧闭的电梯门。滚哪！她在补偿，刚刚春天在时她一直噎着。我夹紧她胳膊，搂着她回家。她不停挣脱。"你说是不是这样，是不是？"她说。

从此她不再原谅春天。这是女人关系的本质，一旦撕裂，永远撕裂。我们呆坐于沙发上，房间就像被龙卷风刮过的废墟。早上，我们仨还一起吃饭，但在上午，有一个离开了。在早上我们不能预测到这个结果。我们以为还要一阵子。我走向春天的卧室。枕头被丢在台灯下，床单和毯子胡乱堆着，露出暗红色的席梦思。剩下就没有什么了。墙壁上挂着几幅画，空调插头悬吊着，窄小的衣柜敞开，只有一只袜子。我不奇怪春天能这么快收拾走所有的东西。我们借给她的地方不大，无法让她繁殖出自己的物品和世界。

我在小莉提着拖把出来时，溜进卫生间。我憋了很久，现在却一点也拉不出来。我越想拉，越拉不出来。写这些你不会舒服，但没有比这更能说明我造孽的事情了。我觉得是在占用别人的卫生间。小莉和她男人趿拉着拖鞋在外边走来走去，你搞不清他们是在提醒我还是本来就要走来走去。他们让我全身发紧。

他们透过这扇薄门监视我。我在这里占用他们的马桶呢。我真丢人。我想只有住在旅馆才能好好地痛快地上一次厕所了。

我坐在席梦思一角，起身时，感觉很多杂碎跟着弹了一下。这感觉不真实，但我还是去揭开席梦思。天哪，在席梦思下竟然藏着鞋带、扣子、别针、牙签、起子、筷子、剪刀、镜子、手机、电池、电线、铁盒、名片、颜料、打火机、烟灰缸、罐头盖、口香糖、避孕套、打折卡、购物袋、不干胶贴纸、木雕观音像、一本叫《茶花女》的书以及一本写着密密麻麻心事的日记。我们用过而熟视无睹的东西和她自己不知从什么时候起积攒的小宝贝，在这里组建成一个王国。

我用食指轻推门，使它虚掩着。我快速翻动着日记本。有时她一笔一画写，可是平静里埋藏着极大的恐怖，她在给世上的每一个人定罪；有时则行笔快捷，由楷而行，由行而草，终于让一个个感叹号充斥着整页，就像她在反复戳杀。最后，每一页日记都被画了凶狠的大叉。我听到脚步声。她一定也说了我坏话。我身上没法藏，只有裤兜，而这会使裤兜分外鼓囊。小莉走进来："你看，她都搞了什么？"我揭开席梦思。小莉眼睛睁大："我说呢。"她将席梦思扶住："我说呢，啧啧。"

"这里还有她写的日记。"

我还没搞清楚自己说了些什么，日记本就递到小莉手上了。也许仓促间我想到这样会坦荡一些。我埋头看《茶花女》。小开本。白色封面。女子的剪影。睫毛上翘。法国小仲马著。王振孙译。我反反复复看着这些。一个逃跑的人跑，天经地义，可追赶的人也会因此越来越有信心。如果他转身走向后者，情况会不会改观？"哦。"等下我要这样说。

小莉逐行逐行、逐页逐页地看，眉毛拧作一团，鼻翼张大，脸颊跟着抽搐。我等着她扔掉它，站起来责问我。她却轻描淡写地说："这傻子。"接着说："你过来看。"我便乖乖坐过去，侧过脑袋看。

用不着这样，小气鬼，用不着。我只不过用了你家的热水器一会儿，就用了一会儿，费不了多少钱。小莉你不用在我洗澡时关掉热水。用不着这样。我会在桌上留五元钱，作为我对你们的补偿。我以后每用一次就付一次钱，以前用的也会慢慢补给你们。你用不着在我面前装什么大方。用不着，小气鬼。

"这他妈是我关的吗？热水器不是自己常坏吗？"小莉说。我点头。"我得罪你什么了？你能识点好歹吗？给脸不要脸。"她接着说。

"算了。"我接过日记本，重新翻。我看到招聘经理淫邪的目光，路人跟随她一整天试图抢夺她的包，每辆汽车都要撞死她——我感觉自己站在拥挤的被告席上，充满凑热闹的安全感——我当然也看到我如何处心积虑地勾引她，路过时蹭她，用手指勾她下巴，将手掌捞向她下体，等等。

"没这回事。"我说。

"我知道。"小莉皱紧眉头，不停晃荡着脑袋。我本想说，我没什么机会和她长时间独处。但我觉得不需要了。我撕掉构陷我的这一页，也撕掉构陷小莉的那几页。"你最好把它们全撕了。"小莉看着我，但我还是当着她的面，将日记本和《茶花女》放进敞开的衣柜。她没亲口说出来，我便不能扔掉它。我让它从此一直待在那儿。这没什么不妥。如果有天小莉找起来而它不在，我还要解释很久。我就让它一直坦荡地待在那儿。

这傻子。每隔一段时间，小莉便会斥责那离去的人。然后她连傻子是谁也忘了。正是这遗忘导致她在听闻春天死讯时猝不及防。而我早已看到这个结局。这种预见就像隐秘的癌细胞，愈长愈大，愈长愈多，折磨着我的心魂。

我曾以为这是对狗也会有的人道。当我们在一起生活时，彼此不快，恨不能直接叫她离开，可一旦这间卧室空出来，我便心酸起来。我毕竟不是铁石心肠。我们毕竟生活过一段时间。我被妈妈养的狗咬过，妈妈抱紧它退向墙角。我说："你是要狗还是要我？"

"都要。"

我抢夺过来，将它从窗户扔下去。"你疯了。"妈妈哭着说。"我没有，"我拉起裤脚让她看，"我要去打针，不打针我就死了。"我在楼上听见小狗狺狺哀吠。它拖着摔折的后腿，爬到门口，最终让屠夫捡走了。它的脑袋从口袋里伸出来，前腿扒住袋沿，看着我们楼上。我突然感到愧疚，不是因为妈妈，而是我想到屠夫掂量它的动作。我觉得是我处决了它。

我一直在想——春天走到这一步说到底也有我的责任——不过我又想，是，这样很好，但这样的好心也导致你成为毫无防守能力的木偶，任人绑架和利用。虽然春天只对我说过一次，你可以理解这样的话她对很多人说过，可能都记不清楚跟谁说过，但它却成为抓紧我心脏的利爪。她只说了这么一句，我便从此受它奴役。即使她离开我们、放走我们，我还是被这样的威胁牢牢控制。即使她说的明显不讲理。

"我死给你看。"

因为这句话，她走向窗户时，我会想到她跳楼；她拿起刀，我会以为她要抹脖子；她剪指甲，我又以为她会刺瞎眼睛。她什么干不出来？她走时我松了一口气，以为从此眼不见为净，可终究还是抵不住对死这种可能的害怕。我想到她死了，别人在她尸身上觅到遗书，指称这一切都因为我，我是道德上的凶手，是人渣和败类。她说这句话时毅然决然。她恶狠狠地盯着我，像用刀将这五个字（我死给你看）一刀一刀刻在我心上。她离开也许正是为了让这恐怖的誓言实施得容易些。我想我是不是应该去找她，二十四小时跟着她，以防她想不开。你跑不了，我会死给你看，一定会，你就是一株随时等我收割的稻子，你等着。她长时间看着我。

我去找做心理医生的同学。过去我们亲如兄弟，现在他仍如此，而我却将穿着白袍的他视为心灵之父。我期待他抚摸我的头，将我纳入怀抱。我说："我总是担心。"

"担心什么？"

"别人死了。"

"为什么？"

"我心软，总担心别人死了，我善。"

"不，"他宽和地嘲笑道，"你这不是善。你其实并不关心对方。你担心的不是别人死了，而是别人死了带给你的结果，你害怕承担责任。"

我觉得他说得对极了。他接着说："你这是强迫症。人或多或少都有这点虚伪。我也一样。你应该跟自己说，死就死吧，去死吧，我巴不得你死。"

后来，我打电话给春天。无数次我都快要拨通，瞬间又放弃。这次我咬着牙，拨完号码。嘟嘟的声音漫长而稳重，像路灯一盏盏亮一盏盏熄，最终全部寂灭。我一共拨了四次。她终于接了，看得出来，她正在忙别的事。

"干什么？"她说。

"最近还好吗？"

"还不是那样。"

"那就好。"

"就这事？"

"对，就这事，专门问问。"

这时我听到电话那头有个男人的声音："跟谁打电话呢？"

"一个朋友。"春天说。

"男的女的？"

"你管得着吗？"

"一定是个男的。"

"闭嘴，"春天又转到话筒里来说，"挂了啊。"

我听到她一边嬉闹，一边挂断电话，一时大为宽心。我不知道为什么就这么宽心。她终于被别人接收了，这定时炸弹终于被别人抱走了。我解放了。我开始怀着真正的柔情和小莉生活，我从来没这么喜欢过小莉的身体。我们的生活就像才刚刚开始。


# 十


第五次。最后一次。在处死犯人前，会让他得到一顿像样的伙食。我们预留了春天的筷子、小勺与碗，等候她。我们做的是她喜欢吃的皮蛋瘦肉粥和煎鸡蛋。但这只是试图缓和彼此还要相处的痛苦。我们不知道她当天会离开。我们只是希望她信守承诺，十几天后离开。

"不吃。"

小莉走出来。乳黄色的光从春天房里照出来。"她坐在那儿发呆，说她不吃。"小莉说。然后她坐下端起碗，夹萝卜丝。我也这样做。我们像处在劳作间隙的民工沉默地吃着。我从没听过我们嘴里会发出如此奇怪的声响，我们哧溜哧溜地吃。其间我走向春天卧室。我倚在门边。灯光打在春天身上，在地上留下阴影。她蹲着，皮箱敞开，整齐地摆着化妆盒、镊子、卫生巾等零碎，床边小桌上也摆着一些。她将皮箱里的放到小桌上，将小桌上的放进皮箱里。如此反复。她声音平静而认真，判别哪件物品属于小莉哪件又属于自己。"先吃吧。"我说。

"不吃。"

"粥快冷了，听话。"

"说了不吃，你聋了吗？"

她一直摆弄着那堆玩意儿。我转过身来摇摇头，小莉以痛苦的神情回应我。我们沉默地收拾碗筷。我们将春天的那份还留在那儿。我冲洗碗筷，小莉拿干布抹，然后将它们放进碗柜。我们做完这些回到卧室，躺在床上。我听到我的肠子发出鸣响，客厅传来春天恶狠狠的声音："不吃你们的饭，说不吃就不吃。"小莉轻踢我，我坐起来。我看到她也在看我。她一手端粥，一手端小菜，表情惊愕，但很快便仰起头，阔步走向她的卧室。

"她还是吃了。"我说。

"别惹她。"

"她好像在收拾东西。"

"是啊，用不了多久，再忍忍。"

后来我听到春天洗碗的声音。我一直没睡着，我以为小莉睡着了，侧过头看，她也睁着眼，一动不动地看着天花板。我起来上卫生间。春天坐在沙发上，捂着坤包，朝烟灰缸轻弹烟灰。她并不看我。

"要出门啊？"

"不出门就不能带包啊？"

她搂紧坤包，吐了一口烟雾。抽烟的女人真美啊，冷漠而茫然。她将身体转向另一边，继续仰着头抽烟。我走进卫生间坐到马桶上。我喜欢将报纸翻来覆去地看，直到待得实在没意思了。我听见小莉趿着拖鞋懒洋洋地走出房间，与此同时，春天蹬着高跟鞋走回自己的房间。就像有项规则：一个空间只允许有一个女人。小莉走进厨房，扭开水龙头，用牙刷搅和水杯，此后挤牙膏，朝右边牙腔捣鼓，又朝左边牙腔捣鼓，一嘴的泡沫。她愿意这样刷一天，一切都会过去，现在难挨，但总有一天会过去。她可以想象现在是未来，未来这里就没有春天了。她不停漱口。

她将走回到房间。我也将回到那里。我们会继续躺着。在这过程中，她拉开刀具柜。她发现又有东西失踪了。"我说春天，你是不是将菜刀藏起来了？"她吼道。

"没有。"春天以更大的声音回应。

刀具柜被轰然推上。小莉疾步走向客厅，走进春天的房间。我拉开卫生间的门，跟过去。小莉打开衣柜，在叠好的衣服间来回翻找，春天面对她，向床头退去。她总是试图掩盖什么而将人引向掩盖的地方。她坐在枕头上。"让开。"小莉扯她。她扭动着身体。

"我说让开。"

小莉用力推她。她悲哀地滑下去，须臾站起。枕头下藏着水果刀、切肉刀、菜刀、锅铲，还有擀面杖。"这是什么？"小莉抓起锅铲——我得感谢她仓促间拿起的是这个——她们一个握木柄，一个抓铁铲，争执起来。"别动，这是我的，你别动。"春天说。也许等下她们还会抢刀，小莉朝前捅，而春天紧握刃口，血从指间淌下来。这真让人恐怖。在她们同时弃掉锅铲时，我操起枕头，将刀具压住。

"够啦。"我吼道。她们扭成一团。我捞起三把刀跑掉。回来时，我看见小莉用擀面杖点着春天的肩窝，说："看清楚，这是我家。"

"不是。"

"那难道还是你家？"

"是。收拾好你的东西，快滚。"

"我要怎么跟你说，神经病。"

小莉用擀面杖敲打着她的锁骨："我要怎么跟你说，你不记得，是我接你来我家住的吗？"

"这是我家。"

"你看着，这是谁的皮箱？"

"我的。"

"是你的，我们有房子的人不需要皮箱。"

"是。你有房子不需要皮箱。我没房子所以需要皮箱。我拉着皮箱到处走，走到你家。"春天理清楚了，啼哭起来。她要抱小莉，被推开。

"现在请你离开我家。"小莉说。

"求你了，小莉。"

"请你离开。"

小莉指着门外，然后抄起春天的衣服，随便扔向皮箱。春天跪在地上，一件件地捡，当松糕鞋扔过来时，她拖着膝盖快速移动，捡起它，抱在怀里。她可怜兮兮地看着我们，我们仰起头。

"请。"在长时间的沉默后，小莉说。春天站起来，说："谁稀罕，走就走。"

事情就此解决了。

春天将东西塞进皮箱，一会儿塞完了。她扣上皮箱，拉着它走出去。一切都按照她的意思也按照我们的意思快速进展。她拉着皮箱走到门外，电梯从一层往上走，走向顶层，返程时会捎走春天。

我站在小莉后边。

低着头。

春天看着变动的数字。她扶着脑门，晃荡着它，在想反扑的办法，就快想出来了。你们家男人完事很快。我希望在她想起来前，电梯已带着她走了。电梯将至时，她转过身来，我迎着她的目光，呼吸急促。她却将目光转向小莉，说："你瞧你，黑成那样。"这真让我诧异。她像侠客那样爽朗大笑，走进电梯。里边没有别人。银色的门关上。她无疑在关门的同时看见小莉全身战栗。她赢了。

"别生气。"我搂着小莉。

这会儿，电梯门又猛然弹开，春天一边摁关门键，一边补充："怪不得当年都叫你野猪林，你这样的人也只配嫁给……"电梯门再度关上。要不是我箍住小莉，她准得飞踹过去。我倒有些爽快，就像惴惴不安的罪犯终于等到一顿惩罚。春天没来得及说完的应该是："……像陈庆这样的老东西。"

春天今天没和我算账。今天她脑子有点乱。"你不是说你爱我吗？"也许她应该这样说。我会解释不清楚，因为她当初反复问："你是真的爱我吗？你说真话。"

我说："是。"

# 十一

第四次。最近她拒绝和我们用餐。我走出来时，看见她往碗里夹菜。我掸掸手。她眼睛瞬间绷直，随即端着碗朝房里跑去，一些咸菜掉在地上。她甩上门。那声响夹了我心脏一下。

小莉走出来，脸色愧疚。她在为春天的不懂事道歉。那脸色里同时有凄苦的东西。说明她也站在我这边，是我妻子，跟我一起懊恼于这客人带来的不快。我本想骂娘，但还是摸着她的手拍她肩膀，使她感受到我的宽宏大量。

那门忽而开了一小半，春天的脑袋伸出来。她看见我们在，又仓皇关上。我很吃惊她怎么没将脑袋夹死。大概是怕没关好，春天重关了一次，随之转上内锁，用钥匙反锁两圈。"他妈的。"我恶狠狠地说。小莉捉住我胳膊。"他妈的。"我重复道。

"你别生气。"

"我没。"

"她会走的。"

"我知道，我没生气。"

也只有小莉在时，我才敢发泄。小莉放下捉住我胳膊的手。"我不会再生气了。"我说。她走向春天房门，眼睛还在看着我，快走到时，才面向那扇门。她敲了几下，叫唤着，又敲几下。没有回应。也许睡了，就让她安静一会儿，小莉看着我。

"我只是要缓一下，缓过来就好了。"

"我知道。"

小莉看着我，继续说："我开不了口。"

我们走向沙发。我的手摊着，小莉捡起来握住。我们打开电视却什么也没看。直到狭小的卧室里传出声响，内锁转开时弹动，接着是钥匙插向锁芯转动。春天拉门把手，咚咚咚，好像要将它扯下来。"是旋转，不是拉。"我吼道。她照此处理，却没转开，因此不停踹门。这该死的娘们儿还骂："放我出去，我要出去。"

"没人关你。"

我走过去，将钥匙插向锁芯，插不进去。"抽走你的钥匙，让我来开。"我吼叫道。那边什么声响也没有。"抽走钥匙。"我继续喊。

"是你们将我锁住的。"她悲啼道。

"我们锁你干吗？"

"你们就是，你们故意这样，你们凭什么锁我？"

她一边哭一边拍打着门，不一会儿用脑袋撞起来。我被她的绝望弄焦躁了，也不停地拉起门来。"我来。"小莉推开我。她试图插进钥匙，接着拉动门把手。没用。她想了一会儿，说："春天，你在里边将钥匙再转一圈。"

"转过了。"

"你只转了一圈，再转一圈，朝左转，听话。"

里边哆哆嗦嗦转了好大一会儿，锁芯才弹响。门被拉开，一股风蹿过来。房内的窗户开着。她大概还想从那里跳下去，这该死的东西。小莉骂骂咧咧，而她一把抱住小莉。她额头青肿，像是刚从厉狗的追击下逃生，她抱着小莉不停地哭。

"没事了。"小莉说。她哭得更凶了。小莉推开她，说："看清楚，是我们害你吗？我们害你了吗？"

"我们真应该将她的东西扔出去，让她走。"小莉说。

"嗯。"

"我这两天试着问她，看她什么时候走。"

"我不是那个意思。"

"总是要问的，我烦得不行，烦死了。"

次日我们起床，发现春天的房门紧锁。我记得她是开着门睡的，门边挡着椅子，以防门自己关上。可这会儿又关上了。我们敲门，听到平静的回应："进来。"我们推开门，看见她坐在床沿。晨光从窗户涌入，在她脸上打下神秘的阴影。她这会儿就像我们的妹妹、我们的小朋友，侧过脸讨巧地看着我们。她眼里似荡漾着光明而温暖的湖水。她仰着头，露出微微外翻的白齿，心无芥蒂地笑着。

这笑如此美好，如此天真，就像暴风雨后寂静而充足的阳光，晒照于我们内心。

我们吃了一顿快活的早餐，然后打牌。她是照牌理出的。小莉问她店铺的事，她说老板娘回老家一趟，可能要先歇业一阵。小莉看了我一眼，见我没怎么催促，便也不问春天什么时候走了。倒是春天说："我可能月底走。"

"干吗要走？"小莉说。

"我那边找了间房子，一直挺麻烦陈老师和你的。"

她这么说时，脚在桌底朝我移动，触碰到后轻轻摩擦我的一只鞋。我缩回双足，专心看牌。她仰起头，肆无忌惮地看我，嘴角嘲弄。她在嘲笑你的牌技呢，瞧你打得，小莉这大气的女人推着我手中的牌。

我窘迫不堪，越想掩饰住脸红，脸红得越快。"打得真臭。"我说。而春天此时已前倾起身体，上身都快贴到桌面了。她直勾勾地看着我，就像要将什么东西从我脸上钩挖出来。这时她还伸出腿，用足尖不停地点我的膝盖。她得有多放浪啊！

小莉跟着她好奇地看我。

我从牌里随便抽出一张。那足尖从我膝盖上忽然抽回去。几乎不到一秒，她已笔直站起来，将大王甩出来。"管上。"她哈哈大笑。她的胸部还在因身躯的猛然站起而晃荡。

# 十二

第三次。她压抑着愤怒出了门。她被感情上的事打击坏了。下午，她失魂落魄地回来。她在卫生间待了将近一个小时，出来后，捉住小莉的手啼哭。

"别难过，男人都那样。"小莉说。

"不是。"她抽抽搭搭地哭起来。

我在卧室坐立不安，也许应该找一根绳子，从窗户溜出去。我快要呼吸不过来。最终我还是拉开房门。春天抬起头，像被赶出家园的狗那样楚楚可怜地看着我。我被她如今的形象吓得哆嗦：头发剪得凌乱蓬松，眉毛像八字低垂着，眼影已被泪水冲垮，在脸上留下炭色的污痕，就像有人拿着蘸水的抹布在这张脸上来回涂抹墨汁；她噘起的嘴唇画得极为鲜红，完全游离出面孔；她就像站在舞台上束手无策的悲伤小丑。

她看着我。小莉看着她。而我看向地面。

"我好看吗？"她说。

"好看，要多好看有多好看。"小莉抚摸着她的肩膀。我快步走向卫生间。这个美人儿找到原因了：不是别人不爱她，而是她自己不好看。我实在受不了这摇尾乞怜的目光。

# 十三

第二次。据说在触礁前，船员有先见之明，但船还是会撞上去；地震前，鸡和狗也会逃窜，但人们继续生活；还有，事情的可怕并非等量相同，它分为轻微可怕、比较可怕和很可怕，每一次的可怕都会带去一定的适应性，使人麻痹。

我们开始感觉房里的东西在减少。

我问小莉，小莉也问我，不是我们干的。就像有股风趁我们睡觉时卷走了它们。我实在想不出有小偷屡次三番翻墙入室的可能性。一天早起，我看见是春天将一部旧手机扔进垃圾袋。我伸出手，但什么话也没说。这东西属于我，但它对我来说还有用处吗？她低头继续收拾，等下将把塞满的垃圾袋扔进楼下垃圾桶。她有点自作主张，但我为什么要打击她的积极性？她又不是将正在用的电话拆掉，或者将正在走的墙钟摘下来，她只是像园丁一样，替这个家庭修剪掉一些不必要的枝蔓。

其实我觉得她有病，但不能这样说。


# 十四

第一次。晚餐。她过来坐下，拿了筷子便放下。"吃呀。"小莉说。她斜过头去，鼻孔出着气。"吃呀。"小莉说。她便撅起筷子，可还是不吃。她盯着我。这时我才知吃饭也是一件私密的事，不应被人长时间看着。她今天状态不对。

"春天你怎么了？"小莉说。

"他用了我的筷子。"她说。

我僵住，看看小莉，小莉也不懂。我继续夹菜。"我说你呢，你用了我的筷子。"她吼道。我和小莉目瞪口呆。我想这是在报复我吗，如果是，那就来得更猛烈些吧。

"对不起，我还给你。"我说。

"算了。"她厌恶地摆摆手。

"你怎么知道这是你的筷子？"小莉说。

"我在上边用刀割了一下，做了记号的。"

"哪里？"

"这里。"

让我奇怪的是，小莉认真看了那割痕，说："没事，我们以后记着。"

"算了，一双筷子。"

春天没有吃，像鬼魂游弋回房间。我和小莉面面相觑，好像不确定她刚刚吼过。我们沉默对坐，只余墙钟喊喊喳喳地走，它稳步向前，弄得我们心里懊丧而单调。

"到底怎么了？"我说。

小莉指指她的房间，又指指自己的太阳穴：这里有问题。我摇摇头，站起来，走向卧室。我被这事情吓坏了，我需要一个人待一会儿。小莉跟着进来。她将我的手拉到她胸脯上，她的心在怦怦狂跳。

"对不起。"她说。

"怎么了？"

"我也不知道会这样。"

"怎么样？"

"我求你一件事。"

"什么事？"

"不要现在赶她走。"

"为什么？"

"你先答应我。"

"我没说要赶她走。"

"我有个妹妹，我自小就和她争，总是争。后来她十三岁时死了。"

"跟这有什么关系？"

"我后来争也没用，我妹妹死了。"

"跟这没有关系。"

"我知道，但是这事惩罚我了，"她哭起来，"这事惩罚我了，你知道吗，陈庆？"

"我知道。"

我抚摸着她的肩膀，不久站起来，走过来走过去。我心里总是在说："我知道，我知道，我他妈的知道。""你别这样，陈庆。"小莉说。


# 十五


这并没意思。我放下报纸，发现她在看我。她已看了好一阵子，像平稳行驶的船只猛然触到礁角，抖了一下。我没办法再读下去。当我起身时，她的眼神跟着上扬。

"看什么？"我说。她慈爱地笑着。"有什么看的？"我说。直到我从阳台折返回来，她才说："我就是喜欢看你。"接着又说："你是不是不喜欢这样？"

"没什么。"

"那你抱我。"她张开双手。我没有理睬，从她旁边经过。"抱抱我。"她的声音绵软无力起来。我找到鞋刷，敲打着鞋架，就像要选择一双穿出门。"抱我。"她说。

"我们不能这样了。"我说。

她的双手这时与其说是张着，不如说是勉力举着。这很尴尬。但我就应该将自己送过去给她抱吗？我并不爱她。"对不起。"我尽量显得真诚。

"你是爱我的。"她说。

"我不能了。"

"我知道，我只要你抱抱我。"

"不能再这样了。"

她放下手，出了点眼泪。我进卧室躺着，我想我应该说：我们还可以保持亲人般的关系，你是小莉的义妹，也是我的。后来我拉开房门，发现她站在门口。

"可是我爱你，你知道吗？"她说。

我想退回去将门关上。她继续说："我不破坏你和小莉的关系，我什么都不要，不要名分，你知道吗？我只要你让我爱你就可以了。"

"不是那回事。"我推开她的肩膀，走出来。她一直跟在后头。"你是不是讨厌我了？"她说。

"不是那回事。"

"那是怎么回事？我不要你什么，我只要你让我爱你就可以了。"

"不是这回事。"我声音大起来。

"那是怎么回事？"

我推开她，又走回去，将卧室的门关上。我想这样够明白了。可是接下来的时光，只要小莉不在，她便过来纠缠。"你不爱我吗？"她总这样问，"一点都不爱？"

不是。可是。要怎么说呢？我支支吾吾。说话是困难的事。每一句都要做到不能让她心死，也不能让她看到希望。我真想说："别做梦了。是，我睡了你，睡了又怎样，睡你不代表爱你。何况还没睡成。我没占有你，既然没占有你，你凭什么认为我应该对你负责？你去找那些占有过你的人。你们女人就是这样，将那东西当成了不得的财产，谁进去了谁负全责，可我并没有进去你知道吗？"

有时她几天不归。她会从电话亭打电话过来。我当着小莉的面气急败坏地问："谁？"

"是我呀。"她总是这样悲哀地回答。

"有什么事？"

那边便陷入令人烦躁的沉默。"谁呀？"小莉问。"没什么。"我跟小莉说，挂掉电话。不一会儿，手机又响了。"你要干吗？你到底要干吗？"我吼叫道。那边总是沉默。有时小莉不在，我便能完整听见她的哭泣。她边哭边说："陈庆我跟你说。"接着又哭去了。我不敢轻易挂掉。也许这是她赴死的前奏。我哄着她，有时则大喊大叫："够了够了够了，我真不明白你为什么会喜欢我这样的老男人，我既没几个钱，性能力也不行。"或者"我这会儿就要死了，我感觉呼吸不过来，啊，我求求你了，我求你别折磨我了。"

我一旦关机，她便跑回来。

"你怎么了？"小莉抚摸着她干枯的头发说。她既不洗脸也不吃饭，眼窝深陷着，将自己糟蹋得不成样子。我想小莉就要明白了。可当我抬眼偷看时，发现春天并没有盯向我，而是对着地面不停吼气。她委屈得不行，眼泪扑簌扑簌地往下掉。"你怎么了？"小莉说。

"没什么。"

"谁欺负你了？"

"没什么。"

她要是借这个机会指桑骂槐地骂几句该有多好啊！可她只是不停吭气，说没什么。"真造孽。"小莉安顿好她，走向我。我点点头。我觉得这一切不真实。真实是什么呢？小莉看着我，瞳仁逐渐扩大。愤怒和恐惧像两支军马从身体各处汇聚而来，同时冲到脸上。她看着我，又看看春天——你干出这种事情？这种事你也干得出？你们是不是还要密谋杀了我——她连续后退。直到确信我们已被羞愧笼罩，已被羞愧完全统治，她才啼哭出来。她摔门而去，将我们留在这里，然后带着越来越多的人来参观我们，越来越多的警察，越来越多的居委会的人，越来越多的邻居。或者，她只是踢开我们，将所有没有上锁、没有钉住、没有粘牢的东西扯下来，在我们眼前逐一摔碎，然后坐在那儿没完没了地哭，然后抽搐、发羊痫风，然后又躺在地上没完没了地哭，然后站起来一头撞向墙壁，然后又拿刀割颈。两块胸锁乳突肌就像两根弦，一割就断了，然后脑袋栽下来。

春天的嘴唇几度开启。从唇形上我甚至能猜出她将要说的字。她毕竟偷了朋友的男人，羞于启齿。我倒是盼望她快点说出来，我实在受不了啦。我要杀人啦。可小莉一走来，她的嘴唇便匆忙闭上。等小莉去了卫生间，她才开始重新咕哝。小莉不像我，她能忍受排气扇的嗡嗡作响，她开着它。春天忽然低声说："我还是放不下。"

她他妈的原来是要跟我说话。我怒视着她。坐着的她不停战栗。我还以为自己是待宰羔羊，原来她才是。我有了主宰的感觉。她这会儿想必下定了决心，要忍受一顿责骂，然后等我骂完后再收留她。我沉默不语。卫生间的排气扇在嗡嗡响地工作。她哭起来，说："一点点都不爱？"她集中了全身最后一点力量，才在眼里燃起这么一点火光。

"是。"我说。

她晕晕沉沉地走向阳台。我瞟着她。她拉开窗户。我跟过去。她双手扒着窗沿。我拉住她的手肘，被她推开。

"不要干傻事。"我说。

她看看我，又看看窗下的地面。她呼吸好几口空气，取下晾衣架上的衣服，走回自己房间，不一会儿背着包走出来，拉开门走了。

几天后，她将我召到护城河边，每隔几分钟便大哭一次。我像石头一样坐在她身边。她不停讲述，最后讲的是什么我也听不清了。她像收拾起东西一样收拾起眼泪，说："我最后一次问你，你爱不爱我？"

我摇摇头。"你等着，"她恶狠狠地看着我，毅然决然地说："我死给你看。"


# 十六


我不喜欢她，但还是敲她的门。我按照一二三的节奏敲，一下，间隔；两下，间隔；三下。没有回应。我有点懊丧，走回自己的卧室。我并不喜欢她，但是底下在小莉一离家时便膨胀起来。我抚摸它就像抚摸一只趴在地上怄气的小兽。它势必要完成它想完成的事。

她后悔了，或者羞愧得不能自拔。

我听见她走出卧室，趿着拖鞋走向我这里，不禁咽下口水。但她拐向卫生间。她漱口、刷牙、漱口、用水浇脸，还上了一会儿厕所，然后走回自己的卧室去了。我的门虚掩着。我不能跳过去推倒她。她将换下睡袍，穿上出行的衣服，出门去。事情就这样完了。我很丧气。不过这样也好。

她折腾了很久。女人总是这样，在出行前拿着两件衣服比来比去。要走快走。我滚到床的另一边，脸朝窗户，窗帘虽然拉严，光明却无限透进来。说起来，人就像毫无主见的动物，被性欲牵着走来走去，一边走一边低头嗅哪里有女人的气息。你倒是快走呀。当我转回来时，看见她站在床前，双手插在兜内。她赤着脚。我坐起来，拉开她的睡袍，傲挺的肚腹和浅弧形的腹股沟白光一闪，被她双手一夹，盖住了。

我们什么话也没说。到处是我的呼吸声。她推开我，先躺下去。她左右扭动着，像是躺好了，起身解掉睡袍，又躺下。我扯掉裤头。可她还是左右扭动着，就像要找到一个合适的躺法。我躬着身躯，盯着我的下面和她的下面。不，不要这样，她用手捧住我腮部，将我的脑袋捉下去。她用舌头顶开我的唇齿，在我口腔里搅和着。她虽然刷过牙，嘴里还是飘着营养不良者才有的酸臭味道。我几度要中止，被她搂紧。我睁开眼。哼。她的脸鼓了起来，起起伏伏，紧闭的眼皮也微微发颤，她正像头蠢猪那样忘我而陶醉地吃着我的唾液。

"我们聊会儿天吧。"她说。

"事后聊。"

"我们先聊一会儿嘛。"

她让我躺在旁边，拉着我的手。她身上冒着干燥的热气。我让她的手搭在我下身。我们貌似两小无猜，躺了一会儿。她转过脸来说："你真的爱我吗？"我还没说话，她又说："你说真话。"

"是。"我说。

我的手在她身上游走。她流出了眼泪。她一流眼泪我就知道坏事了。天下没有免费的午餐和女人。"好。"她噙着眼泪，咬紧牙齿，极大地摊开身躯，像超然于世的受刑者任人宰割。她就这样干燥地躺着，我怎么也弄不进去。"对不起。"她说，眼睛一闭，又溢出一团泪水来。那一堆因为干燥而根根分明的干草，盖着一道拒人千里的石缝儿。我想就是有人刺进去过，也会硌出血来。我扑在她身上，就像扑在硌人的柴火上。

"只要女人不配合，男人不可能进去。"

"对不起，我也不想这样，"她哭起来，"我以为这次行的。"

"你行过吗？"

我爬下床，穿起裤衩。她过来抓我的手，被我甩开。我穿好睡衣睡裤。不论这是客观原因还是主观原因，我都得惩罚她。她悲哀地躺着。她没有水。她无能为力。这个男人毫不掩饰他的懊恼、愤怒与嫌弃。她瑟瑟发抖，身上每处都保持着要抱住我的姿态，可是我要毫不留情地走掉。我最后盯了她一次。她低下头，躲藏在愧疚的海洋里。可当我转身时，她跌跌撞撞冲下来，心急火燎地扒下我的裤子和裤衩。

我闭上眼。很快轮到我没用了。我站着，被铺天盖地的空虚感笼罩。什么都没意思，让人厌烦。我看着她帮我拉上裤头和裤子，看着她收拾床铺，将它叠得和原来一样。我由着她干这些，直到房门传来插钥匙的声音。我从这莫名其妙而又根深蒂固的空虚中醒来，双腿发抖。钥匙一共要转两圈。我们家两间卧室间隔有四五米，春天像一只光溜溜的兔子，提着睡衣蹦回自己卧室，手里捏着脏的纸团。小莉打开门习惯性地对着墙镜看自己，左侧一下、右侧一下，仰起头，拨下鼻尖的灰尘。她踩下鞋子，跋上拖鞋。春天将门虚掩好。

我站着。小莉走过来后，我才坐下来。如果小莉聪明点，就可以将一些反常的响动、举动与偷情联系起来，这是女人天生的本领。

"我有点发热。"我面红耳赤、有气无力地说。小莉摸我的额头，又摸摸自己的。一样的温度，她却摸出不同来。她说："是啊，你瞧你，连这点都照顾不好自己。"她皱着眉去倒热水。水哗哗地落向杯底，她仰起头，脑子有空来想一想有什么不对劲的地方。但什么也没想到。她看着杯子接满了，端着走过来。春天的房门悄然关上。实际上直到小莉再度出门时，她连春天是不是在家都不知道。我看着小莉找到那张单子匆匆出门，想到春天恬不知耻的声音。春天说："可是我觉得，我怎么就这么喜欢你呢。"

这真没意思。

# 十七

"好吧。"她关上门，"对不起。"我还没弄懂这是怎么回事，就让事情结束了。我的灵魂空荡荡，像被狂风刮得干净，连赖以站立的地皮都开始瓦解。我随着失重的土层掉向无底深渊。一想到自己本可能做到，我便空虚起来。所有的事都没这一件来得急切和必要，为了它我什么都可以舍弃。可现在就是想一想，全身便虚脱了。我就要撩开美人的短裙。她的双膝会挺起、战栗，腿部泛着柔和的光，腹部与胸部微微起伏。她会顿时蜷缩，像被虫子蜇了一下那样哼叫出声。

但我推开了她。

我陷入永别的遗憾。我看到垂死的我在看现在的我，他耿耿于怀这个夜晚。这个机会难得又被没必要的礼节和道德弄得一事无成的夜晚，像钢钎，洞穿我们一生的心脏。垂死的我有着孩童的倔强，泪花翻滚，不停呻吟。而我在床前向他解释，这是不能碰的毒汁，这一晌之欢揭开的是背叛、分裂、杀戮，还有万劫不复。可这样的振振有词，只是为了掩盖我现在的胆怯。我现在想的他妈的只是如何插进她身体而不是其他。

我阔步走向她的房间，手指触到门时，又谨慎起来。这倒不是因为要打退堂鼓。门比平时响得厉害，吱吱呀呀的。她面朝着窗侧躺，向烟灰缸弹着烟灰。她没有转过身来。

"你饿吗？"我说。她摆摆手。"我有点饿。"我接着说。

这和我想象的不太一样。她继续弹着烟灰。我以为我们能很快抱在一起互相撕扯对方的衣服呢。"是不是身体不舒服？"我说。我快站不住了。我授权自己坐在席梦思一角。我感觉把它坐塌了。"别喝那么多。"我说。

"没事。"她的话都是醉的。

"没事就好。"

她没说话，也许正犯着困。

"以后少喝点。"我继续说。我想我的意思很明显了。而她让我难堪。我站起来。"给我倒点开水好吗？"这时她说。虽然最后两个字让人听得不舒服，但我还是将这件事当成是最愉快的任务。

我倒了一半热水一半凉水。水哗哗地往下流，那玩意儿硬到极点。我等它软下来一点，才走回去。我的心脏从没像现在这样跳得猛烈。

"谢谢。"她说。她将毯子扯起来，盖住光溜溜的大腿。

"最近生意还好吗？"我说，又坐在席梦思角上。

"就那样。"

"我看你也不怎么上班。"

我上班不上班关你什么事，她没说话。我接着说："别太累。"她坐起来端水喝，喝了一半，又躺下去。"谢谢你。"她说。

"别客气。"

"你知道吗？有句话是这么说的，在错误的时间遇见对的人，或者，在对的时间遇见错误的人。"她说。

"我知道。"

"也许可以这样说，错的人遇见错的人，或者，对的人遇见对的人。但是，对的人遇见对的人时，时机又过去了。"

"我知道。"

"你知道什么？"她坐起来。她的脸色你判断不出来是对你有兴趣还是没兴趣。"我知道。"我说，隔着毯子捉住她的腿。她试图抽回去。我捉紧了。她不怎么挣扎。

"别这样。"她说。

我朝她爬过去。她俯视着我，我想我是条狗。"不要这样。"她继续说。我摸到她的胸脯，我的手本来就大，却盖不住她的胸。它真是个好东西 —— 弹力十足的气球。"不好，"她拨开我的手，"不要这样。"

"我偏要。"

"我现在兴致不高了。"

"很快会高的。"

我扒她的 T 恤。她可以扯住它，但头部却扭动着配合我将它扒下来。"对不起，我兴致不高。"她说得很诚恳。我扒在她身上，吮吸着她。我快控制不住了。差不多时，我扒下她的裙子和内裤。那里和别的女人没什么不同，但当时我眼直了。我直勾勾地看着，直到她的膝盖弓起来，大腿也并拢起来。它冒着干净的热气，就像酒醉带来的燥热从这里蒸发出来。我分开她的双腿。"对不起。"后来她只会说这个了。我知道她为什么说这个。她下边干得发烫，即使所有的水都泼上去，即使每隔一秒钟泼一次，它也会迅速干掉。这里就是他妈的拒人千里的火炉，就是万无一失的贞操锁。

"对不起。"她说。

"你确实对我没兴趣。"我说。

"不是这样。"

"那是怎样？"

"是我很少会有这种好事。"

"为什么？"

"我不知道，只是害怕。"

"别怕。"

"我不怕，是它自己怕。我恨死它了。"

"别怕，会好的，你要放开。"

"我知道，对不起。"

我的兴致差起来。我算是偷了情，却什么也没偷到。我要走时，她又说："也许我们可以去浴缸里。"

"家里哪里有浴缸？"

我们还是去了卫生间。我打开莲蓬头，冲洗她，给她胡乱涂抹一些沐浴液，给自己也涂了一些。她借着酒醉哭了。我说别哭了，将她推到墙上。我不能将她推倒在地。我努力了十几次也没找到窍门，我害怕我们两个摔死了。

"别哭了。"

我吼起来。她果然不哭了，我像重病一般叹息一声。我低下头。我们活像两个挫败而又可以互相指责的人。我充满恼恨。"我跟别人可以一个小时的。"我说。

"对不起。"

她抱住我。我们像两条鱼滑来滑去，但她还是努力抱紧我。"对不起。"她说。我不知道为什么同样是羞耻，她的来得还要更强烈些。她可以说"真没用啊"或者就只是叹息一下，我便会溃败。但她只是责怪自己。嗯。我开始表现得不耐烦，我试图挣开她的双臂。在此之前，全世界都是你诱人的胴体以及由这胴体散发出的光圈，但现在，你便是个惹人烦的女人。什么都没意思，没意思到极点，你让我扫兴死了。

后来在沙发上，她拉我的手，我的手却总是抽出来。她捉回去几次，不再捉了，叹息起来。她老了。虽然她只有二十岁。虽然有的女人要到二十三四岁才像花儿一样绽放，她却已经凋零枯萎了。在不久前她还是新鲜水嫩的豆腐，现在却像隔夜多天，又干又硬。她的毛孔干涩，脑后白发丛生。当水柱冲向她时，我俯视她脚趾过长、大腿粗短、腹部已然隆起，像是悬挂的沙袋，不久将因重力而使底部肥厚。她的肉身自有一种欲望。这并非性欲，而是那些器官、肌体试图挣脱心灵的约束，恣意地松弛起来。它们之间过于紧张的关系使她又干又硬。

这就是被我无限想象的女神啊。她离开我，去房间里接听手机，她对里边说："我没回来住，我在看店。"她出来时，衣服已穿好。

"你要吃点东西吗？"她说。

"嗯。"

"那我们出去吃？"

"嗯。"

"我帮你买回来？"

"嗯。"

"家里还有水饺吧？我做水饺给你吃吧。"

"嗯。"

"你说话啊。"

"嗯，"我说，"我不怎么饿。"

# 十八

直到吃晚饭，她才被小莉拉出来："我宁愿饿着，我住了你们的，还要吃你们的。"她坐下，拿起筷子，筷尖朝向自己。我说吃菜，她才去夹盘边的菜叶。"来，吃肉，多吃点。"小莉大声招呼，她却是连菜叶也不敢夹了。最终我们帮她夹了一大堆。

她精神紧张，生怕漏掉任何的问话。可无论我们问的是十几个字、几十个字、一句话，还是几句话，她都只"嗯"一下，就像海绵，用近乎冷漠的忐忑吞吸你所有的好意。我开始变得不愿说话，也不愿看电视。每当我走到客厅，她都站起来，将遥控器轻放于茶几，走回房。偶尔她来不及站，便缩着身躯，使自己坐得更小。当我走掉，她也不会换掉我刚看过的频道，就是我一小时不回来，她也不换。我像是住在宾馆，举止端庄，气氛刻板，不可能再半裸着自由走动，或将腿架在茶几上一边看电视一边睡觉。地上连一颗茶叶末也没有，春天将这里反复打扫，盥洗池被擦拭得像光亮的银器。

"我还是应该交点伙食费。"一次，她这样说。

"你也太见外了吧。"小莉说。

"你看我总是吃。"

"你跟我生分什么？"

小莉有时去她房间，和她聊会儿天。"她偶尔抽烟，有时写点日记。"小莉说。她们也失去了原来在校园的感觉，那用粗野义气建立起的关系如今变得冰冷而客套。在台灯下，放着鞋面龟裂但被擦拭干净的松糕鞋。春天说这可能是她唯一的家产。

有一天，这个勤快的人在拼命拖一块沾了油渍的地面时，不小心碰及酒杯。这是小莉精挑细选买回的几只玻璃酒杯之一。我将它放在茶几上，准备回过邮件就去喝酒。现在它一头栽向地面。春天扔掉拖把，反身跪下，试图接住。她动作如此迅捷，却还是没挡住它摔碎。

"你没事吧？"我说。

"对不起。"

"我是问你人有没有事。"我望着她膝盖之下的玻璃碎碴儿。

"没事，对不起。"

她站起来，眼睛里有东西汩汩而出，但她还是低头压制住这情感。她感激于这只有亲人才有的宽宏大量，但她很快劝自己相信这只是奢望，这不过是男主人遥远的同情或者男人们本该有的大气。有几天她更加不敢看我。现在想来这可能又是她新一轮爱情的开端，因为过了些时日她便蠢蠢欲动，过来测试这种关系是否存在。比如开始化点妆，今日涂抹口红，明日吊颗耳环，后日又改换发型。另外，在沉闷而惯穿的商场制服之内，她会不时穿一件艳丽的衬衣，或者低胸T恤，有时则蹬红高跟鞋。每天都会有一样代表着春心荡漾的东西在她身上显现出来，就像一个同性恋男子，只要走在街上，便能让人们从他再正常不过的衣着和举止上发现某点端倪。而这端倪正是他想暗示给心上人的。

她生了场病。

她以为会招来同情，却不知这只会增加我的厌烦。嗯唵、嗯唵、嗯唵。她谨慎地呻吟着，节奏缓慢，像是在召唤我。我不为所动。小莉回来后，她为了证明这不是表演，愈加疯狂地哼唧起来。到最后我都怀疑她是不是真得了重病。

"你怎么了？"我们问。

"我快要死了，"她悲啼着，眼泪朝外滚，"你看，都没什么血色。"

"喝点热水吧，我这就去倒。"我说。

"嗯唵，我快死了。"

"那要不要送你去医院？"小莉说。

她摇摇头，自顾流泪去了。我们离开时她重新哼叫起来。她可能在歌唱自己无尽的孤独，我想。房间里像是有条永恒的溪流，流过橱柜、电视、纸盒子以及一切凹凸不平的物质，塞满整个空间，使我们烦躁到几乎要自杀或者杀人。这像村夫一样含混不清、虚张声势、技艺粗鄙的声音迫使我和小莉先后离开自己家。

她过生日那天，不知从哪里弄来一笔钱，买了威士忌、五粮液、北京烤鸭以及许多奢华到只有上流社会才吃的食物。我请了你们而不总是作为虫子寄生于此——她脸上闪耀着尊严的光芒。她邀请我们浪饮。我们本不善饮，一会儿便醉态百出，第一次表现得像是一家三口。她屈膝挪过来，骑坐于我的大腿。小莉只是愣了一下，也爬过来，跟着一起用食指托起我的下颌。

"我应该叫你什么好呢？"春天说。

"姐夫。"小莉说。

"那好，姐夫我问你一个问题，我和小莉一起做你老婆好吗？小莉你同意吗？"

"同意，一万个同意。"小莉说。

"你看小莉都同意了，姐夫你说句话。"

她骑着我双腿往我身上靠，我挣扎个不停。她饮了一大口趴下来。她都走开了，忽然转过身来。她顿了一会儿，指指我硬起的裆部，像螺旋桨一样加速狂笑。然后她上气不接下气地说一件旧事。小莉想必听过，却还是撺掇她讲。她花了很大力气才算克制住自己，说："他说，他很久没做了，希望我能原谅；我说，我原谅；他说，你原谅就好；我开始脱衣服；他想制止；我说，你怎么了；他说，你已经原谅我了，我确实是很久没做了；我说，没事；我脱完让他脱；他悲哀地指着自己下面，那里湿湿一团，已经结束了。"一说完，她就撕心裂肺地笑起来。小莉不小心将嘴里的酒喷出来，点燃了我们新一轮的狂笑。我们身上就像绑满炸药，只要谁伸手一指，说"我请求你原谅我"，我们便此起彼伏地笑起来。到这时我才知道笑是恐怖的事，我们的影子在墙上晃荡，每个器官都在震颤，我们挣脱不开笑的苦刑，就快要死在这笑里了。然后我率先戛然而止，小莉跟着停下，只有春天还在做出努力。我感到厌恶。这压根儿就没什么好笑的。她尴尬的笑声最后像几颗爆竹还在原野上孤单地炸响。

两天后，小莉回去看生病的娘，春天在暮色降临之时醉醺醺地归来。这时的她和以前比判若两人，她踩着高跟鞋，穿着低胸T恤、红色超短裙，像是风暴中的树摇曳着摇回家。在柔和的灯光照射下，她涂着浓烈口红的嘴唇微微张开，喷着动物一样的气息。当我从卫生间走出来时，她伸出手捞向我两腿之间，慢慢往上移动。我双腿发抖，心里发虚，在她的舌尖就要舔到我耳根时，我推开了她。

"不要这样。"我说。

她不太相信，继续恬不知耻地过来抓。我捉住那只手，说："够了，我说够了。"她又羞又怒。为了让她明白我不会告诉小莉，我说："没事，这没什么，这很正常，喝多了都这样。"

我走回自己房间，听到她说："好吧。"


# 十九


她拖动皮箱，自楼梯上来。她没坐电梯。滑轮触碰台阶，发出难听的摩擦声。在到达家门前时她停下脚步，我不确定是不是这里。门后贴着我的创作计划，已完成的用红笔抹掉，正在进行的用蓝笔标注进度。小莉在它周围贴上各种画着表情的纸条，我爱庆庆、庆庆加油之类。我大小莉十五岁。春天站在门前，开始拨打小莉的电话。

"我想接我同学过来住段时间。"

上周，小莉这样说。我感到不快，小莉搂着我不停地撒娇。现在客人来了。小莉打开门，爆发出鸟叫那样的欢呼。但此人毋宁说已不是她的同学，或者说已被时光折磨得让小莉认不出来了。她灰头土脸，表情悲戚，摆着看起来是讨好的僵笑。她朝我鞠躬，不听劝阻，脱鞋走进我们家。她不确定自己会被允许待多久。在躬身时，她的两只乳房像是朝下跳了一下。作为男主人，我走到门边，将她的行李提进来。

# 二十

护城河缓慢地流淌。也许是我觉得水在流，便会有哗哗的响动。其实一片静寂，风吹出水面的波纹。白天，它是土黄色的，泛着白沫，漂荡着沿途居民抛弃的剩饭剩菜、死猫死狗。现在是夜晚，河面漆黑，但总有一处波纹闪耀着路灯的反光。白沫还是能看见。明早或者明天凌晨就要下一场大雨。

这里只剩我和她。

我们面对着深井一般的远处，一言不发。我一次次举起酒瓶，她有样学样，跟着喝。我的一生毁于那个完全没必要的电话。我只拨打过一次，当时她在忙别的事，旁边还站着一位吃醋的男人。但后来她对我说："这世上只有你还会来过问我，你在电话里说，对，就这事，专门问问。"

"我没法通过和别人在一起来摆脱对你的爱，你知道吗？"她强调道。我因为深陷于这可怕的事实而全身麻木，在电话里说着一些无济于事的话。"没用的，我根本没办法摆脱对你的爱。"她说。我说："早点睡吧，时间不早了。"也许她一觉醒来便冷静了。

第二天她从电话亭打来上百个电话。"够了，我说你他妈的够了。"我甩动手臂，就像那里真的黏着什么动物。我差点踩扁手机，但还是捡起来，重新装好。我既害怕听到它的声音，又不得不依靠这频繁响起的声音告诉自己：至少她现在还活着。"你到底要干吗？"我说。她没完没了地哭。我挂掉电话后她会重新拨过来。她疯了。后来我以其人之道还治其人之身，不停反拨，她一接通我便挂掉，直到她不再接了。我想她有可能去死。"好吧。"我对自己说。

一个小时后，她换了一间电话亭打来，说："我只是好怀念你对我的好。"

　　"我不想对你好。"

　　"我知道，我没资格让你这样。"

　　"对不起。"

　　她沉默很久才说："没事。"就像小偷顺着脆弱的绳子从楼上慢慢溜下来，我快安全着陆了。我说："答应我，好好生活。"她让我听了一会儿心如死灰的呼吸，说："我会好好的，谢谢你。"

　　电话挂断后，我被汹涌而至的愧疚淹没。这可能是世上最珍贵、最不容亵渎的感情了，这感情泛着原谅、宽容甚至是同病相怜的光芒。但不久她又打过来，说："我还是想见你。"

　　"我们已经分干净了。"

　　"只见这一次，最后一次。"

　　"你有完没完？"

　　"只见一次还不行吗？分手后连见次面也不行吗？"

　　"不行。"

　　"我求你了。"

　　"我也求你了。"

　　我挂掉电话。我们重复了上一番气急败坏的游戏。最终我说："好，七点护城河见。"她既不欢欣鼓舞，也不垂头丧气，只是冷漠地说好。她只是一定要达成此事。我给小莉留下纸条：我打牌去了，勿念，我爱你。我在途中买了一打百威啤酒和一瓶敌敌畏。我这就将我的尸体带去送给你。我走得飞快。

　　她早到了。她试图站起来，看到我气冲冲的嘴脸还是坐回去了。她头发凌乱，神情苦涩，脸上布满泪痕，试图摸我的手，被我掸开。我说："这是啤酒懂吗？敌敌畏，懂吗？"她惊惧地点头。我说:"你不是叫我来吗?我来了,找我什么事?"她低下头。"什么事?"我吼道。她伸出双手,可怜巴巴地看着我。"抱抱我。"她说。我嫌憎地转过身去。她翻出一个纸团,说:"你知道这是什么吗?"我瞟了一眼。"这是属于你的。"她说。它们如今一定又硬又黄。

"拿到公安局去告我吧。"我说。

"不是这个意思。"

"那拿给小莉看吧。"

"也不是。"

"那你要干吗?"

"我们合二为一过。"

"你这样的伎俩让人恶心,"我站起来,"还有别的事吗?"

"我想来想去,我还是爱你。"

我就知道会这样。我摇晃着敌敌畏,说:"我这就去死。"她拼命摇头:"我不是要你这样,我只是要你爱我。""我死给你看。"我说。她跌跌撞撞爬过来,抱住我双腿,我怎么拔也拔不出来。她的眼泪糊了我一裤子。我想这时天上有人,一定能慈悲地看到我孤苦上视的目光,一定能看见我被箍死在大地上的双腿。"你别喝。"她啼哭着说。我拖着她走到椅边,将敌敌畏放下去,拿起一瓶啤酒,咬开瓶盖。

"你的酒量是几瓶?"我阴阳怪气地问。

"五瓶。"

"好,"总共十二瓶,我将多余的两瓶抛到河里,"你五瓶,我五瓶。"

"好。"

"一醉解千愁。"

"好。"

"那你坐下来，我们喝。"

各自喝到第四瓶时，我将剩余两瓶的瓶盖也咬开了。"这是最后一瓶。"我将它们各倒了一半，又倒进去敌敌畏。那恶心的味道飘到我鼻孔。我酸楚起来，说："只有这法子了。"

"什么法子？"

"不求同年同月同日生，但求同年同月同日死。"

她只是惊愕了一会儿。

"我没办法和你在一起，只能下去，"我晃荡着眼泪和鼻涕，"我没办法，春天，你知道吗？"

她强颜欢笑，或许是耻笑自己，或许是苦笑这命运，亦有可能要装着为有这样一个多少还算说得过去的结果而开心。她抓起第四瓶酒狂饮。"死就是那样，就是一下子，"我喝得稳重多了，"可能有点痛苦，但也就三四秒的事情。"

"就像被打了一拳，我们晕过去，晕过去就不再醒来。"我接着说。

"对不起。"我继续说。

"对不起什么？"她总算回答了。

"我不能在阳间照顾你。"

"我不怪你。"

"到下边去，我对你好一点。"

"嗯。我会对你十倍的好。"

"我厌恶这世界。"

"我也是。"

"可以我一个人去。"

"我一个人去吧。"她的眼泪再也控制不住。

"我们一起，"我说，"你过来，让我抱抱你。"

我张开双手，她摸索过来，跨坐在我身上。我们紧紧抱着。她的身体一直抽搐。我不时抓起酒瓶喝一口，她也这样。我泪流满面，说："我并不爱你，但对你怀有亲情。我下去再好好照顾你，好不好？"她哭出声音来。我说："别哭。"

"嗯。"她庄重地说。

"喝完这瓶，我们就走。"

"嗯。"

"你先来。"

"嗯。"

"你先走。"

"嗯。"

"我随后就来。"

她将我抱了又抱，吻了又吻。我摇头晃脑，看起来悲不自胜，对社会充满了恨。她喝光第四瓶，抓起第五瓶。这啤酒瓶子和敌敌畏的颜色是一样的琥珀色。她喝了一小口便弯下身子呕吐，但她还是又喝了两大口，确定再喝进去一些。我也举起第五瓶。她看看我，抱着头，跌跌撞撞走开，几次要跌倒，不一会儿便口吐白沫，眼也像失明了，伸出双手摸索。我放下酒瓶。她晃到河边，颤巍巍地站在防洪墙护沿上。她曾转头看着一棵树，也许她觉得那是我。最终她哀鸣一声，栽进冰冷的河里。

我望着道路、斜坡和远处的小区，我家灯火已明。她沉到水底了。我还以为需要将她推下去，但她自己跳进去了。我将属于我的第五瓶以及我喝过的所有空瓶子都找出来，一一丢进水里，然后背脊发凉地坐在长椅上。她沉到水底了。河面漆黑，远方如深井，世界寂静，就像个口袋。她沉到水底了。后来我听见一阵微小的拍打声，就像从遥远处传来一阵上木梯的脚步声。我跳了起来，跑过去，看见春天的双手够到防洪墙的水泥护沿，不停颤抖。她身上挂满水草和污物，往下滴着水，她连抬头的力气都没有，呼吸粗重地喷出来。因为疼痛，她交换使用着双手。我准备一脚踩向那猛烈颤抖的手，却最终停在半空中。何必多此一举？不久，她果然支撑不住，又掉进河里。

# 骗子来到南方

# 一

　　我从红乌西站出来。两年前，也就是二〇一七年九月，这座高铁站开通运营。从此红乌到武汉和北京的行程分别被缩短为一个半小时和四个半小时。我是从故乡亲友的微信朋友圈中知道这一消息的。对久居红乌、因志气和体能丧尽而失去迁徙可能的人来说，这条消息是对他们的一次重新命名和授予，会带领他们进入虚幻之境。同样的幻觉在一九八九年武九线红乌站建成通车时出现过一次，在同年年底红乌撤县建市时出现过一次，在二〇一〇年杭瑞高速公路红乌段建成通车时出现过一次。每一次，人们都感觉自己置身于世界与历史的中心，或者至少，是被纳入某张网或某个体系中。事实较凄惨。火车给红乌带来的只是几个骗子，有一年捎来一名杀手，他沿红乌市区主干道一连杀害六人；而捎走的则是一批又一批要去大城市挣钱的劳力。有几年春运，火车门根本不开，人们不得不砸烂车窗，将亲人连带行李塞进去。在二〇一五年第一期的《世界轨道交通》杂志上，一篇署名吴献龙的文章谈及高铁的"虹吸效应"，它这么说："中小城市利用高速铁路带来交通发展、吸引人才聚集的想法并不能实现，而更多的资源、人才被沿线的大城市所吸引，造成小城市越来越缺乏活力。"

它说得再有道理不过。

我从红乌西站出来。和我一同出闸口的不足十人，我们作为一支渺小的军队行走在有二十几亩地大的广场上。足有四十万块正方形的大理石砖拼凑成它。广场边缘停靠着几十辆出租车。一些司机跑来揽客，其中一名说："一位一位一位嘞，你一来咱们就走。"但在走近后，我发现车里并无其他乘客。"你再等等，再等一位咱们就走，"他说，"或者呢，你加五元钱。"

"行吧，加。"我说。

汽车经过占地面积达六十亩的市体育公园。主体育场有一万三千个座椅，是中乙一支球队的主场，报道说常有数千人观赛，我去过两次，都只有几百人。在体育公园和高铁站周围，是挖开一半的山体，露出整整一面的红土，远望过去，会发现它有一种往下不知为何的呆滞感。汽车通过被废除的原市区中心，北上，经过人去楼空的钢管厂宿舍，右转，到达此行的目的地：毗连红乌站的永修路。过去，永修路叫农商街。几乎在红乌站建成的同时，农商街夹道建起两排三层的商品房，我父亲在路北买下一幢，左邻姓梁，右邻姓温，如今这两家均已易主。我祖母和父亲都是在这幢屋内辞世的。他们在生前最后几年饱受疾病折磨，我记得父亲已经死了，喉结那儿还鼓动一下，呕出一口黑血。母亲有一次说，她听见死去的我祖母在阴暗的室内一边摇扇一边走动，不停地诅咒她。买这幢屋是我父亲一生所做的最失败的决定，让一大家子人住进商品房的欲望战胜了他的理智，他原本应该是故乡少有的几个理性的人，能站在事情面前认真分析。我仿佛听见开发商对他说："就差你一家了，你住进来咱们就和自来水公司签协议，接通自来水。"或者"火车一响，黄金万两。"

后来因自来水久不曾接通，农商街居民在房子里掘井、装手摇水泵。我记得作为中学生的我和弟弟，每天不得不手握摇杆，各自压够两百下，好让鼓着大腹的粗陶缸注满水。我们都责怪对方压的次数不够，在偷懒。我一边压，一边望向盖住天井的玻璃。光线透过它照下来。我在想："还有比这种枯燥的劳动更让人难以忍受的吗？"后来我在越来越多的名人著作里看见同样的感慨，比如加缪的《西西弗的神话》、陀思妥耶夫斯基的《死屋手记》，要么说"再没有比进行这种无效无望的劳动更为严厉的惩罚了"，要么说"我想，几天之后，囚犯就会上吊"。最近我在读韩炳哲的《娱乐何为》，发现在第五十一页，编者提供了这样的注释："埃古普托斯希望自己的五十个儿子娶他兄弟的五十个女儿，达那俄斯被迫同意，但却命令女儿们在新婚之夜杀死各自的丈夫。四十九个女儿遵命而行，因犯罪恶，被罚日夜打水，而水缸永远不满。"我记得自己在参加警校新生军训时，因无法忍受教官命令我们成百上千次地做同样的动作，而选择罢训。二〇〇二年，因无法忍受在办公室日复一日地撰写材料，我辞职离开红乌。


## 二


我走入在永修路三十号的家。我要在这儿住上些时日。父亲是三年前辞世的，母亲在她漫长的人生里第一次获得自由。葬礼结束后，我们从她脸上看见一种被解放的欣喜。十三四岁，她就开始照料自己的父母。后来和我父亲生下七个孩子，其中两个夭折。她将五个孩子照料大，又开始照料孩子的孩子一共五人。此后，她又开始照料卧床的我祖父、我祖母和我父亲，直至他们先后辞世。现在，虽然被糖尿病、心脏病折磨，她仍然享受一个人待在家、自由自在的感觉。她掌控着这幢房子。没人能把她请走。

天井下的水井已填上，地面贴着像河水一样呈亮灰色的瓷砖。这块地方应被视作穿堂，连接着客厅和厨房、卫生间。我注意到卫生间贴墙安装着一根水管。水龙头的扳手开关被转到一个位置，水从出水口滴滴流下，坠入水桶。我想到，这是一种生活经验，或者说生活伎俩。单位时间出水量虽少，但水表内红三角不转，因此不用缴费。况且只要不管它，一上午的工夫，它准能给你蓄满一桶水。要到解手，我才知事情并非如此。从马桶水箱压不出水。我得用瓢到水桶舀水，冲掉秽物。"是水只有这么大，厨房的水也只有这么大。"母亲说。我将厨房水龙头的扳手开关几乎转到顶头，发现水流也就细线那么大。母亲说："这还算好的。一到大家煮饭、洗衣时，就更没水。早上打开水龙头，水还是黄的。要放一阵子，水才清了。"

"那怎么生活？"我问。

"慢慢积水呗。过去在农村，没自来水不是一样生活？"母亲说。

母亲提到，隔壁邻居的情况差不多，他们处理的办法是在家里装上价值四五百元的增压泵，或者在楼顶装水池（一说水塔），将水抽上去贮存，使用时再输送下来。具体原理我不懂，也未去实地察看。我只听母亲嘟囔，自打邻居这么干了，分摊给我们家的水就更少了。

将洗澡时，我打开热水器，发现只有少量的水像伤口的血一样，从花洒浸出来。我打车让司机带我去澡堂，发现原本建在电池厂和通江东路的两家扬州洗浴中心已经关张。司机说："家家户户有热水器，谁愿意来澡堂洗？"最后我到宾馆开钟点房才洗成澡。

　　我决定打电话给自来水公司。母亲说："打了啊。光一家打没有用，要十家一起打。可是在家的都是老人家，没法打。年轻人都在外头。即使在家，也不见得齐心。"我说我总得试试。我从网上搜到自来水公司客服电话。能判断出接电话的是一名毕业不久的姑娘。我们命名她为 A。A 说普通话，客客气气地让我记下维修部号码。我没听清，她耐心复述。我拨打至维修部，接听者是一名年过而立的女人。我们命名她为 B。B 心中有无尽的烦躁。之所以说话还礼貌，是出于谨慎（比如：万一来电话的是巡视组的什么人呢）。这种礼貌异常冰冷，甚至可以说寒气刺骨。她让我打电话至北郊分公司。我查找到该分公司电话，拨打过去。接听者是一名年近五十的大姐。她冲着我的耳膜大喊："你做什么事？要做什么事？"

　　"我要修水管，我屋里快没水了。"我说。

　　"你不懂拨打自来水公司的客服电话吗？要我教？"她说。

　　我们命名大姐为 C。C 叫我找 A，A 叫我找 B，B 叫我找 C，如此沿一定路径不停流动，情况有点像矿井里的"循环风"：

矿井里的"循环风"示意图

我知道这条路在故乡无法走通，毋宁说是确认它走不通。不久，我与初中同学吃饭，聊及此事。胡漾说有朋友叫何辉东的在自来水公司。胡漾拨打何辉东电话。胡的手机底部有一排孔眼，从孔眼里传出何辉东的话："你说的事我能不办吗？"

回家后，我按胡漾给的号码，给何辉东发短信，说明大致情况。此后我致电他。我有种感觉，我是在给一名不知道仰躺在哪儿的醉鬼打电话。他抓着手机，一个字一个字地对我说话，字与字间还隔了些距离。几次我以为他睡过去了，他又把剩余的话说完。"喂，哪里啊？有数……了，你等……着吧。我向冯……总汇报一声……去办。都是兄……弟。"他说。后来我只听见他粗重的呼吸声。我说："何主任那我挂了啊？"不见他应声，我斗胆挂了。一直在旁竖耳谛听的母亲走出门去，将自来水公司要来维修的消息散布出去。我们在家等了近一个礼拜，不见谁来。


# 三


我家门前铺的是水泥路。沿马路东行一百四十米，能找到通往人民公园的歧路。我父亲自二〇〇九年中风不良于行后，多半时间用于在公园锻炼，期待能再次拥有如飞的步履，或者像骗子承诺的"可以重新下地劳动"，直到二〇一六年十月凄惨地死去。我每次走进那条贯穿公园、被露水打湿的沥青路，都会想到父亲曾在此艰难前行。他用右手捉住蜷曲的左手，朝前迈出右腿，站定，然后将左腿朝空中划去，划出一道优美的弧线，落在眼前。我想到像蝴蝶一样围着他飞的好奇的小孩子。公园里有一些穿着透气、紧身运动服的跑友。二〇〇二年我辞职离开红乌时，县城还没人跑步。现在，不去健身的人似乎很少。就连我的母亲，也习惯在四点起床去做操。

我沿公园的缓坡上行，每行六步，就因胸闷憋气不得不停下。我在此遇见市人大常委会副主任澹台诗晨。澹台主任和夫人一边往下走，一边大幅度做扩胸运动。擦肩时，他一拍巴掌，说："这不是安顺老师吗？"澹台主任仅比我姐大一岁，可我总觉得他是上一代的人。这可能和他身居要职有关。澹台主任是邻县人，十七岁师范毕业，分配至我们红乌一家厂矿的子弟学校执教；因文采过人，被借调至市档案局、市委组织部；后官至市委组织部秘书科科长，又在林场、乡镇和市委办任正职；四十四岁时当选市人大常委会副主任。澹台主任笔名"吴楚"，时有诗作在省市报刊发表，以前曾赠我诗集《中部省份的西格蒙德》，其中一段如下：

> 必须重视美、清洁和秩序
> 特别是把秩序引入生活的河床
> 肥皂应被视为文明的标志
> "啊，自然的微粒！"
> 古今皆然，但是我要缓和这沮丧

我少于研习诗歌，不知道别人诗歌的好。我猜这样的诗句不会坏。我和澹台主任认识，是因为彼此都热爱文字，或者说，都想吃这碗饭。我们的友谊相当于一名染匠和另一名染匠、一名木工和另一名木工的友谊。我的作品被翻译至七国发行的事迹，对故乡人而言，如秋风之过耳，在澹台主任那里却激起极大反应。我写过一部反响寥寥的长篇，有十八点八万字。澹台主任说他一字不落地抄下来，抄完五个笔记本，抄坏三支圆珠笔。今天，澹台主任穿白色汗衫、黑色金丝绒裤，蹬一双耐克鞋，外套缠系腰间。平日他将头发梳成分头，用发胶定型，今天只是任其蓬松地挺立着。另外，因为是邻县人，澹台主任在我们红乌只好说普通话。我们小地方人容易对说普通话的人产生尊敬。澹台主任过去常解释自己也是乡下伢子，后来，面对人们持久的盛情，他逐渐感觉却之不恭。现在他就是用一口标准和高昂的普通话朝我说：

"什么时候回来的？回来怎么也不打一声招呼哇？"

"没几天。这不怕您忙吗？"

"身体最近怎么样？"

"还成。就是上坡时还有点喘。"

"你得多回来，呼吸呼吸家乡新鲜的空气。"

澹台主任见我手拎一袋换洗衣裤，又问："你这是要干吗？"我说去宾馆洗澡。他说家里不就能洗吗？我没说自来水公司的不是，只是尽情叙述家中的窘境。我说："我家的自来水可真细啊，细得比懒汉打盹儿流下的口水还细。"澹台主任的眉毛就往眉心聚拢。他火气冲天地说："真是岂有此理，这些人就是拿着国家工资吃闲饭，尸位素餐。"他对我许诺，事情定会得到妥善处理。他讲，曾有人大代表就类似问题提交建议，自来水公司答复时强调了很多客观原因。"现在看来，这不是某个地方的问题，而是很多地方的问题；不是什么个别的问题，而是普遍存在的问题。这个月正好是'代表建议督办月'，我请我们人大领导全去自来水公司看看，到底是什么原因让我们的大作家用不上水。"澹台主任说。

# 四

不日，一辆白色郑州日产皮卡开到永修路。下来七人。其中六人穿浅灰色工服，上衣兜插笔，肩挎帆布包。另一人穿带肩章的浅蓝色上衣，着藏青色裤子，上衣掖进裤内。这个明显是领导的人，就是何辉东。何主任带队来到我家门前场地，让他们站成一排。最左者身高体大，脊背挺直，是当排头兵的好材料。何喊"整理着装"，他带头捏领子、纽扣开襟，众人跟随象征性地捏上一遍。何喊"向左看齐"，排头兵不动，其他人向左转头，脚步窸窸窣窣移动。又喊"向前看"。又喊"报数"，从排头兵开始，一个个转头将数字递下去，最后一人是用方言报的数，"六"报成"录"。又喊"立正""稍息"。街坊们背着手，都来看热闹。何主任例行训话。训毕，喊"解散"。他们捡起地上的帆布包，跟随何主任来到我家门口。我母亲眯眼，露出一口假牙对他们笑。我记得何主任大步走来，双手捉住我母亲的一只手猛摇时，胸前的领带随风起舞，舔了一口我母亲长着斑块的脸。

"你就是邓姨吗？邓姨你好啊。"他说。

看见我从室内的阴影里走出来，他又说："这位想必就是我们的大作家邓安顺邓老师咯。你的书我都读过，妙趣横生、精彩至极。记得给我签名。"

我从没在一个人身上看见如此亲密的笑容。这种亲密超过空姐、导购以及骨肉中表。不独我，那些街坊，这一天也感受到这久违的只有在婴童时期才能感受到的来自他人的亲密。"就跟有很深很深的血缘似的。感觉手上有点钱，放他那儿，比放自己手里还安全。"街坊们说。

母亲请他们进屋坐，他们婉拒。母亲将板凳一张张端到场地，只有一名长着铁灰色头发的员工坐下去。他大概就是何主任对我母亲说的"我把我们公司的活化石带来了"的"活化石"。"活化石"一边蘸口水，一边翻动一只蓝色皮面的账本。像母亲推测的那样，永修路自二十五号至三十四号共用一根从过境主管道连接过来的支管。何主任指使员工去这十户调查。十户中，六户在家（其中两户是承租人在家），四户门上悬锁。这四户中，两户是孪生兄弟，在城东经营超市，闻听后，共骑一辆电瓶车赶来；另两户在外地，嘱咐亲戚带钥匙前来。其中一户锁坏了，亲戚做主，借来锤子，一把将锁敲落。自来水公司员工入户前，要给鞋子套上粉红色的一次性鞋套。住户普遍劝阻，有的甚至扯住鞋套不让套。他们表示这是规定，不能不套。他们进入厨房，给水龙头接上水压表，先是一户户地测水压，后来把十户的水龙头一齐拧开，看各自的水压还剩多少。数据通过对讲机汇报给"活化石"。之后，他们又询问十户人家的户主或代理人。这些人和我母亲态度一样，只要自来水能修好，哪怕费用自己来出也行。问完，自来水公司的人聚在我家门前的场地商议。"活化石"一个人走到水泥路面，用脚步来回丈量。他停在一棵伞状的树下。

"你们有没有注意到，这棵树比别的树要粗，叶子也相对茂盛。"他说。

"你这么一说，还真是。"有人应道。

"说明它根部有水，水管就是从这破的。"

有人问是不是要用漏水检测仪检测一下，他大力挥手，说："不需要，百分之百是这里。"他在树干上缠系一块红布，用粉笔在邻近水泥路面上画了一个方形。此时，何主任电话声响。他一瞄号码，身体瞬间打直。他一边朗声应答，一边毕恭毕敬地点头，说"是、是"。不久，市人大常委会副主任澹台诗晨、朱晓雨，副市长王琢越，住建局局长王静，自来水公司总经理冯威，携十袋生态香稻米、十瓶金龙鱼油、十盒月饼，驱车来到永修路。随行的有市电视台记者。何辉东身轻如燕，小碎步子，在领导跟前跳来跳去，详细介绍情况。一些数据精确至毫米。因为太感光荣，他脸色灿烂如朝霞，眼中迸发出透亮的光。后来，我和母亲在电视节目《红乌新闻》里看见专题报道：人大"问水"。母亲指着屏幕上喜庆的老妪说："这是我吗？我这么老啊？"

# 五

　　翌日上午，三名来历不明的农民工身穿荧光背心，头戴安全盔，来到永修路，找到缠系红布的树及路面上用粉笔画好的方块。这就是自来水公司指定采挖的路段。农民工在路段两头摆放红白两色相间的锥筒。锥筒之间牵线，悬挂一溜三角旗。我记得因为少一个锥筒，他们找来一只灭火器顶替。之后他们从三轮车上将配电箱搬下。他们想从二十九号的蓉蓉美发店接电。开店的姑娘害怕给房东添麻烦，未同意。他们找到我家。他们尚未开口，我已欣然同意。他们中年龄最小的那位给电镐装上六角尖凿。银灰色的尖凿从包装里拆出来时，掉在地上，发出"叮"的一声脆响，显示出分量非凡。

　　过去十七年，我在苏州、塘沽、燕郊、北京谋生，住过十六间房子。就像牛蝇追赶牛一样，几乎我去哪儿，电镐声就追踪到哪儿，有时听起来像在耳边，然而在楼内甚至是整个小区找，都找不到。今天——说来也是有缘——是我第一次看见电镐真身。小伙子戴着墨镜、手套，双手握紧它，让凿头对准水泥路面。他只是按了一下开关，镐身就发出让人熟悉的怪叫声。随着凿头剧烈振动，水泥路面出现龟裂，很快碎裂成一块块砾石。小伙子击穿一处，把凿头对准另一处。他是那么平静，仿佛这没什么。我是个有妄想症的人。我贪婪地看着眼前的一切，心脏被可怕的想法攫紧。我惊叹于它强大的破坏力：在想要毁灭什么时毁灭就已无法挽回地完成。有人一定打过主意，将振动的凿头对准白净的肉身，让鲜血从开膛的地方飞溅出来，在半空中形成一道血帘。仅仅这样想，我就大汗淋漓。后来走路，双腿还略感发虚。

水泥路厚十四厘米。凿完，年轻人放下电镐，甩动因长久抓握而变得不灵活的手指。他的同伴之一伸手去摸滚烫的凿头。经验告诉他会发生什么，他还是忍不住去摸。果然，在触及的同时，他的手就受惊地缩回。他夸张地叫起来。水泥路下面是土基。他们用铁锹挖土。他们挖一会儿歇一会儿，背靠背坐下来抽烟，并将沾满口水的烟蒂扔得满地都是。后来我在那儿一颗烟蒂也没看到。我想它们要么是和砾石一起被清走，要么是被清洁工扫掉。有时他们打扑克。每打一局，输家就骂骂咧咧地付钱。挖到一半时，方坑已然像葬人的坟穴。伶俐的小伙子在里边躺直，佯装发出畅美的鼾声。又叫同伙立在穴边，为他默哀致意。唉，那两个中年人满脸迟钝，根本不知道配合。要到下午四点，在太阳最后一次发出刺眼的光芒，并且那光照在人身上还使人灼痛时，他们才将沾满泥污的水管挖出来。方坑已有九十厘米深。自来水管直径六七厘米，粗细如矿泉水瓶。因为锈蚀，它的外表长着深红色的斑块。水正从数处孔眼往外喷溅。围观者越来越多，包括住在红叶宾馆的台商唐南生。唐身高一米五〇，腹大背驼，小肩儿向下溜。前额光滑，因为光滑，额头弧度显得大而饱满。顶上只有一小绺头发，耳后却有茂密的一团。他还留络腮胡子。

因为年近花甲，这些毛发多数像雨丝一样呈银白色。他这会儿把手拢在嘴前点烟，然后用自以为有磁性的沙哑嗓子说："所以，基本上，它起的是一个让人比较不那么开心的作用。"没什么人理他。他欠本地很多人的钱，每天做的事就是借钱来还款，或者许诺去借钱来还款。他不像过去那样拥有庞大的信众，只有那三位干活的农民工，在听他说话后，血液涌上面颊，仿佛是他们搞坏了水管。当然，脸红也可能是因为有几十双眼睛俯瞰他们。

唐南生抽完烟，背着牛皮书包，往永修路西头走；然后沿人民北路南下，到被废除的原市区中心，也就是老红绿灯那儿，去找肯德基。他吃完汉堡、薯条，要么即刻沿原路返回，要么坐在肯德基外的台阶上，看来往女性。有时他会向她们中的一个搭讪："小女生啊，我跟你讲……"

# 六

晚上，没有火车在红乌站停留，也就不会有拉客的小车在附近往来飞奔。永修路共架设二十盏路灯，如今还在照明的有五分之一，光线暗淡。在永修路东头，再往东一点，一段砂石小路的南侧，青松翠柏中，矗立着一座叫"壹号公馆"的娱乐会所。白天看，它是一栋大门紧闭的独立别墅。墙皮部分脱落，露出殷红的砖头。窗户也多有缺损。屋前的喷泉池里生长着杂草，已经荒废。到了晚上，公馆灯火辉煌，从大厅和廊道传来男女嬉戏的声音。声音碰到墙壁形成嗡嗡的回响。永修路住户多为老年人，他们商定这是鬼宅，反复向年幼的家人交代："你可千万别过去，失了足成千古恨啊！"这些老人习惯早睡。一到晚上九点，生物钟就提醒他们，让他们连打哈欠，沉沉睡去。

我们所说的这一夜，永修路上，只有三位农民工在干活。他们不再从我家接电源。自来水公司员工符马活（就是那位"活化石"）前来察看采挖情况时，提起要给我们家补偿一笔电费。我说区区小事何足挂齿。符马活说还是要付一百元的。不过后来没见谁来付。我不知道农民工是从哪里接电的。他们将工作灯悬挂在那棵伞状的树上，雪白的光照向敞开的洞口。他们携带电焊枪、法兰盘、扳手等可以想见的工具下到洞内。支管的阀门已经关好。黄昏时符马活给我们十户人家通知过，叫我们提前蓄点水。我们说敢情好。其实就是蓄，又能蓄到多少？我睡得并不比我母亲晚多少。从我家门外传来焊接管子的吱吱声。可以想见那火星一定又密又多，正飞溅向穿戴严实、手执面罩的工人。子夜，我被一阵响动扰醒。那声响有点像是我父亲在咳血。喀喀有声，正从一处蹿向另一处。逐渐地我意识到是我家水管跑进了水。门前漏水的支管已维修好，阀门已经拧开。那股水像是犹疑的动物，试图冲过管道，却总是跑到一处时刹住脚，张望四方，好判断有没有危险。最终，从我家楼下没关好的水龙头那儿传来它奔腾而出、砸向地面的响声。母亲耳背，没有听见。我因懒惰，也没下楼去关水龙头。清晨我才下来。母亲裤腿高挽，赤足走在清澈的积水里。她一边打扫，一边笑着对我说："水好清，我对着水龙头喝了好几口，比细时[1]在泉眼口喝到的还凉、还甜。"

农民工永远地消失了。方坑被填上，一部分土没有回填进去。我们那习惯用筐来计量土，他们说差不多有两筐土没有填回去。善于利用一切机会教育儿子的街坊魏寒枫，把儿子叫过来，

---

1 细时，指幼时。

说："这个坑有一点八个立方。我们假设挖出来的土重一吨，现在回填进去的却只有零点九吨。你说说因为什么。"他那左撇子儿子魏星真搔抓后脑，低首看地，一言不发。

"你说说看。"他父亲催促道。

"不知道。"他说。

魏寒枫抓住魏星真两肩来回摇动，说："你呀，挖掘前的土基是碾压过的，密度大体积小。挖出后，土块松散，有了很多空隙。这是自然常识。"

土堆边搁着被切下的水管，在它表层长满大小不一的疙瘩，有的地方疙瘩脱落，出现穿孔。盯着它看，像盯着一张被硫酸烧伤的脸，或者一截在手术中被取出的肠子，心中会有惊悚。水管两端被切割得极为整齐。有人说是用钢锯锯下来的。有人反驳，说恐怕是用切割机切下的。用钢锯锯，还不得累死，而且钢锯怎么能锯得这么齐。不多久，永修路上开来另一支施工队。一辆自卸车倒、倒、倒，倒到工段边沿，举升货厢。沥青滚烫冒烟，从倾斜的车厢底板滑落向浅浅的路床。工人们用铁锹铲起沥青，均匀浇向各处，用木耙子推平；又推来一台手扶夯实机，开来一台振动压路机，将沥青反复碾平、压实。看着沥青不够，自卸车又举升货厢，倒出来一些。最终，摊铺进来的沥青与路面齐平，看起来像一块方形的芝麻糖。几名小孩跑来，踩来踩去，享受它的黏性。他们自己玩玩也就罢了，还招呼别的小孩也来，直到他们的妈妈跑来，大巴掌扇向他们的屁股。

自此以后，我家的水就来得特别大、特别猛、特别欢腾。水龙头下冲出的雪白水柱，有大拇指粗，击打于手背甚至有痛感。母亲把积压在箱柜内的衣物全部抱出来洗，洗到后来连抹布也不放过。母亲还找出废弃的皮管，接上水龙头，对着后院的菜地浇灌。那些萎蔫的油菜，一个上午就获得新生。翠绿肥大的叶子摇摇晃晃，越看越淫荡。它们简直像张开双臂，抢着过来迎接水柱。从松过的土壤那里，传来猪一样吧唧吧唧的饱食声。母亲同情地看着土巴们，说："孩儿们别着急哈，又不是没有份，个个有份，都有份。"我在卫生间洗澡。我给身体打沐浴露，搓得到处是泡沫，然后打开花洒，看着泡沫在热水的冲击下，全部掉向地面，从地漏旋转着溜走。我的母亲跑到邻居那儿，提醒他们不要用增压泵："（现在）水通了，水压正常了。再用（增压泵），水压就高了，容易把水管撑破。"我知道母亲的用意。她是怕自己得来不易的水，被别人用增压泵又给截走。

母亲从此过上了幸福快乐的日子。

# 七

人看管得最严的不是自己的孩子，而是钱。为了让人把钱从口袋中掏出来，借款方说出比糖还甜的话，频繁许诺；有的还抽出刀子威胁。唐南生让人掏光自己和亲人朋友的钱，有的还去银行和钱庄贷款来满足他，依靠的是拒斥的技术。我得解释，我之所以知道这些事，并非因为我打听过它，而完全是因为我无法不知道它、不得不知道它。有人说，红乌市区有接近五分之一的人卷入这场融资游戏，几乎每家有一个。我的哥哥、妹妹、堂兄、堂弟、表姐、表妹以及初恋情人，要么直接卷入其中，要么间接被牵连。

六年前，一个请风水师看过的吉利日子，唐南生及其更江南集团在刚搭建好的售楼处发售股权，我们红乌人蜂拥而至。队伍排起长龙，超过五十名警察、保安进驻现场维持秩序。邻人广泛参与、国家机器出面，以及之前市四大家领导（他们的专车车牌正好是从〇一到〇四）同来剪彩，使人们感觉自己的投资行为得到担保。这件事直至变为灰烬，庞大的工地结满蛛网，部分投资者还是对唐南生及其更江南集团充满信心，认为时间终究会给出令人信服的答案。队伍前方，一张栗色的电脑桌上，堆放着一摞《投资入股协议书》。排到最前的人坐上带滑轮的圆凳，或者弯腰，在一式两份的协议书上签字。唐南生的搭档、集团总经理续章代表甲方银象江南投资有限公司签字，在文件的盖章处及骑缝处已盖好公司印鉴。协议书约定一笔股金为十五万元，每人最多认购二十笔。认购股金须在协议签订后三日内缴清。一摞签完以后，秘书又抱来一摞，并在桌面蹾齐。新的一摞签了不到十份，搁在桌面的对讲机发出嘈响，传来唐南生尽力压制的话："请续董过来一下。"从声气判断他刚从后门进入办公室，对事情发展超出预期深感不满。续章对秘书说："不要动它们。"女秘书取镇纸压住文件。站立后头的保安移步向前，双手后背，看守住它们。续章进入办公室，反身锁门时，向外张望了一眼，似乎是怕人们听见将要发生在办公室内的对话。片刻，从里边传来霰雪雨雹般的责骂："干林娘[1]，我们是要外钱，可是，不要那么多，你知道吗？外钱太多，我们做事的目的就不是替自己挣钱，而是做公益，你知道吗？"人们仿佛看见唐南生正揪住续章的一只耳朵，让那只耳朵老老实实地听他讲话。汗水从续章的下巴尖滴滴流下。一会儿，身高一米八〇的续章从办公室走出。他张大鼻孔吸气并且咬紧腮帮子，脸色惨白。坐下后，他将那摞协议书揭走一半，丢进抽屉，想想，又从那留下的一半里揭走一半。他对过来

---

1 台湾口音骂人的脏话。

签字的排队者说："能不能只买一笔？"

"为什么？"后者问。

"买那么多干吗？你家里不生活不吃饭吗？"续章说。

这时，从挂在屋檐的喇叭里传来唐南生的劝告声："入股有风险，投资请谨慎。涉及钱的事我奉劝你们多加考虑，最好是翰[1]家人一起考虑。考虑成熟了，再做决定。毕竟，这是把自己的钱交给别人。"又说："我们双方都考虑一下，今天就签这么多。明天，我们再拿出一个让双方都满意的后续方案。"几个排在队伍中心的人明白到什么，跑向前头。余人一看，也往前冲，为的是抢夺桌上的协议书。售楼处的门面只有那么大，一旦有人占据那儿，就有人将他往后拉。那些占据到前排位置的，无不是靠双手死死扒住桌沿或门框才得手的。他们扭动腰身，阻止他人向前，或者学骡马尥蹶子，踢后面的人。后面的人呢，有的试图从觅到的人缝挤进去，有的牺牲身体平衡，朝前长长地伸出手臂，有的大呼在前的亲友，请求帮忙带一份出来。半空中全是人所发出的嗡嗡的嚷叫声，它们像乱飞的箭支，彼此交会、撞击，甚至是穿透。一时沸反连天。因为拥挤，最前排的人被扑倒。原本是立体的四脚电脑桌被压成平面。一个人因为踩在带滑轮的圆凳上，仰面摔倒，被送救治。一度，他手上抓着三份协议书。他在向病友表述时，感喟不已。原本他计划好一份给父亲，一份给外父，一份给自己。倒地时，他手中的协议书被一份份地扯走。"我要是有一份也好，一份也没有反而得了脑震荡。里外里，隔多大的事。"他说。保安不得不手挽手围成人墙，将群众阻挡在售楼处外。一些人计无所出，想到一门古老的手艺，从钱包里取出一张

---

1 意为"和"，台湾口音读作"翰"，后文同。

或两张人民币，晃晃，塞入某位保安裤兜。那保安无法抽出手阻挡这不义的行为，只好叹息一声，稍稍让开身体，让行贿者猫腰钻入。这应该是我们红乌撒县建市以来，市区所经历的最大的一次群体性事件。其规模似不亚于光绪三十二年上千农民捣毁厘金卡、一九一八年八百农民开仓夺粮六万斤等县志有记载的事。最后，人们在现场再也找不到一份协议书，就连白纸也找不到。那些一无所获的人返回家后，将被连篇累牍地数落。对他们而言，痛苦是双重的。一是错过近在眼前的致富机会；二是再次在街坊面前暴露出软弱和无能。过去他们和学区房无缘，现在又没办法弄到一份由银象江南投资有限公司盖章的协议书。他们在社会中的估价再次被无情地压低。

# 八

需要补充的是：那些抢到协议书的，几乎是瓮中捉鳖，将续章捉到，然后往路肩上一放。"签！"他们带着凶狠，然而你没办法举证说他们语气凶狠。他们看着续章将协议书垫在膝头，甩动钢笔，龙飞凤舞地签名，无不面露狞笑。签过百份之后，续章因为想到什么（我估计是罪孽），舌挢色变，签字的手麻痹起来。穿白大褂的中医院医生吴迪走来，抓住续章那比鳖壳大的手背按压，又甩动他手臂。

吴迪问："还麻不？"

续章说："似乎是不太麻了。"

吴迪说："不麻就把我那份签了。"

据说续章的搭档、集团董事长唐南生看见之后，眉心紧皱，捡起桌上的玻璃杯就摔。他懊恼地说："谢谢啊，我谢谢你们（祖宗八代）啊。"然后钻入玛莎拉蒂轿车，扬长而去。续章嘴唇嘘着泡沫，说不能再签，这样签下去会死人的。人们哪里管得了这么多，把他背到老人平时下棋的石桌那儿继续签，就是回到宾馆房间，还有十数人跟去。"你有那么多的资金和那么大的财力吗？"续章说。

"这个不用你管，我们说没钱也没钱，有起钱来，也吓死人。"他们说。

次日一早，有两家银行将贵宾室辟出来，专门处理客户对更江南集团转账的业务。客户将钱如数转入指定账户，集团方面开具收据，作为客户日后领取利息及房产，参与分红，并且到集团上班的凭证。更江南集团在售楼处也设立收款处。人们排队缴付现金。一些人又犯下失心疯，冲到队伍前，将成捆的钱朝里扔。验钞机因持续工作滚烫发热，发出就要烧焦的气味。在人们的恳求下，转账截止日期被推迟两次。因此，整整七天，都有人找更江南缴钱。像前边说的，有的人为凑足钱去借高利贷。实在凑不出的，就吵着向更江南打欠条。这就好比人家向你借钱，你反而向人家借钱，好把钱借给人家，从道理上讲不通。更江南予以坚拒，后不知为何心软，给一个人开了口子。这个口子一开，有四十余人仿照办理。

融资前，唐南生去本地东方红艺轩工艺品店定制半卡车的奖杯、奖盘、奖牌、获奖证书和奖章，还有一些摆件。我想之所以在本地定制，一是怕材料易碎，不宜长途搬运；二是唐南生融资经验丰富，认定客户尽是些蠢货，事情做起来没必要太过谨慎。现在有些骗子对受骗者的不尊重已到顶点。我曾见骗子接受采访。他说："不是我要骗他们，而是他们要我骗。我不骗，他们不干。"或者，"我清清楚楚地告诉他们，我骗你们的。他们说你怎么能骗我们你是骗我们的呢。"他说："盛情难却，我只好骗咯。"我之所以说这些，是因为后来人们在讨债队伍里发现东方红艺轩的店主。他们夫妻抱着试试看的态度，给更江南集团投资三十万元。唐南生到省会找图文店合成一些自己与领导、明星、富商的合影照片，并租用一辆玛莎拉蒂轿车。轿车自带车牌，号码后四位是二一〇四。唐捻断茎须，计上心来。以后他和他的业务员总是说："国家用五十年时间发展第一产业、第二产业、第三产业，成绩有目共睹。步入二十一世纪，中国六十五周岁以上人口占比约百分之七，至二〇二七年，将达百分之十四。中国从老龄化社会迈入深度老龄化社会指日可望。对这一严峻形势倘无应对，大好基业将轻易葬送，一切美好也会付诸东流。所幸我们政府最擅于面对困境、解决困难，就像我崇拜的南加州大学经济学家李松（Sunny Lee）所说的那样：'若不能克服自己的弱点，就把它变为优点；若不能克服不利形势，就把它变为有利条件。'他们在过去将人口负担变为人口红利，使超过十亿待养的国民变身中国晋级世界第二大经济体的建设者；今天，面对'养老困局'，他们除开针对人口生育政策翰退休政策做出调整，还尝试在税收、土地等方面制定优惠条件，推动养老业的商品化、市场化、经济化翰集约化发展，使养老业成为继农业、工业、服务业之后的第四产业，成为中国经济新的增长点。只是！执政者还不便于公开发布这项计划，一旦公布，就会对诸多等待社保养老的老人造成心理冲击，增加不必要的社会矛盾翰改革阻力。所以！执政者要找有实力的企业、商人翰朋友来，争分夺秒地，悄悄地，把事情做起来。国家对这件事是鼎力支持、有总量布局的，因为不便发布红头文件，就将它命名为'二幺〇四工程'，换言之，是'二十一世纪优先发展第四产业工程'。其实，目前已有副国级的领导对工程公开表态。他在视察时接受采访，称政府的态度是'允许存在，有序发展，严格管理，低调宣传'。这么说不是政府要打击翰控制，而恰恰是以谨慎的口吻将赞成的声音放出来，让参与者吃定心丸。国家对养老业的重视，在我们省体现得尤为明显。我们省森林资源丰富、工业环境污染少、气候温暖湿润、交通网络发达，是'二幺〇四工程'理想的落地省。我们省也围绕国家决策，提出'养老立省'的口号。只是大家还不常在电视翰报纸里看到。但是你们看新修的省政府大楼，如果有心去数，就一定能数出它的外墙玻璃一共是两千一百零四块。还有，你们看，摆在我们售楼处的大象石雕，是省发改委赠送的；大象后面的巴西木盆栽，是省计委送的。寓意何在？聪明的朋友马上猜到。对，大！项！目！这些都在说明，我们省要建设美好的养老环境，将生活在长三角、珠三角、北上广乃至亚洲、世界特大城市的富裕奋斗者，吸引过来，安度幸福晚年。我们要建立起一批设施过硬、品质优良的示范性养老基地。今天，这样庄重的任务就落在我们集团、我们公司翰我头上。我本人对此虽心中有愧，但重任在前，唯有义不容辞。你们可以看我们的车牌，它是省政府特意选定给我们的，意思是要我们引领全省的'二幺〇四工程'。尊贵的朋友们，一块车牌虽小，但足以反映出省政府、省领导对我们集团、我们公司翰我的真诚鼓励与巨大鞭策。现在，我提议大家翰我一起念：

　　　　历史承载着每一个激动的时刻，
　　　　记录着我们的足迹与汗水，
　　　　这里有我们的声音，
　　　　这里有我们的灿烂的笑容。

"然后我念'二幺〇四'，你们念'四四四'。"

　　更江南集团还租赁三辆大客车，将一百名我们红乌的潜在客户载至邻省某市江南鲜花港参观。进入闸口，检票员手按计数器清点人数，并未拦下一人验票。大家以为，自己是唐总的客人，唐总已打过招呼，事实是更江南方面预先团购好了门票。进去之后，一名穿藏青色套装的导游追上来，一边掰开嘴前的耳麦，一边露出雪白的牙齿和甜美的笑容说："失敬失敬，不知唐总的尊贵客人这么快就到达，抱歉来迟了。"她提醒，因为大家是内部客人，参观最好低调进行，这么做仅仅是为着使大家不受游客打搅。她将大家领上瞭望台，手指远方。于是大家看清，在鲜花港边沿，种植着一圈有四种颜色交替呈跑道形的花带。在花带以内，种植着一圈类似的花带。在这类似的花带以内，又种植着一圈与类似的花带类似的花带。"不知大家注意没有，这样四四方方的花带，鲜花港内一共种植三层，合起来就是'四四四'的回声，反映出花海创办人唐总对祖国'二幺〇四工程'的回应。"导游说，"说到这里，我不得不提一个八卦。大家肯定比我清楚京东商城。取名京东，是刘强东为纪念自己和昔日恋人龚小京的一段爱情。今天，我们看见的鲜花港，从设计、投资到拿地都离不开唐总。最终的掌控人，我们在大广告牌上也看到了，是江满月小姐。我想说，唐总和江小姐认识多年，感情早已超越友情，但因为各自组建家庭，彼此唯有以礼相待。两人爱你在心口难开，最后只好将一段情缘化为招牌上的两个字。江南，就是从江满月小姐和唐南生先生的名字里各取一个字。"我们红乌有一位投资人推搡旁人胳臂，道："搞，我怕还是搞了的啊。"众人爆笑不止。游览毕，导游随客户上车，去苏杭继续参观。一路所见如东方之门、诚品书店、阿里巴巴、绿城地产、娃哈哈，在她口中，无不与唐总有莫大关联。似乎是为了给今后唐南生无力还款埋下伏笔，她还说："我们唐总呀，什么都好，就一点不好，摊子铺得过大。钱都撒下去，产生利润不知道要等到几时呢。"后来我们红乌有人醒悟，哪里有在花海工作的导游跟自己四处跑的呢，这还不是老骗子唐南生请来的托儿。可惜有此觉悟时，钱已转账到对方户头。

这样夸口吹牛的事，别的融资者也会做。唐南生领先一筹的是，他懂得适度披露自己和项目的弱点。他发给客户看的《江南湿地公园及江南实验养老小镇项目前期可研报告》，四十页厚，用两会专用石头纸印制。报告的一部分笔墨用于阐述项目的宏伟计划，比如围绕红乌现有资源创建江南湿地公园、江南鲜花广场、江南实验养老小镇、江南实验老年医院、江南实验护理学院，打造一个总投资额超三十亿元的综合性商圈，使红乌成为"产城融合、宜居宜业的滨水生态园林城市""亚洲首选老年生活城市"；另一部分笔墨则用于披露公司、项目自身的不足及所面临的困境，比如提到我们红乌市时说："人口基数小，且呈现人口外流趋势，城市化水平低，属于内需型城市，房地产市场需求增长幅度极为有限。"有些不足的指出甚至达到吹毛求疵的地步，比如指出项目用地南临 303 省道，道路货车通行较多，有较大噪音影响；西临武九铁路，噪音不可避免；项目目前与外部只有一条出入口相连，通达性差。然而正是这种"面对问题、正视问题的态度"，使客户感受到唐南生"想做事、认真做事的决心"。他们都说"这样的老板绝不忽悠"，是"投资界的一股清流"。一位本地诗词爱好者为此赋诗：

唐公宝岛人，
银象公司魂。

公益随国策，

造福千万民。

投身养老业，

创办江南城。

行事总地道，

享誉政商群。

　　另外，像前边说的，唐南生对蜂拥而至的投资采取拒斥的态度，也招引来更多的投资。有人说唐熟读《孙子兵法》，玩弄人心于股掌之间。这些事不再赘言。

# 九

　　后来，每当我们红乌人行至城南那块死气沉沉的荒地时，就会心酸地想起唐南生、续章两个外乡骗子在雅典大酒店举杯给自己敬酒的那个夜晚。唐南生一边将头顶仅有的一绺水草般的头发向后甩，一边晃动酒杯，走过来。人们察觉后，纷纷起立。唐南生和就近的人碰杯，然后高举它，表示一块儿敬了。在唐南生昂首张嘴、咕咚有声地吞饮时，总有我们红乌的某位投资人说："唐老板带领我们发财啊。"唐南生让桌上人验看空杯，低首指向刚才说话的人，说："没有你，就没有，我。"又问身后："那谁？那首歌怎么唱来着？斗月月斗斗拉拉——"续章朝着比自己矮三十厘米的搭档弯下身，竖耳谛听，让空着的手跟随唐南生念出的旋律起伏。然后他高声唱："没有天哪有地，没有地哪有家。"

　　"没有家哪有你，对。"唐南生跟着唱，并且微举双手，抬高下颏，做指挥状。于是众红乌人合唱："没有你哪有我。"

那天，更江南集团举办宴席答谢红乌股东。有的股东拖家带口前来，集团也不介意。雅典大酒店全部房间、餐桌均被订下。酒店怕人力不够，还请同行施以援手。后来听说，更江南集团只结算了一千零二十元，剩余的都挂在引资单位账上。人们说唐南生那天喝得有点疯。他嘴上说"我真的不能喝，再喝就酒精中毒了"，可酒还是尽着自己先倒。大腹的高脚杯，容积巨大，一倒就是大半杯。他脸色发紫，嘴唇发黑。那紫色和洋葱一样紫，黑色和夜晚一样黑。眼睛上，一对吊梢眉有如打霜；眼睛下，两只眼袋比吊在椽梁的沙袋还沉。人们说这是太监总管李莲英在火葬场化过妆整过容的遗体擎着酒杯来到现场。敬到一半，唐南生用夹着烟的手拍打扈从续章后背，驱赶后者来到主席台。两人你一句我一句地说祝词，每说一句就清脆地碰一次杯。一个说我祝福你一帆风顺，一个说我祝福你双喜临门；一个说我祝福你三阳开泰，一个说我祝福你四季发财；一个说我祝福你五谷丰登，一个说我祝福你六六大顺；一个说我祝福你七星高照，一个说我祝福你八面来风；一个说我祝福你九九归一，一个说我祝福你十全十美；一个说我祝福你百事顺心，一个说我祝福你万事都如意，万年青。台下喝彩时，唐南生斜望天花板，陷入沉思。后来他对台下做如是感慨："有件事不知该不该讲。我唐某人行走江湖多年，其实只信一句话：做梦。梦有多大，舞台就有多大，业绩也就有多大。即便有时取得的业绩并不尽如人意。但有一个道理一定是通的，即 —— 你做的是一个很大的梦的话，至少可以取得一个中等的业绩；做的是一个中等的梦的话，至少可以取得一个下等的业绩。我还没听说过，一个只做下等的梦的人，取得中等或中等以上的业绩。也许你们听说过，你们可以向我分享，但我没听说过。我没听说过一个梦想只是扫街的人，后来成为比尔·盖茨，开上奔驰或兰博基尼。大家说我说得有没有道理。在此，我郑重提议大家翰我一起说：想发财，做梦吧！"众人之错愕可以想见。在突然出现的沉默里，人们甚至能看见从唐南生嘴里说出的话，那最后几个字溜走的痕迹。唐南生把酒杯放在主席台上，双臂上挥，继续说："想发财，做梦吧！"他的忠实战友续章极为尴尬，不时朝下边眨眼，意思是他毕竟喝多了。我们红乌股东面面相觑。一些人从宽厚的角度想，唐南生只是一时口拙，并非有心，跟着稀稀落落地喊："做梦吧。"

"对，做梦吧！"唐南生说。随后从他嘴里发出一连串几乎没有止境的古怪笑声。哈哈哈，笑声的炮弹从多角度、全方位撞向酒店的天顶和墙壁，成为我们红乌人以后内心永远的痛。但在当时，没人敢承认这是一种彻底的无礼行为，是侮辱和嘲笑。

据说，唐南生和续章在解手时发生凶狠的争吵。也许不能说是争吵，而只能说是单方面的咒骂。个儿高的对个儿矮的说："够了，我受够了，你就是一个疯子。"大量唾沫飞向后者的耳郭与头皮。后者面不改色，对着挂在壁上的便斗继续解手。紧裹着他臀部的是一件紫色的亵衣。这也是后来人们相信讲述者所述为真的缘故，因为只要人们愿意去看，就一定能看见那穿白大褂的实习生从唐南生身上挑落下这样一件带蕾丝边的丝绸三角内裤，虽然它沾满泥土，几乎变成一条泥裤子。

"我后悔死了，"续章说，"为什么是你当主角我当配角，而不是反过来？你知道我鞍前马后地为你服务有多累吗？你个儿这么矮，我每天给你低头弯腰都弯成腰肌劳损了你知道吗？何况我年纪比你大。还有，我们在吃苦受累，以全部精力投入工作当中时，你在干什么？你在花天酒地，一门心思要把我们拖向火海，害得我们一次次跑去给你擦屁股，反复地擦屁股。你说说除了这个，你还会干什么？你今天倒是说说看。"唐南生一边拉拉链一边瞟向自己的亲密战友，说："第一，当初是你主动要当副手的；第二，你现在退出还来得及。"

回到酒席时，唐南生对身后的续章发出严厉警告："你不要想我现在得到多少，而应该想想你过去能得到多少。"这是大家都听见了的。

# 十

一辆拖拉机把上百亩地懒洋洋地翻耕一遍。也正是翻耕后，人们知道那里的土壤还算肥美。更江南集团请来十几名临时工抛撒花种。一些摄影爱好者（在我离开的十七年，他们如雨后春笋般涌现在县城，就像我前边提到的跑友）用专业设备拍摄下播种的场面：晨光照耀下，形同剪影的雇工侧身行走在田野上，看起来不像是他们在播撒种子，而是种子像纸片一样从他们手心飞走。更江南方面在附近张贴招聘启事，计划以税前八千元每月的薪资条件招聘五至八名有经验的捕鼠员。人们感觉它要大干一场，今后像这样的招工恐怕会越来越多。超过百人前往应聘，却无一人能见到所谓的面试官。

土地在沉寂一段时间后，长出一种我们本地人不太熟悉的植物。起初它们葱绿、娇嫩、驯良，似乎预示着自己有一个辉煌的未来。可仅仅一瞬间，它们的皮肤就变得粗糙多刺，疯长的枝条，其先端变为尖刺，就连簇生的叶柄也变为尖刺。它们普遍长到一个初中生那么高。为了存活，为了内心最黑暗的欲望，它们几乎是毫无死角地搂住对方，相互倾轧、杀害，相互切割。它们吃对方的肉，喝对方的血。它们之间所发生的无声而庞大的战争，令赶来观赏的人触目惊心。后来，鲜黄刺目的花朵从这些丑陋并且蒙尘的身体长出来，之后长出的则是五六厘米长的荚果。

现在看来，与其说是更江南方面播种了它们，还不如说是它们自己播种了自己。更江南起的只是一个引导的作用。它们的繁殖力如此惊人，以致我们城南只要还有一点荒地，就会被它们迅速占领。有的人说自己频繁地看见种子从迸开的荚果飞出，落到几尺开外的土地上。它们像野火一样四处蔓延。人们后来打听到它的学名叫荆豆或金雀花，总是跟随神父、殖民者去新的地方，起初只是作为围篱，后来发展成为当地的生态灾害。有人对此否认，认为它只是地锦、刺柏的变种。

说到底它只是一种灌木。更江南集团收了我们红乌人那么多钱，在我们红乌的土地上种出一堆无用的灌木。这些灌木走自己的路，让别的植物无路可走。这就是这个集团唯一干的事。（我要补充一点：他们在布置好所谓的鲜花广场后，连荷兰风车也不愿配置，而是花三十五元去农家购置一个扇稻谷的风车摆在那儿。"广场"边扎了一批吹吹打打的稻草人。）

有人提议一把火烧掉它们，但没人负得起这个责任。后来还是靠一场让我们牙齿咯吱作响的霜冻来解决这一尴尬问题。严寒冻死我们红乌三位老人，也冻死城南那上百亩丛生的杂草。它们一夜间死个精光。要过很多天——甚至到了来年春天——人们才确认它们死了。因为它们不再生长和对外侵略。它们扑在彼此身上一动不动，像一卷又一卷铁蒺藜。到现在它们还没有腐烂完全，化为土地的肥料。

# 十一

　　更江南集团在红乌融资，总额有说二十余亿，有说二十亿余。保守说法是十二亿。唐南生抽走百分之七十五，剩余按比例分给董事、经理、组长、业务员四级员工。但只发放一半。足额领取者须继续在集团服役一定年限，协助处理善后事宜。坚持做下去的并不多。他们中有人还反水，加入向唐南生或更江南集团讨债的队伍中。这些业务员被招聘进更江南集团时，曾参加团建，唐南生敲打着黑板对他们说："一个干大事的人，如果事情到了要抢劫自己母亲的地步，他是不会犹豫的；毕竟一张拿到手的钞票要比一打母亲有用得多。"当时他们想，这是在鼓动他们去骗社会上的"鱼"。现在看来，他们也不免是"鱼"。换言之，唐南生组织人去骗人，后来把这些组织的人也骗了。可见他骗人是六亲不认和一视同仁的。这里不再赘述。

　　唐南生拿着到手的巨款，一部分用于偿还在其他地方欠下的债务。有的还百分之五，有的还百分之十。那些人对他翘首以盼，总是在将要绝望时，看见他带着一些钱来。后来我们红乌的债主也是这样，有些人在看见他打出那个著名的分钱手势后，禁不住泪流满面。另一部分用于偿还在澳门等地欠下的赌债及利息。趁着手上有余钱，唐南生再度进入赌场。这样，他不光输掉余钱，还"喜添新债"。包括我们红乌在内，一共五个县市，一个农场，无数投资人奋斗半生积攒的钱，涓滴成河，经过唐南生那晦气的手，慷慨地流入赌场。

　　我们知道唐南生是滥赌鬼，证据有二。一是我们红乌数十人作为唐南生电话通讯录上的"亲友"，被放贷集团用网络虚拟电话卡和"呼死你"软件恶意谩骂、滋扰过；二是有人作为赌客，在省会附近地下赌场见过唐南生。此人叫叶焱，外号"老三"，他在我们本地经营玉石床垫。他没有向更江南投资，但是以两分利息向投资更江南的人放款。他对那些更江南的股东说："我要是看错了，情愿把眼珠子挖出来。"

老三是经熟人担保进赌场的。这名熟人在宏都大市场经商，他驾车将老三送至郊县某所放假停课的中学。那里停靠数辆旅游中巴，其中一辆未熄火。一名戴墨镜、穿黑衬衣的青年简单拍打老三全身，核实并拍摄叶的身份证，然后将其领上车。青年要求车上人戴上他们备好的眼罩、耳塞，直至被告知可以摘下。"就当睡一觉好了。"青年说。虽然按照要求将橡皮耳塞深深推入耳洞，并且车内也播放了音乐，老三还是听见外面的一些声响，有一阵子他听见轮胎压过砟石；有一阵子听见林间吹来的风扑打在车窗上，紧接着他感觉心脏失重，那意味着汽车在下行；有一阵子什么声音也没有，但他知道车辆在运行。间或从青年手握的对讲机传来嘈响，青年对它说"请讲请讲"。车辆一共停下三次。第一次不知是为何；第二次是为着等同行车辆驶来；第三次则是抵达终点[1]。那里有一幢围墙上方铺设筒状铁蒺藜的洋楼。赌场设在二楼会议室。茶水间被用作码房，两名女子提着筹码箱、POS机、账本进入待命。几名男子将两张会议桌拼接在一起，好把绿色扇形桌布铺上去。

---

1 普鲁斯特写："一登上接我们的马车，我们就再也不知道东南西北了；半路没有路灯；车轮最响的时候，就知道是正穿越一个村庄，以为到了，实际上还在茫茫田野上，可以听到远处的钟声，忘了自己身上穿着常礼服，大家昏昏沉沉，已到昏暗边缘的尽头，由于长途旅行，火车一路节外生枝，似乎把我们带到深夜里去，几乎要回巴黎的半道上，突然，车子在一段细沙地上打滑了一下，这才发现我们进入了花园，眼前突然出现了沙龙和餐厅闪耀的灯光，一下子将我们带回到社交生活中来……"参见《追忆似水年华》中译本第四卷第二部第三章，杨松河译，译林出版社，2012年，第469—470页。

老三在这儿看见唐南生，甚至可以说是不得不看见。当时老三在饮水机前打水，当他旋紧杯盖，站直身体，发现眼前站着一名脸相峻刻的侏儒。后者狠狠白了他一眼，似乎是在怪罪他接这么久的水，让自己久等。老三退向一边，为自己如今得到的待遇深感惊愕。半年前，在更江南集团和我们红乌市政府联合召开的投资座谈会上，唐南生又是握手又是拥抱，将我们红乌的意向投资客户代表一一请上主席台。对老三，唐南生特别留意，他一边摇动老三的手，一边用左手指向他，说："你这名字好哇，火火火，预示着我们共同的事业必然跑火。"末了他还踮起脚尖在老三的脸颊亲了一口。现在，叶老三试图向唐南生提醒自己是谁，话已经来到唇边，却又吞回到肚腹中。他感觉解释会带来二次的窘迫。后来几次通过眼神交流，他确信唐南生完全不记得他。"如果我是直接的投资人，我会感到难过，好在我并不是。"老三在回到我们红乌后讲。

　　在那张五米长的桌布上，划分有十数处下注区。每区前坐有一位下注额较大的大户，后边跟着人数不等的散户。唐南生坐在最中心面对荷官的下注区前，可谓"大户中的大户"。老三因是初来，只敢购买六千元筹码，一直捏在手心不敢入场。唐南生总是二十万元二十万元地买。他也不是买，而是向半空伸出一只手，就像我们平时在餐馆点菜那样，于是就有小哥跑来。在听取唐的简单命令后，小哥从码房领来一万元一只、一共二十只的金色筹码，并将一个翻好的账本呈给唐。唐抓起系在账本上的笔，在翻好的那页签名。

　　唐南生赌钱时一直念口诀："开庄买庄，开闲买闲，见跳跟跳，损三暂停。"大致策略是庄赢下一手买庄，闲赢下一手买闲，如果跟买连输两手，改买前一手的相反。可能就是因为迷信种种下注秘籍，他输掉很多。有人总结他是虚拟下注赢实际下注不赢，指点别人赢自己下注不赢，小打小闹赢加重下注不赢，撤回筹码赢不撤筹码不赢，改押庄家闲赢，改押闲家庄赢，押什么什么不赢、不押什么什么准赢。用唐自己的话说是"邪门儿了"，或者"有一位菩萨在专门跟自己捣鬼"。这样埋怨的声音大了些，就有彪形大汉过来微笑着提醒："注可以随便下，话不能随便讲。"叶老三后来学别人，瞅着唐押的相反押，获利一万元。

老三说，很难想象，在唐老板这样的成熟赌客身上，仍然隐藏着大量赌场菜鸟才有的毛病。概而言之，就是盲目、冲动、想当然，花哨、咋呼、飘飘然，固执、迷信、一根筋，焦躁、易怒、忿忿然，赢了不肯收手，输了不愿离场。老三记得唐南生只赢过一次大注。唐喜出望外，不停用舌尖刮扫、舔舐下唇，又起身到场边跳一种轻佻的舞蹈。多数时候呢，唐就垂着一对吊梢眉，拉扯顶上那绺海带似的头发，有时用指头将它一圈圈缠绕，有时挖鼻屎，有时猛捶桌面。散场时，那原本殷勤的小哥端着托盘过来。托盘上有一只插着吸管的密封水杯、唐南生签过名的账本以及一张需要唐南生签名确认的文书。唐南生取过账本，翻阅过后，脸色大变。二十万元一笔的筹码，今天他已经借过二十笔。而他手里剩下的小筹码只有六七枚，算起来也就两万元到顶。还不如他给小哥的小费多。他痛苦地看向小哥，想自己至少能获得对方的同情。谁知后者早已最大限度地收敛起笑容，将头半仰着，歪向一边，有一点公事公办的意思。唐南生变得十分难过，整个人沉浸在一种被背叛、被下了钩子、现在人在屋檐下只能认宰，然而内心又实在不甘的情绪里。最后他厌恶地拿起笔，在那张可能是抵押文书的纸上签字。

老三不知道我们红乌市的红人唐总是怎么离开赌场的，扫了几眼返程的客车，也没看到他。老三没说唐南生花的就是我们红乌股东的钱，只说从古至今没见一个人如此败家。我们红乌股东善于自我安慰，他们认为一个这种级别的老板打打牌、打打高尔夫球，用掉几百万元是正常的事，不这么倒是不正常了。难道还要让他骑载重自行车、恰（吃）方便面不成？

# 十二

前文已述，我之所以知道唐南生的事，甚至是不得不知道，是因为我的亲戚（无远弗届）普遍参与了这一场教训惨痛的融资游戏。在我回到永修路三十号的家后，他们来看我，有的开轿车，有的骑电瓶车。在他们脸上，再也见不到亲人之间才有的甜蜜而信任的笑容。即或有，也倏忽即逝，如闪电光。他们眼睛通红，盯视某处，沉浸在煎熬的情绪中，有时因思维触及那严峻的事实而满头发汗、浑身颤抖。他们不承认那个事实，一直否认那个事实，但那个事实一直无情地向他们宣示自己的存在。那个事实和死了孩子一样重大，就是放在唐老板处的全部家当，打水漂了。

这里面包括我嫡亲的哥哥安华。在我回家期间，哥哥只来过两趟。我感觉在他心目中，他只来过一趟，因为第二趟来时，他还在问我："几时回来的？"他共向更江南集团购买二十笔股金（合计三百万元）。更江南许诺，投资三百万元及以上者未来可以进集团上班。为此他定制了一套西服。他就是穿这套已经发皱的西服来家里看我的。我知道他的资产连一百万元都没有，凑足三百万元，定是打了岳母和同学的主意，兴许还借了高利贷。这些来到永修路三十号的亲人，如果是独自前来，我总感觉他们会因抑郁而自杀；如果是邀集前来，我就不会有这种不安。他们头碰头聚在一起商议时，艰难的处境似乎得到缓解。他们总是把握十足地举证，说明唐老板不是骗子：

"这么大的老板怎么会骗人呢？"

"要是骗子怎么还敢在我们这儿活动？"

"他在江苏、河南有产业，这些大家都是亲眼见过的。实在不行，把这些产业出售他也可以还我们债。只是他不愿走到这一步。"

"资金回笼慢了一些而已。资金目前都转化成实业、生产线了。"

"要是骗子，国家还不把他法办了？国家允许一个人骗这么多钱？"

有人说："我就担心唐老板是台湾人。"有人反驳："正因为是台湾人我们才不担心啊！"似乎是触及什么笑点，他们相视片刻，哈哈大笑。有时他们问我：你应当和一些市领导熟悉，听到什么消息没有？我曾和一位已调至外县任职的刘姓处级干部品茗，我就更江南的事请教于他。他沉吟良久，说："你说是骗子可以，说不是也行。最终还是要看实绩。事情如果成了，我们就要承认它是一种创新。要看你怎么看。"我没有将刘部长的话转述给亲人们。母亲总是对他们说："等会儿在这里吃咯。"他们说："不吃不吃，吃做么事？"然后一边看手机一边开车走了。

按照《项目前期可研报告》《投资入股协议书》及多份报道写明的，江南湿地公园及江南实验养老小镇应于二〇一五年五月一日建成营业。距离此日尚有一年时，有懂基建的股东提出异议，认为一年时间绝对不够更江南集团建造好规模如此庞大的公园及公寓群。他建议股东方面派出代表，查访项目建设情况。不过响应者寡。多数股东认为，干大事者，思想自异于常人，我们小地方的人，最好不要用自己的经验去揣度别人。子曰，在其位谋其政，不在其位呢就不谋其政，我们做好自己就行了。反正我们的权益受到白纸黑字的文书和法律保障，届时坐享其成就好了。有人讥讽异议者，说："你说'不够'也就罢了，为什么还要在'不够'前边加上'绝对'两个字呢？"随后的国庆、春节很快过去。到了二〇一五年五月一日，也就是更江南集团应许项目落成开张的日子，股东们除开在城南上百亩的荒旷之地看见大片新种的荆豆，什么也没看见。一种过去从未在这个群体的脑海中出现的想法，开始生长。恰好那段时间唐南生不在，人们心中的焦灼可想而知。他们纷纷去集团售楼处打探消息。大高个儿续章在伏案工作，见他们前来，摘下套袖，几乎是露出全部牙齿，和他们亲切地打招呼。然后他命秘书泡茶，自己呢，一边架起长长的二郎腿，一边用右手指尖轮番叩击椅子的扶手。"诸君，"他眉开眼笑地说，"稳坐钓鱼台呀！"事后有人说唐南生离开时给续章遗留下一个锦囊，嘱他困窘无计时打开。续章拆开锦囊，一看是这五个字，以为是说给上门股东听的，照着念了。他还自我发挥，添上一句"一切自有安排"。谁想收到奇效。大家信了续章神秘而亲切的微笑，似懂非懂地回家了。实情是唐叫续章稳坐钓鱼台，不要着急，一切等他回来应付。

六月，唐南生驾驶一辆车牌尾号四二三四的银灰色奔驰返回红乌。车身长达六米，看起来像房车。不过懂车的说是灵车。我猜测租车行的人可能感觉唐为人随便，就将这车推荐给他。唐南生下车后，大步走向迎接他的股东们，逐一拥抱、亲嘴。"亲爱的战友们，想死我啦。"他说。人们记得，在他那张因为接受暴晒而暂时变得黝黑的脸上，涂了一层光亮的油脂。他的热情奔放让我们这些小地方人完全无法抵挡。讲演时，他一只手握拳（拳心向己），一只手跟着自己游移的目光，指向这儿指向那儿。他不停地向人抛出媚眼。他像报告特大喜讯一样，上气不接下气，而事后经过我们红乌股东判断，这席话应该经过准备和排练。他说："在这里，我要向大家隆重分享一个甜蜜的遗憾。这次出门，我可以说是不虚此行、不辱使命，甚至可以说是不负众望。为什么这么说？各位亲爱的股东，你们马上就会明白。因为有更多的资金在等待注入啊。因而，我们的工程不得不延误和暂停，等它被纳入一个更大的框架重新考量。说到这个新的、大的项目，我的心情到现在还激动不已。出于保密的要求，我还不能向大家透露更多。但我可以负责任地告诉大家，项目是由几个省的一把手牵线，联合各地最优秀的企业家共同打造出来的。目的是在我们国家中部建设一个符合'互联网＋'、人工智能、区块链的技术要求，分工明确的新形态城市群。鄙人以及鄙人在红乌推进的项目在我们省领导的关心下，有幸进入这个宏伟的项目中。在此我不能透露更多了。我只想对我最亲爱的红乌股东和红乌父老乡亲说，千载难逢的机会来了。项目如果进行得顺利，十年之内，我们这里将出现一座人口相当于阿拉伯联合酋长国、人口达到九百万的大型城市，我们每人手中的股权，折价将是今天的百倍、千倍乃至万倍。而这种好事，还只是刚刚开始。亲爱的朋友们，等着吧。"

我们红乌人管撒谎叫"捏泡"。唐南生靠捏这个泡挺到二〇一六年五月一日。这一天他捏了一个新的泡，说在他的穿针引线下，红乌成为全国产业转移的目的地。"是之一啊，目的地之一，不是唯一。"他故作认真地强调。这个泡只管了半年多一点。二〇一七年元旦，他在致股东的一封慰问信里，称我们红乌已被内定为粤港澳大湾区的"一块飞地"。好比阿拉斯加之于美国。未几，他又许诺工程将于二〇一九年十月一日完工，说是在建国七十周年之际代表红乌向全国人民献上一份大礼。

# 十三

二〇一七年元宵节过后，在孩子们上学时，人们发现，返回更江南集团售楼处工作的员工非常少，包括过去一直以来吃住在售楼处、显示集团深耕本地决心的总经理续章，也不见了。续章一直待到年前除夕，最后仿佛是不得不离开，才驾驶那辆人们熟知的红色起亚轿车来到红乌站。途中，他专门停车，下来和认识的人握别，说"节后见"。他那辆红色轿车停在站外广场，非常扎眼，显示不久他就要搭乘火车归来。然而，人们再也没见他回来。他那笑起来显露无遗的两排大牙齿以及时时向人示好的态度，让人们记忆犹新，又像梦一样永逝不返。唐南生说，续章被派去指导集团在河南的事业，会有新的董事会成员进驻红乌。然而人们一直没见到这样一位顶替者。有人说，续章出于对可能背负的巨大刑事责任的恐惧，跑路了。后来，有气愤不过的人撬开续章的座驾，发现里边值钱的东西早被拆走，包括方向盘上镶的一块玉。

不少人像我一样，对唐南生不跑心存疑惑。因为他才是最需要跑路的，同时也具备跑路条件（并没有人或机构限制他的人身自由）。另外，我们红乌经过他一顿凶猛的融资之后，已缺乏继续融资的空间和价值。我们红乌作为区区一县级市，也缺乏玩头。我有一名同学在某县经侦大队工作，我就这个疑问请教于他。他说："你不懂了吧，现在的骗子不比以往，他们一不用化名二不跑。"不过他没有说深层次的原因。我猜唐南生之所以滞留于红乌，一是不想用跑来坐实自己是骗子，因而承担一系列的法律责任；二是想留下来把从政府低价拿到的土地转让，或者用它抵押贷款；三是就像他对手下业务员交代的那样，他并不把面对追债讨债、和债主谈判视为畏途，相反，还把它们当成一种必要的锻炼，迎难而上，他说"享受那种冲浪才有的快感，完完全全地 enjoy 它们"；四是他对人有玩弄之心，性喜撩拨群众。有一些不肯面对上当事实的股东则认为，唐南生不跑，是因为他本来就不想骗人。事情之所以出现一时的挫折，是因为他在想法上浪漫了一些、做法上激进了一些。只要坐下来冷静冷静，将事情梳理一遍，做到分清主次、抓大放小，翻身可说指日可待。"我们不要被别有用心的人利用了。"这些对唐南生死心塌地的人说。

　　二〇一七年开春，在经过一场暴风雨般的争论之后，部分股东离开讨论的茶楼，大步走向更江南集团售楼处，找唐南生要求撤资。剩余股东，半是观望，半是害怕没能跟着领到钱，从茶楼或家中赶过来。当初有多少人在这里围抢《投资入股协议书》，现在就有多少人在这里围堵唐南生。现在比当初还激动。当初只是将一张四脚的电脑桌压平在地，现在差不多要将整座房子推倒。他们朝前挤的同时，摇晃着手中卷成筒的文件。质疑的唾沫从各个角度飞向处于事件中心的侏儒。事后人们回忆，若是一般人遇见类似情况，怕是早就魂飞魄散了，唐南生却丝毫不见慌张。他仰起头，向这些似乎准备大干一场的人扫视过去。他没有出哪怕是一滴汗，脸色和动作均较为沉着，呼吸比平时还要平稳。他看向众人时，眼光带有些微的不解。"你们这样一起说，说实在话，即使是你们自己也听不清。有谁能告诉我，你听清自己说了些什么吗？其实，你们想说什么我完全懂，你们的心情我也完全理解。现在，我恳请你们花费宝贵的几分钟，听我老唐讲几句。"他这样说过，用袖子擦拭满头的唾沫，看了看，然后将那截袖子扎起来。他清清嗓子，以真诚的语调说："集团的政策一如既往，以造福股东、造福社会、造福人民为目的。集团一贯将股东的利益置于首位。集团所面临的困难只是暂时的。打一个不恰当的比方，好比是一块东西堵住马桶，通一下就好了。我们现在面临的困难也是如此。集团的未来是光明的。退一千步、一万步讲，集团在我们红乌的项目亏得分文不剩，那也不会影响大局。在河南、江苏、山东、内蒙古，我们有两万亩的中草药基地，有年产一万辆的新能源汽车生产线，有全国首家专门为聋哑人就业兴建的爱心工厂，有一千亩为我们集团养老客户种植果蔬的特供基地，有专门的牧场，有这样有那样，有很多。这些都是你们亲眼见过的，你们的眼睛不会欺骗自己。你们一定要相信集团。就我所知道的，集团现在的财务健康得很，一点问题也没有。我一直认为，没有任何事情能击垮我们更江南集团，击垮我们的'二幺〇四工程'。只有一样，那就是你们所丧失掉的信心。"

有人即刻跳起反驳："别光嘴上说得漂亮。从钱交到你手上，已经过去整四年。请问四年来，你让我们见过表示项目在建的一袋水泥、一根钢筋或者一块砖头没有？"有人帮腔："有的就是你们花三百元钱买来种在我们城南一百亩地上的劣质种子。长出来的草怎么清理也清理不干净。"

"对呀，"原先申讨的人继续申讨，"唐老板，你能告诉我们，你把钱用到哪儿去了吗？我们这些人的钱都是一分钱一分钱地攒，攒了大半辈子才攒出来的。都是辛苦钱、血汗钱。是孩子的读书钱、结婚钱，老人的治病钱、救命钱。我们把这些钱都交给你。我们还四处找人借钱。我们借钱都是算了高利息的。这四年来我们都在辛辛苦苦地还利息，头都抬不起来。唐老板啊，我们把借来的钱也都交给你了。你现在就不能告诉我们一声，你把它们用到哪儿去了吗？"

这时又有人帮腔："何况作为股东，我们也有权知道集团的用钱动向。"

据说唐南生听完，眉心紧皱，眼睛缓慢闭上。他半仰起头，深吸一口气。因为吸气，整个胸部鼓胀起来。在此过程中，他似乎做了一个痛苦的决定。之所以说是痛苦的决定，是因为它不符合本意，是大家逼他这样做的。如能按他本意，毫无疑问，大家都能在可见的未来成为亿万富翁。"你们呀，就是沉不住气。"他说。

"有谁能沉得住气呢？"有人说。

"时间会证明你们就是一帮糊涂蛋。"唐南生痛心疾首地说。过了一会儿，他像是从悲哀的情绪中走出来，努力展现出微笑，说："在你们当中，有一部分人的意思我懂，就是撤资。对不对？对有这种意愿的朋友，只要他不后悔，我来安排，尽量快地还上。"他让仅存的几名业务员为自愿撤资的股东登记。人们排队时，他走来走去，既像是和某个人说话，也像是和所有人说话。他说："我不知道你听过阿里巴巴的故事没有。阿里巴巴曾经也是这样，撤资的比投资的多。马云很感激他们。若非他们撤资，马云他们几个人怎么能积累那么巨大的财富呢？我听说有人后来自杀。换作是我，也会自杀。为什么啊？因为十几代人努力奋斗也攒不到的这么多财富与自己擦肩而过。巴菲特说得对，财富永远只属于少数人。很对，永远！"

有人回应唐南生："唐老板，是我们没那个命。"

唐南生指向他，表示赞许，说："当然。"

要到整整一周之后，要对唐南生数度围追堵截，他才指示会计向这些撤资股东转账。偿还额是当初投资本金的百分之三。"一次性退返全部本金是不可能的。不是我唐某人不愿意，而是我办不到。这些钱已经投出去，一下抽回来很难。但是你们要对我老唐有信心。只要我心中有这根弦，就一定会想办法。而只要我手中有了钱，就一定优先还给你们。直到全部还完。"他说。这其中有将近五十名股东，短信一直没收到到账通知。他们去银行查，户头也未进钱。他们自然要结伙去找唐南生。唐南生指着身旁西装革履的律师对他们说："你们来得正好，我正打算起诉你们。我说我的项目怎么进展得如此缓慢，原来是你们在用白条投资。我请你们翻开手中的合同，看仔细了，是不是你们违约在先？按照当初双方约定的，我现在可以一分钱都不还给你们。你们自己说是不是？"于是来者翻看协议书。奇怪，当初觉得都是对自己有利的条款，如今都对唐南生有利。唐南生要是较真儿，还真是一个子儿也不用赔自己的。这些人眼见着没有辩论余地，只好提高声音说："你也忒不讲道理了！"

唐南生说："到底谁不讲道理了？你们扪心自问，这世界上有没有找人借钱还要他还钱的道理？你们不要以为我是一位讲良心的老板就好欺负。我哪里有那么好欺负的。"有人急了眼，拉开架势要揍唐南生。唐南生挺起身躯，凑过来。他指着屋角说："你们自己数数有多少摄像头吧。你们想要坐牢的话，就动手。我管保你人财两空。"还有一人，每逢有事就带祖母出来。现在，这位身着蓝布褂的祖母娇呼一声"没法活了"，坐向地面，又躺下去，像翻倒的乌龟，朝天空伸出四肢，一通乱蹬，嘴角则吐出层层绿色的唾沫。这根本打动不了唐南生。唐在保安掩护下打算走掉，忽然留意到一脸苦楚的寡妇新姐。他长叹一声，将她请入办公室详谈。好几个人提醒新姐："一定共进退啊！"

新姐四十六岁，丈夫早死，留下一名遗腹子。新姐的孩子长大，下颏都出柔毛了，毫无征兆地失踪。此事发生几年后，因为要领补助，新姐被迫将孩子的户口注销。新姐手头只有三十万元。这次都投给了更江南集团。又打条子找更江南借贷六十万元，合计投资九十万元。唐南生将她请进去，让她坐在办公桌对面。唐擦擦眼镜，看了新姐的协议书。然后他捏住新姐的手说："你看看，在补充协议这块，规定了你还款的截止日期以及违约责任。这个日子我看看，已经过去三年。这就意味着，从法律层面讲，你肯定是拿不回投资给我们的三十万元，可能还得向我们归还借贷的六十万元。即使法院最终支持你，判你不必还这六十万元，但这几年所产生的利息，他们可能认为你还是得还。"

新姐因惶恐而摇头晃脑，泪水都甩出来了。她不停嘟囔着。虽然用的是方言，唐南生还是听明白了。她在责怪一起投资的人，恨他们将自己带到如此境地。"我家里上有老下有小的。我可怎么办啊？我上面有四个老人要养，下面有三个孩子要带，都得靠我。我又有颈椎痛。"新姐说。眼泪很快打湿她足前的地面。唐南生起来，去将没有关严的门推上。返回后，他抓住新姐还搁在桌面上不敢撤下的手，说："这份合同已经不能支持你，你可以考虑把它扔进废纸篓了。不过呢，考虑到你的具体情况，我还是为你开个口子吧。希望你不要跟人讲起。先不要说谢谢。现在只有一个办法能让你一分钱也不少地得到你投进来的三十万元，就是你先把欠我们的款项（六十万元）打给我们，然后我们再启动对你的全额赔偿（九十万元）。"

新姐说："唐老板你大人大量，就不能不计较我，直接把三十万元退给我吗？"

唐南生说："不是我不能，是公司财务不能，集团董事会不能，更江南的全国股东也不能。我只能为你想到这样一个办法。你呢，要么忍着三十万元不要，要么先还我们六十万元，然后得到九十万元的赔偿。"

唐南生和这个爱哭的女人说了差不多二十分钟。这二十分钟里，他像农民掌握一头牲畜一样，完完全全掌握了这个女人。他开始在话语里施加压力，使用诸如"你必须这样""这是你的最佳选择""不这样你一定会有牢狱之灾"之类的词句，可说将语言在操纵和命令方面的特质发挥得淋漓尽致，使可怜的女人脸色一阵儿发白，一阵儿发乌，几次因受惊要昏厥过去。自这以后的十天，她有若中蛊，一门心思地去筹集现金。她四处讨要欠款，又向别人举债。她把值钱的首饰和家具典当或出售。她还联系血头预约卖血。有股东发现她的异常，召集人来劝阻。她对他们一脸轻蔑，说我要不是听你们忽悠到更江南投资，怎么会沦落到如今这步田地，摊上违法犯罪的事？她到银行转账。工作人员见涉及金额巨大，将半张纸那么大的《防诈骗提示》一个字一个字地读给她听。她说我自然知道，我怎么会不知道，我每天在家看电视，防范意识强得很，绝不可能被骗。工作人员再三请示领导，只给她转出二十万元。愤慨中，她将剩余存款取出，又凑上家里保险柜藏的现金，骑电瓶车送唐南生那儿了。更江南售楼处的验钞机因长久不用，早就蒙尘。为使它重新运转，秘书还为它上油。验钞机唰唰作响，把新姐的四十万元现金都点清楚了。唐南生收好钱，当着新姐面撕毁旧约，和她新立一纸协议，并庄重地盖上公章。至此，新姐感觉架在脖子上的重轭被解除，原本淤滞的生活之河也变得通畅起来。她心安理得地回到讨债大军中，并且在下一次的催讨中获得一万八千元的补偿。

有人说："新姐你这是什么思路呢？"

新姐说："我就是感觉理顺了。"

新姐亡夫的兄长听说后未发表意见，倒是新姐自己的弟弟坐不住了。他从乡下特地赶来，当着很多人的面痛斥姐姐："天上的鸟儿吃多了鸟食，也晓得不吃。地上的老鼠吃多了老鼠药，也晓得躲开。河里的鱼儿吃多了饵料，也晓得忍住不张嘴。你倒好，人家什么东西不给你下，你自己凑过去上当。人家这是夏天碰到雪水，瞌睡碰到枕头，擦屁股碰到纸巾。你专门让亲者痛，仇者快啊！我怎么有你这样笨的一个姐呢？我真是为你感觉脸红。"他这样说的时候，撕扯自己的头发，抽打自己的脸颊。新姐脸色暗沉，趁天黑去卧轨。要不是赶巧有铁路工人检查铁轨，发现直挺挺躺着的她，她就被火车轧死了。铁路工人说，新姐被拉起来时，还愤慨地说："就我一个人错了啊？我真不晓得我错在哪里？"

# 十四

今后的事情变得相对简单。唐南生不再费心向我们红乌股东编造什么新项目、新规划，而是"有钱还钱，无钱筹钱"，把分期还钱当作他当前及今后"最重要也是唯一重要的事"。我们红乌股东多数对此持接受态度。可以说让唐南生慢慢还钱，比将他送官法办要划算。再说等他跑路，报官也不迟。现代社会，科技发展日新月异，一个人说跑能跑哪儿去？有些人问在司法部门上班的人，究竟是报官好还是不报官好，后者亦称暂时只宜观望。每次唐南生乘车离开，总有一些我们红乌的股东踏歌送行。暌违的日子里一天数条微信，有的还和他玩视频通话，以表思念之情。唐离别愈久，人们对他的思念便愈浓厚。有时思念以致翻肠搅肚，人们忍不住去车站眺望。还有人怕唐南生从此一去不返或者死亡，设法要来唐的生辰八字，请算命先生推算，看他寿数几何。每当唐归来，迎接、探视之人摩肩接踵。有人甚至泪如泉涌，觉得唐南生究竟还是像他自己说的那样，保留着人类的最后一丝诚信。

有的人以被债主催逼甚急为由，向唐南生要求优先偿还投资款。唐谛视他良久，伸出一根指头指向自己。来人不懂，凑近去请教。唐南生对着他耳朵说："我怎么对你，你就怎么对别人。"此人心虽不甘，不过依样学样，厚起脸皮来，也扭转自己在债务关系中的不利地位。某天，唐南生驾驶奔驰开道，将几大车外乡老人带到红乌。这些人一个个身量矮小、皮肤黝黑，不过语言及饮食习惯均与我们近似。唐南生没有带他们游览城南花海，而是将他们拉到市政府广场、一家老兵工厂及长江边尘烟滚滚的水泥厂参观，并让戴着口罩的他们高举"运动养老选银象"的横幅在水泥生产线前合影。这家在亚洲都数得上的水泥厂是马来西亚商人投资兴建的，现在被唐南生当作名下产业介绍给外乡的客户。"看哪！塔吊空中林立，工地浓烟滚滚，车辆频繁进出，工人汗流浃背。这随处可见的火热场景，正是集团超速发展的一个个缩影。"他说。据说拍照后，还有两名少女跑到队伍前，边跳边喊："一二三四、二二三四、三二三四。"这些异乡人跟着举起拘谨的双臂，喊："四二三四。"少女们接着又唱："左三圈右三圈，脖子扭扭屁股扭扭，早睡早起咱们来做运动。抖抖手啊抖抖脚啊，

276

勤做深呼吸，学爷爷唱唱跳跳，我也不会老。"当天，一些被严选的红乌股东作为投资代表，被邀至戴安娜宾馆会议厅，和这些外乡人座谈。这些老人有的一边脚上有袜子一边脚上没有，有的为御寒穿着环卫工的红马甲，有的手心放着不舍得抽完摁熄的香烟，有的镜腿坏了权且用细绳替代。他们好像青蛙，单纯地望着我们红乌股东。也就是从这些可怜的外乡老人身上，我们红乌股东看见当初的自己。当初，我们一些红乌人作为有意向投资的客户，坐在差不多大的会议室里，忐忑地望着对面中原某省的股东。在那些中原股东的脸上，有一种故作的真诚。他们极力颂扬更江南集团以及集团的领头人唐南生。回想起来，这些中原股东就像是极富耐心的溺死者，在一步步等待别人下水，好替代自己成为新的水鬼。现在，我们红乌股东也这样，一口一个"我们亲爱的唐总""我们致富甚至是暴富的带路人"，将谎话吹送给那些不知从何而来的老人，直到他们全都咧开嘴，为几乎是触手可及的美好前景笑起来。自宾馆出来后，有几位我们红乌的股东，因为感觉事情太过造孽，狠扇自己的脸颊。后来，我们这些红乌股东一次性得到相当于投资本金百分之八的补偿。

有一天，唐南生将售楼处挂上 U 型锁，到红叶宾馆包下一间小房常住。一月房费只需三百元。房间里有一张单人床、一个床头柜、一台老彩电及一台空调。唐南生将西服挂在宾馆的杂物房，要穿时就取走。唐南生之所以住在这儿，是方便自己去壹号公馆唱歌。他喜欢那些抹黑眼膏、穿短皮裙的女人。他一边抓着酒瓶，一边摸她们的肚皮，嘲笑我们红乌股东最擅长痴心妄想。他说："你给我三百万元，我立刻返还你五百万元。请问哪里有这么好的事？有这么好的事我还用介绍给你？"她们说："你就不怕他们说你是骗子吗？"唐南生说："我跟他们说了我是骗子，他们不信，说唐老板您哪能说这样的话呢。"她们说："你就不怕警察把你抓走吗？"他说："我是怕他们不来抓，我又不是没坐过牢。我这人没什么特长，就是有一身毛病。我真的需要监狱给我系统地治治。再说了……"她们说："再说什么？"他说："再说坐牢就不用天天和这帮刁民打交道了。"她们说："你就不怕他们生气把你杀了吗？"他说："不怕。你看我进你们这儿，探头已经拍下来了。我去哪儿，探头都拍下来了。他们想杀我，除非是自己不想活了。小女生啊，我跟你讲。我平生最爱法律，也爱探头。不是它们，我哪能安安心心地在这儿翰你们喝酒？"他又说他现在最大的愿望是死，死了省却一切烦恼。她们问："那第二大愿望呢？"他说："是吃自己的一样东西。我想老天爷把我生得这么矮，就是想让我吃到它。可惜事与愿违，我努力几百次，眼看它近在眼前，就是吃不上。"她们用粉拳轮番敲他胳臂，着急地喊："你真坏。"

## 十五

　　母亲喜欢到邻居门前坐坐，邻居也喜欢到我家门前坐坐。在阳光所照耀出的一块明亮地面上，她们或者择菜，或者逗弄学步的小孩。每天，她们的眼睛成百上千次地扫向马路。就在自来水管修好的几天后，她们感觉到一种异常。这种异常带给她们不自在和烦躁。有一件熟悉的事物不见了，然而她们又想不起来是什么。直到一些更江南集团的股东（包括我的哥哥）找过来，问她们有没有看见唐南生，她们才一拍大腿，醒悟过来。她们每天看着这名台湾老板像钟点一样准时，从红叶宾馆出来，沿马路西行，去街上肯德基买吃的。这名老板将手插进裤兜，每走上十来步，就用力将头上那一绺头发向右后方甩去。从黏黏糊糊的走姿看，他有着刻骨的自恋，总觉得背后每个人都在看自己。现在她们将他看丢了。股东们焦灼地问她们有几天没看见唐了，她们说一两天或者两三天。有的说五六天，遭到反驳。他们撇下她们，跑向红叶宾馆。宾馆的曹姨为他们打开唐所住的房间，发现他的皮箱，还有一台手机留在那里。唐搁在杂物间的西服也没取走。大家都知道，唐南生惯用两台手机。正是因为这两台手机都无法接通，股东们才出来寻他。他们在房间内还在充电的手机上看见有四十多个未接来电，都是他们打来的。有人在现场持续拨打唐带走的那台手机，结果和以前一样，显示关机。

之前他失联从未超过一天。

一种不祥的预感在人们心中出现。或者说，一种长期以来就有的担忧被眼前的景象坐实了：弄走本地人几乎全部积蓄的客商跑路了。他留给我们红乌股东的是庞大而充满嘲讽的空气。还在红叶宾馆，就有人撕扯头发痛哭。有人挽着他一边手臂，劝慰他，无非是"钱乃身外之物""留得青山在，不愁没柴烧"这样的话。越劝，对方哭得越厉害，最后弄得自己也泪如泉涌，因为自己亏损的数额并不比对方少。哭过一响，他们两眼通红，失神地看往某处，情形和家里死了人是一样的。有的人怒视地面，说："说了不投说了不投，非逼着我投。我说投了收不回来的，非不听，非逼我投。"又说，"世上哪里有这样的好事呢，说了不听。你害自己也就罢了，还害我。害人害己。"有的人走到永修路上，卧倒，用右拳捶打地面，捶累了就翻滚自己，要让过往的车辆碾死。有的人用额头撞树，把叶子撞得纷纷坠落。有的人因悲伤出现反常，铆足力气哈哈大笑。有的人当着别人的面投湖，以抢救及时告终。有的人害怕债主催逼，当天逃往南方打工。姑嫂勃谿、手足失和之事不可胜计。一对亲兄弟（哥哥随父姓李，弟弟随母姓唐）相约在市民广场决斗。两人一个砍开对方额头，一个抹伤对方脖子，又分乘三轮车到市中医院自救。起因是哥哥认为弟弟不应拉自己去投资，弟弟认为是哥哥赖着自己一起去投资的，在哥哥哀求之下，他还为哥哥凑了八万元。

有退休者奉劝大家不必失态。因为从过往经验看，唐南生无论离开多久，都会返回，而且总是带来一笔不能说多却能够维持其信誉不倒的资金。现在和过去的区别无非在于，过去通过手机和社交软件能掌握唐的行踪，现在不能。其实掌握了又能怎样，人家要跑照样跑。因此，这个区别可以说不算区别。唐老板资金周转困难已不是一次两次。可能这一次的困难比以前更大，他解决起来也更费劲。可能就是因为一时筹不到钱他难以启齿，选择关机。老者接着说："我还是那句话，人家要跑早跑了。一分钱不还就跑，比还了一部分再跑，明显划算。他要跑，开始就跑了，又何必来还咱们的钱呢？咱们应该给对方也是给自己一点信心。世上的人没我们想象的那么坏。"有人回应，说我们要听其言观其行，不妨再等三日。三日后若仍无动静，就得出手。众人称善。有人开始到红乌站、红乌西站以及汽车站坐着等，几乎是下来一批乘客，就逐个地瞅去。有时怕唐老板是易装出现，还抓住某人的双肩细加辨认。写到这里时，我庄严而忧伤，想起那些不知儿子已被大海吞没，仍竖耳听风、苦苦等待的母亲。

三天之后，唐南生仍无动静。手机还在关机中。红叶宾馆、壹号公馆、肯德基等唐经常去的地方也未见他露面。有人甚至去政府找蔡副书记和庄副市长打听，因为唐南生常夸口"我和你们蔡书记、庄市长很熟"，并且人们也确实在多个场合见过他们关系亲热，异于常人，不是勾肩搭背，就是称兄道弟。两位领导对来探问唐南生下落的本地股东态度客气，他们凝眉思索片刻，说："我还说找你们问问呢。"有人想到更江南集团在中原、内蒙古等地有实业，一些地方自己去考察过，与当地投资代表接触和交流过，因此翻出当初交换得来的名片，打电话过去。那些异地的投资者说："这人已经很久没有消息了，我还想问你们呢。"

也是到此时，我们红乌股东才知道自己并不掌握唐的籍贯信息和家庭住址，根本没办法去联系他的家人，也没办法去当地找他。大家唯一清楚的是他说一口台湾话。

群情激愤之余，一批人主张报案，另一批人坚决反对。因为报案意味着债务无法清偿，债权人一次性只能得到较少赔偿，甚至是零赔偿，并且会失去继续追讨的机会。不到唐南生一个子儿也不肯赔，绝不应当走到这一步。于是有人说："我们不报他骗钱，报他失踪总可以吧。"另有人质疑："我们不是他亲属，有没有资格报他失踪呢？"他这么说，大家才意识到自己从未考虑过这一问题。股东队伍中有一人的兄长兼职做律师，叫郭朝凤。于是大家咨询他。郭朝凤查找文献，说一般情况下报案失踪须具备以下条件：

一、完全民事行为能力人失踪超过二十四小时；

二、报案人须系失踪人直系亲属，报案时须持本人身份证件和失踪人的关系证明文件，并提供失踪人户口簿及近期照片两张。

走投无路之时，众人想到公安局退休的副政委刘少余。刘的女婿在武汉经商颇有积蓄，刘的女儿想给刘一笔钱出门旅游。刘以签证难办为由拒收，因此刘的女儿做主，以刘少余的名义向更江南集团购买一笔股金，算是投资。众人想：刘家虽然只购买一笔股金，投入十五万元，但那也是钱，只要是钱就会让人心痛。因此他们相约去找刘。刘少余在朱雀路有一套三层的商品房。因为夫妻不和，妻子住二楼，他住三楼，一楼出租给他人做奶茶生意。刘少余在三楼种花植草、养猫饲狗，还喂了一大缸的红色金鱼，共计四百余条。刘少余头发浓密，像是理发时清洁碎发的琥珀色的刷子。在他的大鼻子和左眉眉弓上，各生长一颗黑痣。见到来说明情况的股东，他匆忙点起雪茄，含在嘴里，说："啊！又有什么事？你们这些人，尽不学好。"烦躁之情溢于言表。因为他耳背，兼之脾气固执，人们花了十分钟才将事情跟他说清楚。他好像是第一次听说此事，说："唐老板是骗子？跑了？我也投资了？我怎么不知道呢？"他取出手机拨打女儿电话，称呼对方"小朋友"。他从"小朋友"那儿问到确有这一笔投资后，姿态大变。他对股东们说："真是岂有此理，一个大活人没了还不让查了？如果失踪的是孤儿，人们就不能够去报案吗？"众人说"就是就是"。他一挥手，带大家下到二楼，支走老伴，同时说："这是牵扯到多少家多少户的事情啊。"众人说"可不就是吗"。在二楼客厅墙边的高腿茶几上，摆放着一台米黄色的电话机。刘少余揭下盖住电话机的罩布，抖抖，瞟了一眼期待地看着自己的众人，从嘴里发出"哧"的一声。墙上贴着一张通讯录，刘少余的手指在上边移动，定在"法制科"那儿。他一个个地捺号码，捺好，对着话筒说："法制科吗？我免贵姓刘，刘少余。杨科长在吗？在的话叫他过来接电话。"然后张开嘴在那儿等，手上还抓着核桃玩。少顷，从话筒里传来对方的声音。刘少余把情况简要复述，问对方应当如何处理。"这种事总不可能不处理，对吧？"

刘说。然后两下无话，众人判断这会儿杨科长正搁下话筒，走向文件柜，扫视书脊，然后拉开玻璃，抽出其中贴满小便签条的一本，蘸着口水翻动。很快从话筒里传来声音，杨科长建议各位股东按照公安机关查找疑似被侵害失踪人员的相关规定，到刑侦大队申请立案，依据是人员携带大量财物失踪，且在失踪前与他人有重大矛盾纠纷。刘少余又拨打刑侦大队电话，刑侦大队指引他们去大队报案。当日，大队值班领导是教导员，他指定分别在市区中队和技术中队实习的两名警院学生处理报案，有事向市区中队民警高晓强请示汇报。高晓强以前是北片中队的副中队长，因犯错误被降职。

# 十六

两名实习生都是异地儿郎。一名叫陈敏，蓄平头，戴眼镜，眼小鼻短，皮肤黑黄，个子显矮，性格温顺，然而并不柔弱。真要是打架，两个人拿不下他。他是跑步爱好者，每天跑八至十公里，周末跑三十公里，但凡有马拉松比赛就设法去参加。因为跑步，其小腿肚鼓胀而结实，用手去抓，和抓石头一样。在刑侦大队，民警因工作需要常穿便服，只有陈敏穿制服，并且戴警帽、打领带，有时还戴白手套。他总是在腋下夹一只黑色公文包，内藏材料纸、印泥和笔。从外表就能看出他做事比较拘谨，一板一眼。另一名叫秦彤，眉清目秀，唇红齿白，皮肤吹弹可破，然而思维和行动敏捷。相较于陈敏，他对打扮更为上心，有时甚至穿那种黑色、宽松的丝绸衬衣，衬衣上印制数只鼓翼飞翔的白鹤。其人爱笑，爱去体育场看球赛。陈敏每做一件事前，都会隆重地问："秦彤，你怎么看？"

我们红乌股东一共有三十人到刑侦大队报案，后在高晓强建议下，精减为五人，以吴胜火为首。陈敏、秦彤在大队会议室接待他们。陈敏、秦彤要求他们出具唐南生的有效身份证明。"兀哪里有哩？"吴胜火说。在我们红乌方言里，"兀"是助词，用于句首，无义，和《诗经》里"维以不永伤"的"维"近似。

"我们只是问一下。"陈敏、秦彤说，然后在笔录上记下：报案人无法出具证明。他们又问："你们是否在其他地方报过案？"

"没有。"吴胜火答。

"我们也只是问一下。"

接着，陈敏、秦彤又问："唐南生失踪前是否与他人有重大矛盾纠纷？有没有人说过要找他报仇、杀了他之类的话？"

吴胜火等人说："这倒是没有。人生气倒是有的。"

又问："有谁生气？"

他们答："个个都生气。你说他欠人那么多钱，被欠的还不能生气？说起来我们真是倒霉，摊上这么一个老板。我们烧香拜佛求他还活着，他活着就还能还钱。真要死了，我们什么指望都没了。"

之后，两名年轻人骑电瓶车到红叶宾馆，举起相机，眯着一只眼，对着唐的住房进行各个角度的拍摄，然后掏出镊子夹走唐留在枕巾上的碎发，并取走唐留下的指纹、掌纹。他们还扣押唐的手机、衣服、牙具等所留物品。他们开列清单，要曹姨作为见证人签字。曹姨急得汗如雨下。两人只好作罢。两人锁上房间，贴上封条。曹姨见此，脸色惨白，不停地跺足。秦彤问为何，曹姨说自己损失太大，一则这间房再也不能用于住宿，二则其他房客看见这间房门上贴着封条肯定害怕，别的房间也不敢去住。秦彤问房费一个月多少，曹姨说六百。秦彤让她掏出手机，用微信转过去六百元。

"以后呢？"她说。

"以后的事以后再说。"秦彤说。

"那别的房间呢？别人看了封条还敢住别的房间吗？"她说。

"你或许可以整块帘子盖住封条。"秦彤说。

如此曹姨才作罢。

就如何查找唐南生的下落，高晓强拟定"四三三"方案，让两名实习生逐项去做。"四"，即从人际往来、交通出行、财产处置、通信记录四个方面来查找唐南生失踪前后的活动情况。"三"，即从本市110、派出所接处警记录中比对查询，从周边地区新出现的绑架、杀人等犯罪案件中比对查询，从"全国未知名尸体信息管理系统"和"全国公安机关DNA数据库"中比对查询。另一个"三"，即向报案人、唐南生家属及其他关系人调查唐南生情况，制作询问笔录。

这样的方案，条理分明，对两名实习生而言是一次很好的锻炼机会。它不但有助于两人熟悉工作流程，而且也能快速培养他们和各种人打交道的能力，比如处理事情找谁批准、找哪个级别批准，去车站、电信这样的机构调查时和哪个部门对接，来往公函应如何写。甚至致谢时是敬礼还是鞠躬，询问的口气是软还是硬，事先都要考虑好。

也正是通过这次调查，唐南生是台东人的说法被澄清。实际他是福建省莆田市仙游县赖店镇留仙村十一组人，原名唐锣生，别名唐伟俊。其妻患结核病早逝，未曾生育子女。其家常年无人居住。前几年台风，老宅浸泡水中，自行瓦解、倒塌。

不过收获一时也就这么多。两人准备向高晓强请示，去调看视频监控。正当此时，以吴胜火为首的我们红乌股东前来献言，说现在探头这么多，何不去瞧一下呢？可谓不谋而合。高晓强说："我何尝不知道要去看监控。看监控已经成为我们公安机关最重要的破案手段。我们只要开展侦查工作，首先想到的就是调看监控，甚至可以说是'本能地就想到'。它在追溯犯罪嫌疑人的行为和搜集犯罪证据方面，有着不可替代的优势。它神奇到什么程度呢？好比它是一只盒子，你只要揭开，就一定能发现里边有自己想要的东西。我们在第一帧画面看不到的东西，在第二帧会看到。在第二帧看不到，在第三帧也会看到。只要我们想看，就总会看到。无非看累了，多滴几滴眼药水。我记得有一阵子，我眼睛都看得充血。我听说，在很多地方，技术已经发展到这一步：监控系统已经不再是对事物进行被动地感知，而是像人脑一样，可以主动地去认识、分析。换句话说，已经用不着我们用肉眼去察看。遇有可疑处，它就自动示警。我们红乌也快了。也许你们实习没结束，我们的技术就到达这一步了。在这种情况下，感到沮丧的除开犯罪分子，还有我们刑警。刑警不再是侦查活动的主导，而可能只是监控系统一个可有可无的帮手。刑事侦查作为一项古老的、综合性的技艺，正面临失传的危险。你们学历比我高，见识比我多，我说的这些你们一定懂。"

　　"我们也只是接触一点点。"二人答道。

　　"你们知道这件事为什么直到今天还存在吗？"

　　"什么事？"

　　"就是去调查一个明显是跑路的人被侵害。这非常荒谬。你们知道这件事一直到今天还存在，是为什么吗？"

　　"不知道。"

"是我们不忍心拒绝刘老政委。你想，债户失踪，那不就是不想还钱吗？股东们应该去找'处非办'和经侦，可他们害怕在那边立案后，自己的钱没人还了。他们又不想让人家就这么不见了，因此想到来我们刑侦报案这一出，就说唐老板可能被侵害。你看人的心思是不是很微妙？这件事直到今天还存在，还因为荆教导把它当成一次演习，专门锻炼你们实习生。说说看，这些天你们都做了啥？"

两人将自己的调查经过一五一十汇报。高晓强一边听一边颔首，说"好""不错""孺子可教"。然后他思虑再没别的什么要锻炼他们了，就说："现在你们可以去调看视频监控了。"他说："我的本意不是不让你们看视频监控。今后你们办案切记还是先看监控。我只是想交代，你们千万不要因为有了监控，就丢掉其他侦查技能。你们得有一技之长，否则就容易被替代。看监控是连小学生都会的事。我说得对吗？"

"您说得对极了。"二人说。

"乖，去吧。"高晓强说。

# 十七

我们红乌共架设监控探头五千台，分布在大街小巷、重要路口、学校商场、机关单位以及居民小区。监控点还在逐年增加。可以说在悄然间布下天罗地网。在红乌市区主干道，红绿灯一般安装在长臂灯杆上，有一天，人们发现，歇足于灯杆上的不再是一排麻雀，而是望向各处的摄像机。陈、秦二人去市局指挥中心查看监控材料前，好生做了功课。他们翻看、分析询问材料，并重新走访关键知情人，初步确定唐南生失踪于二〇一九年九月十三日夜，具体消失于肯德基至红叶宾馆的一段返程路。那么，去查找相关路段当天及之后几天的监控视频就好。这就好比在进行手术或尸体解剖前，先在肉体上比画，找准下刀的地方。

除开应酬，唐南生一天三餐都在肯德基快餐店解决。他每次都是从永修路的红叶宾馆出发，西行至环岛，然后沿人民北路南下，经过两个红绿灯，到达开在原市区中心的肯德基。西行的一段距离是四百米，南下的一段距离是一千五百米。加起来是一千九百米。一天往返共六次，合计十一点四千米，对应手机里统计的步数约是两万步。唐南生将它理解为一种旨意，每天虔诚且甜蜜地去执行它，甚少违反。我的感觉是他虚无而疲乏的生活需要填入一副合金骨架，填入能让他感受到活着的东西。当然这只是我的臆测。肯德基是唯一到我们红乌落户的国际著名餐饮连锁品牌。开业之日，顾客队伍排到店外四百米处。一些原有的快餐品牌如 KBC、麦肯基，有如李鬼见李逵，羞愧难当，无脸见人，拉上卷帘门歇业了。我们红乌人对肯德基的感情很深，虽然它招聘的员工都是本地人，我们还是常对他们竖大拇指，说："你们干得好。"我们都知道，像星巴克、麦当劳、哈根达斯、赛百味这样的品牌是不来的，就是来了也会摇头走掉。只有肯德基不单来了，还租下整整两层楼。我们像是被封锁的国家，看见一位体面的朋友穿越迷雾，前来和自己建交。阳光每天穿过洁净的玻璃窗，照射到肯德基米黄色的餐桌上。我们红乌人举家出动，来到这过去只有在电影里才能看见的地方。那些小孩定睛，抓着汉堡、鸡腿认真地吃，仿佛他们的胃天生就为这些垃圾食品准备。大人也忘记几千年饮食传统对自己的约束，变成"中西餐并重"的杂食者。肯德基外的十字路口原先是市区中心，曾有交警在路心岗亭值勤。在肯德基东边、和肯德基隔一条马路的是几代人的购物中心：百货大楼。仍然存在的柜台代表着森严的等级秩序。曾经，柜台里的人面无表情，高高在上，柜台外的人翻出辛苦一年赚来的一点钱，看着它被全部拿走。我听说当初有人为了能进柜台内工作，而向竞争者下毒。现在它早已失去往日的繁荣，就是照进来的阳光，也比别的地方晦暗。可是人们只要望见它，就像望见弃用的断头台，心中仍会感觉悚然。在物资匮乏的年代，是百货大楼集中了几乎全部物资，好让我们白白看着，数落自己的贫穷。肯德基斜对面是农行储蓄所，我记得储蓄所后曾有一幢四层的农行职工宿舍楼，墙体刷成青色。大约二十年前，宿舍楼被拆除，现在出现在它位置上的是一家酒楼。我记得我这一生第一次喜欢上的女孩，就住在那青色的宿舍楼里。我没有得到她任何眷顾，哪怕是一次礼节性的握手。在我脑海里，她是那么神秘、深奥、难以捉摸，她说的每句话都值得详加分析。我认为她配得上我这么爱她。直到互联网来了。在互联网时代，她即使没有说什么，但她选择过什么、关注过什么、对什么点过赞，还是无情地暴露出来。她的思想、见识、趣味，以及骨子和本能里的东西，被泄露一空。她变得太清楚。我为自己曾喜欢这样一个人感到费解和难忍。唐南生把肯德基的菜品挨个儿吃完，他最喜欢搭配一杯冰镇可乐。他一边用餐，一边摆弄两台手机。有时他会来到门前台阶，坐下，看像大规模迁徙的鱼群一样打马路经过的骑电瓶车的中学生。有时他会对落单者说："小女生，我跟你讲，你知道你有多漂亮吗？"她们在经过时会看他。她们心里的话是那么明显。她们边看边用眼神示意同伴，似乎在说："快瞧，这里有一个台湾佬呢。"

我们红鸟探头的架设规律是越靠近市中心，架设越密。

陈敏、秦彤二人踏勘发现，在肯德基周边，直径二十米的区域内，架设有三十余台探头。北上一千米，平均五十米架设有一台探头。再北上五百米，平均一百米架设一台探头。永修路总长六百六十米，架设五台探头。其中一台呈半球状，架设在通往人民公园东北门的岔路路口，监控距离不足十米，主要为监控进出公园人员，可忽略不计。另外四台为枪式摄像机，分别架设在距离环岛零米、二百六十米、四百六十米、六百六十米处（我们不妨将之称为 A 机位、B 机位、C 机位、D 机位，除 A 机位镜头朝东，B、C、D 机位镜头均朝西）。这款枪式摄像机最远监控距离为六十米，因此整条永修路留下三段长度均为一百四十米的监控盲区，分别处在 A、B 机位之间，B、C 机位之间，C、D 机位之间。大致情况如下：

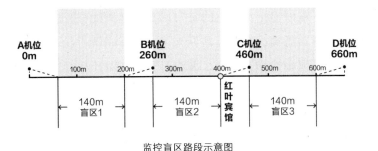

监控盲区路段示意图

相信在不久的将来，这些盲区会被消灭。制造和铺设摄像头的成本越来越低，没有什么能阻止它们去扩张繁衍。它们繁衍起来就像城南荒地上的荆豆一样迅猛。但就目前而言，我们红鸟摄像头的安装仍然受二〇〇九年和二〇一七年两次政府拨款的限制。拨款多少，采购到的探头就有多少。有限的探头被优先安装在重要场所，像永修路这样案发率低的偏远路段，分配到四台已属不易。安装前，市公安局指挥中心的民警数次前来踏勘，进行测算，充分考虑了"点和线""点和面"之间的关系。可以说，将监控点设立在这四个地方，符合"布局经济合理、监控效率最大化"的预期。如果通过监控观测一辆奔行在永修路的汽车，那么每隔一会儿，我们就看见它消失一下，然后又重新出现。这就像是骑自行车的少年，穿过别墅群那边的马路。我们透过别墅之间的缝隙看他时，他是出现一会儿、消失一会儿、再出现一会儿。我们据此也能完整复原他的行为。

这是陈敏、秦彤二人第一次调看监控视频。他们找到九月十三日永修路 B 机位的监控视频，在下午四时往后一点的时间，发现唐南生背着牛皮书包往环岛方向走。他是那么好辨认啊，因为他身高只有一米五〇，并且一条腿略长一条腿略短，因而走路一高一低。还有，即使是在画质不很清晰的监控画面上，人们也能看出他身上所散发出的一股子自恋气息。我们常在一些面部浮肿、长相丑陋的中老年男人那儿看见这种自恋。唐南生往前走时，总觉得身后每个人都在驻足或回头看自己、欣赏自己、啧啧称赞自己。他将两手插入裤兜，不时甩动顶上的一小绺头发。他的背上仿佛长了一千双毛茸茸的眼睛，在对着你不停闪动。啊，真是让人恶心坏了！接着，陈、秦二人在架设于环岛的 A 机位那儿，看见唐南生走来的景象。他们就要一个个机位地看下去时，指挥中心副主任王毅芳过来，抓住鼠标，连续点击数下。也就是到这时，陈敏、秦彤二人才知道，在高晓强那儿还只是展望或者说期待的人脸识别技术，市局指挥中心已经在使用了。他们想起学院教授反复说过的一句话："科技比我们的想象要快。当我们还在设想什么东西并且这种想象还没结束时，科技就已经将它呈现出来了。"王毅芳点击放大视频中唐南生的脸部，然后停在那儿。仅仅只是稍加等待，原本模糊的唐南生头像变得异常清晰。

"是不是他？"王毅芳问。

"可不就是吗？"秦彤说。

王毅芳又点点鼠标，于是电脑自动对唐南生的眼角、鼻尖、鼻翼及嘴角等关键点进行定位、描述，依据这项数据，它到视频库里自动进行人脸比对，很快追溯出唐南生所有被监控到的行踪。陈敏、秦彤二人主要察看唐失踪前几小时的活动。他们看着唐一会儿从画面上端走到下端，一会儿从画面左侧走向右侧（或者相反）；一会儿从小变大，变得清晰，一会儿从大变小，变得模糊；一会儿从这帧画面消失，一会儿在那帧画面出现。唐南生花了一个小时才游荡到肯德基。傍晚六时一刻他走出肯德基，并在出门时和一人相撞。画面显示出此人特征为"男性、成人、短袖、长裤"。王毅芳说："如果你们想知道这人身份证号码是多少、亲属是谁，分分钟就能查出。"唐南生和那人不肯相让。那人将唐推回至餐厅，自己走进去。唐再度出门时，回头看着里面，满腹闷气，喋喋不休。王毅芳说："如果你们想听清他骂了些什么，那也是能办到的。"而后，唐在肯德基前的台阶上坐下来，他一边单手握住胯裆，一边不由自主地看向过往的女人。如果女人是骑电瓶车飞驰而去，他的脑袋像是受惊一样猛转过去。如果女人是走路，他转头的速度也会放慢，一直目送她们消失。他伸直两条短臂，大张开嘴，狠打了几个哈欠。然后，在傍晚六时三刻，他起身北上，向红叶宾馆的方向走去。人民北路是一条坡道，沿它北上，容易吃累。唐南生走走停停。马路西面开着一溜内衣店、蛋糕店、咖啡店、珠宝店，相对时尚。东面房子破旧，开着手机卖场、烟店、小吃店、成人用品店。唐南生自然是掀开门帘，进成人用品店去了。中途他举着一个粉色的倒模出来，就着光看，还尝试掰开它双腿，然后又送回去。再度出来后，他拍打着双手，明显是什么也没买。成人用品店上方是一家小规模的家电城，门口摞放着一堆液晶电视，正在放《维密秀》。唐南生眼睛一眨不眨地看着。少顷，他往上走，看见鑫宇形象设计的员工统一着装，在门前站成一排，接受店长的训话。这次训话似乎是因为有一名员工在店外抽烟。"我不是说不允许你们抽烟，而是你抽烟能不能死远一些抽，能不能脱下制服抽？你知道人设对我们生意、对我们事业、对我们实现'五个一'目标的重要性吗？我们的人设难道是松松垮垮地站在店门外，把烟往嘴里送，抽一大口吗？"店长说。然后他问一句，那些员工就集体答一句，要么是"好"，要么是"不能"。唐南生继续北上，这里是公交公司。已经下班的师傅就着门口的石墩六个人一伙地甩纸牌，旁边是送来的若干份快餐，用一只大薄膜袋子装着，袋口扎紧。唐南生踮着脚看一个人手里抓的牌，那人看他在看，将展开的牌合拢。不过唐南生还是饶有兴致地将这一局看完。似乎是有人邀请他来顶替自己，他伸出一只手，摇摇，说不会。"这一块的监控显示真清楚啊，连打牌人嘴里的一颗银牙都照出来了。"秦彤说。再往上，过红绿灯，就是原政府大楼。政府搬去城东后，大楼让给公安局。我曾经在公安局上班，也曾在政府上班。后来我辞职去了外地。唐南生在陈敏、秦彤目光的紧盯下，继续浑然不知地朝北行走。过了第二个红绿灯就是人民公园南门。人民公园占地三百二十亩。人民北路的北段和永修路紧贴它的西面和北面。人民公园的南门前，有一块两个篮球场大的广场，时有老妇人结伴在此跳舞。这一天也不例外。通过视频画面，陈、秦二人发现唐在广场边的石凳上端坐良久，后来弯腰，让双肘抵在大腿上，又用双手抱住低下的头。他似乎在经历一阵巨大的病痛，兴许是胃痉挛，总之能看见他的上身在颤晃，特别是背部。在他面前，滴下一摊水。不久他们知道，唐南生那一滴接一滴往下滴的并不是汗，而是眼泪。他也不是身体不好，而是悲伤。这简直是奇迹般的发现，此前可从没人看见这样一个无耻之徒哭啊。他哭泣的时间特别长。那哭泣的水箱干了，又添进来新的一箱。那些跳舞的老妇人表情麻木，专注于自身肢体的动作，对此一无所知。唐南生边哭边拉扯头上的头发，他口袋里全是从肯德基顺来的纸巾。他展开纸巾擦拭鼻涕和眼泪，然后将它们揉成团。地上到处是他扔下的纸团。走上马路后，他一次次将双手朝两旁的空气插去，脸上还在哭泣。这时有人看见他哭了。通过监控视频，陈敏、秦彤发现，有一辆密封式三轮车和唐南生相向而行。唐南生在马路东边走，三轮车在马路西边走。接近时，三轮车驾驶员扒开塑料车窗，探出头观看。其间，车辆并未减速，但轮子向唐南生这边拐过来不少，似乎是为了凑近看清楚一点。而后，三轮车加速，扬长而去。在人民北路的北段，路西是废弃的钢管厂宿舍，路东是公园围墙，五百米的路程，摄像头的架设开始稀疏。这里应该有五段各长四十米的盲区，其中第三段被博物馆自装的摄像头拍摄到，因此只剩四段。陈敏、秦彤看见唐南生拖着他被路灯照射出来的影子，一次次出现在镜头里，一次次消失在盲区。直到他来到环岛。在环岛他已经完全正常，既不看路上的行人，也不哭泣，而只是专心于如何走回红叶宾馆。永修路上的A机位和B机位捕捉到他东行的踪迹。但是在经过B机位，走入那段长达一百四十米的盲区后，他就再也没有出现。C机位一直没有拍摄到他到达红叶宾馆。这时是九月十三日晚八时零四分，从这时起他失踪了，也可以说"不翼而飞"。

# 十八

唐南生消失于永修路上第二段监控盲区。盲区内，路南有住户二十六户，路北有二十五户。路北之所以少一户，是因为要留下一条巷道，便于车辆通行至附近的裕丰村。陈敏、秦彤二人认为，九月十三日晚，唐南生无论是主动还是被动失踪，只能通过以下途径：

1. 从巷道离开。

2. 进入永修路五十一户人家中的某一户。

3. 搭乘路过的交通工具（网约车、公交车、私家车）离开。

以吴胜火为首的我们红乌股东具有丰富的想象力，他们认为不能排除唐南生搭热气球逃走及被化尸水处理掉的可能性。我记得很清楚，就在两名身高相仿的预备警察走进永修路的同时，寒冷的天气跟着降临。天空压得很低，雪花在风的吹动下到处飞舞。沉甸甸的落叶堆在沟渠旁。地面变得湿滑，车辆一辆辆奔行过去，各种款式的轮子卷起地上黑色的泥水。似乎在上周，人们还穿短袖上衣，本周就不得不穿上秋衣秋裤、羽绒服，围上围巾。夏天它消失得比爱情还快，而冬天一旦来临就坐稳它的江山。我想起自己离开红乌，就是源于对枯燥无聊的工作和湿冷天气的双重厌恶。北方的干冷是可以抵御，是可以好好相处的，南方的湿冷却不能。南方没有暖气，室内的水泥地总是渗水，比室外还冷。人穿的贴身衣服过了一会儿就湿透，沾在脊背上。人被逼得没有地方可去，宁可抱着烧红的铜柱把自己烧死，也不愿意待在寒冷刺骨的世上苟延残喘。我记得就是在这样的天气中，我和兄弟被迫走向路边，解下龙马运输车冰冷的车厢挡板，拆开绳索并将它从扣眼里抽出来，掀开青色苫布，将从外地批发来的货物搬进仓库。我们家做了几十年的小生意，一家人活下来全仰赖于此。现在只要看见运输车我就恶心，这种恶心甚至波及蓝色这种颜色，因为当初所有龙马运输车的车厢都刷着这种颜色的车漆。甚至听到这种车鸣笛，我也会冷得哆嗦。一听到，我就想到自己要张开皲裂或长着冻疮的手，去提捆扎在纸箱上的打包带，让它的边缘像刀一样割进指肉里。利润是如此的少，如此可怜，人还得在这样的天气出来劳动，累得半死。父亲的脸和冬天一样冰冷、没有表情，只有简单的命令和无可挽回的裁决。想让他过来搂住你、安慰你，做梦吧。一切所见全是彻骨的冰冷。树枝是冷的，桥是冷的，枯草是冷的，水洼是冷的，甚至在店铺和餐馆帮忙的女孩也是冷的，因为没文化。没有文化就没有愉悦，只有负担。河里边没有水。依据一动不动的电线杆，我们知道该死的柳条在飘拂。我还记得一位养老院的老人不慎滚下床后，冻成冰柱。火化的时候，人们要用铁锹先把冰敲碎。

我看着两名预备警察，仪式感十足，按照"南一家北一家"的次序，一家一户地进行搜查。从盲区西头一路搜向东头。我赌他们手里没有搜查证，后来被证实果然如此。逐户搜查是两人的意志，他们需要通过这种方式体现自己对人生经手的第一起"案件"的重视。没有人给他们别的机会。我们常在一些球队替补队员那儿看见这种郑重其事。哪怕只是给这名队员几分钟的出场时间，他也会把事情的程序做足，把它产生的可能性都实践掉。哪怕教练本意只是想换他上去消耗一些时间。我们红乌市公安局刑侦大队领导的想法也是这样，只是出动两名实习生来搪塞那些更江南股东。要是有人质疑，领导会说："他们就不是警察吗？还考上研究生了呢，比我们所有人学历都高。"领导不会批准他们去搜查，也不会阻止。领导不会说"你们去做做样子吧"。面对他们高涨的热情，领导只是强调："切记不要惹出事来。"因此，我赌他们拿了一张过期的或是空白的搜查证，在入户前以闪电般的速度取出来又放回公文包，表示已经向户主出示过。神态不失自然。前边交代过，永修路过去叫农商路，是农民进城买房的地方。因此，这里的住户文化水平普遍不高，对法律程序了解更少。你就是不出示搜查证，他们也不会觉得有什么问题。陈敏、秦彤就这样一户户地进去，东寻西觅，翻箱倒箧。席梦思床垫都推起来，怕床下藏尸。家里还有未填封的水井的，须拿长杆捅向井底，看有无异物。后来他们还游说在警犬中队实习的同学牵来一条四腿棕黄、前额发黑、背部滚烫发热的德国狼犬。狼犬进门后找到楼梯，一跃而上，把每个房间跑遍，然后快速回到楼下驯犬员跟前，摇晃尾巴，应该是等待后者计时，给它奖赏。挺吓人的。陈敏、秦彤二人一直没有搜到唐南生失踪的证据和痕迹。他们搜到一家时，有几名街坊正聚拢在客厅带孩子。陈、秦二人忙时，她们欲言又止。等两人要走，她们中的一人轻轻捉住他们的衣裳。

"有什么事吗？"陈敏、秦彤问。

那妇人低下头正要放弃陈述，旁边有人推她胳膊。于是她鼓足勇气，举起左手，让拇指和食指的指尖相连，构成一个圆圈，同时拿右手食指捅那个圈。

"啥意思啊你？"陈敏、秦彤说。

她领他们到窗前，指向对面某家，说唐老板可能和那家人有奸情，五十元一次。"冇那么贵哦。顶多三十一次。"旁边有人纠正。

"不过……"妇人说。

"不过什么？"陈敏、秦彤问。

"不过不要这么快就过去查，免得她知道是我说的。"她说。

陈敏、秦彤对视一眼，兵贵神速，出门骑上电瓶车往对面冲。还是依靠前轮撞上墙壁，车才停下来。他们嘭嘭嘭地拍打防盗门，大叫"有人吗"。而他们刚离开的那户人家已闭好门了，窗帘也拉上。家中在放的电视想必也关掉了。一名大马脸女人慌慌张张地打开门。她留着长波浪发型，给本来就大的眼睛画了眼线和眼影，使它们看起来有如牛目，给丰厚的双唇也抹了鲜红的口红。她还可能隆了鼻子。这么冷的天，她微微敞着雪白的胸口。可以说，为了使自己变得富有吸引力，她尽了力。可是这张脸给人的最大印象还是死气沉沉。

"说，你把唐老板藏哪儿去了？"陈敏、秦彤问。

女人听不懂，木然地看着他们。少顷，她坐向地面，又侧躺下去，然后不停蹬双腿。两名实习警官问："你这是咋啦？"

"哎呀，你们这样诬赖我，我要死了。"她说。

她越如此阻拦，陈、秦二人越觉得其中藏着猫儿腻。他们强行往里突，女人则紧抱住他们双腿。他们要想向前迈一步，就得拖动一次她长而丰腴的身体。永修路的街坊多半围过去看，觉得事情就要水落石出啦。后来陈、秦二人依靠居委会帮忙，才得以对女士的住所进行搜查。女士情绪平复后，也对她进行了问话。结论让人扫兴。她和唐南生没有任何瓜葛，她甚至没听说过唐，也不知道更江南。房里挂满她糟糕的油画和诗作。她作为一名文艺青年的身份被暴露了。这就是她羞耻的根源。不久，在我打点行李返京时，我听说她搬去邻县。她家防盗门上多拴了一道链条锁。她跑得就有那么快。我仿佛看见她在逃亡时双手捂着脸，自言自语："好了，叫你不嫁人，叫你不上班。"

妈妈给我编织了一对毛线手套。那些天，我戴着手套，交替让双腿落向地面，站在永修路三十号的家门口，看两名九零后警官像蚕食桑叶一样，稳定而有效率地对盲区内的人家进行搜查。一路搜向我们家。灰白色的马路使用多年，还算平整。有一段路面——大概有一米长——微微拱起，汽车经过时难免会颠簸一下。不过并不碍事。有几次我发现，骑电动三轮车经过的师傅，眼睛是闭着的。这说明他们在利用这一段好而平坦的路面打盹儿。有时车一辆接一辆地奔行过去，有时一辆车也看不见，光秃秃的马路上只有穿橘色马甲的清洁工在扫地。我看着两名警官走到我跟前。他们个儿一样高，不过一个黑、一个白，一个粗糙、一个英俊。我一开始还以为是一男一女两名警察过来。这种错觉保留了很长时间。我自打看见秦彤，眼睛就再也没办法摆脱他。我们的距离是如此近。我们对视着。我看见他微微张开嘴唇，露出一半雪白的上牙齿。这是一种中间状态。很明显他不急着说话，但又不想抿紧嘴，使人感觉生分。他有一双有光的眼睛。他将眼神微微上抬，半是恭敬半是渴望地看着我。我感受到他对我的信任，这是一个人对上级或耶稣的近乎虔诚的信任。他的脸小巧，皮肤细润如玉，原本弧形的眉毛被修得又黑又直。在他左下眼睑的中心有一颗非常小的痣，这颗痣和散布在脸颊外侧的另两颗同样小的痣处在一条直线上。我甚至能看见第一颗痣与第二颗痣之间的距离，恰好是第二颗痣与第三颗痣之间的距离的一半。在他雪白的脖子上挂着一条带着淡青色小圆坠子的项链（有那么一刻，我想我要是这颗坠子就好了）。我们就像有着多年亲密的情谊，如今的见面不过是这种持续的交往中自然而然的一部分。我们这样不知羞耻地对视时，陈敏轻轻碰了他的伙伴一下。秦彤根本不理他。直到我听见自己作为中年男人的吞痰声。我低下头，躲开他火辣辣的目光。我为自己感到羞耻。我刚才的失神，一切所作所为，从客观角度讲，就是一名中年男性对年轻女子表露出赤裸裸的馋，色心不死。让我更感羞耻的是对方恰在这时开口。他一开口我就知道他是男性。我醒悟过来，这个世界已经不再阴森而单一，"男女两性的性别差异在逐步缩小"，男性出现女性化的倾向，正如女性出现男性化的倾向。

"不像。"秦彤摇摇头，说。

"我说了不像的。"陈敏对他说。

"什么不像？"我问。

"我看你丫很久了，不像是什么杀人藏尸的罪犯。"

他这样说时，还大力拍打我的左臂，对我表示安慰。我稍微推算了一下，他应该出生在一九九四年。我没有告诉他，我就是在一九九四年考上他现在所读的警察学院的前身：省公安专科学校。我也没有告诉他，自己做过几年警察。我看着他用拇指巧妙地盖住搜查证上的日期，拿着那张纸在我面前晃晃。我什么也没说，给他们推开门。

他们后来还去调查九月十三日晚在永修路上经过的车辆。直到结束实习，离开我们红乌，他们也没找到唐南生的一根毛。我们红乌的股东亦多次自发去找唐南生，均无功而返。


# 十九


我想重申，我之所以对事情知悉得如此详细，并非我去做过什么调查，而是主动来找我讲述的人太多。这些信息源包括身为更江南股东的亲友，也包括我在公安局工作时的同事。我这次回来待的时间很长。最初，当我醒来时，我需要经过好一阵子的思考和判定，才能知道自己身在何处。有几次我的视线会朝着门相反的方向去寻找门。后来我就熟悉了故乡，包括熟悉这些像空气和风一样无处不在的关于更江南的消息。不过，我知道唐南生被找到，还是在离开之后。

揭开秘密盖子的人叫潘洹夫。

潘洹夫我认识，他常穿一件易被误认为是中山装的蓝色呢子大衣，嘴角含半根积满烟灰的香烟。两根湿漉漉并且粗大的鼻毛从鼻孔伸出来，越过浓密的小胡子，直抵上唇。头发呢，像一把硬刷子。潘洹夫有则事迹我们红乌人都知道，就是三年内五次到派出所申请改名，最终获得批准两次。他原来叫潘锋，后改名潘峰、潘达、潘瀚公、潘洹夫。潘洹夫毕业于地区学院文传学院，在乡下教书若干年后，考上市科技局公务员。据说他为此复习将近一年，可仅到科技局上班三个月他就挂冠而去。第一个月他表现出烦躁，说所在办公室同事，一无理想二无道德三无价值观，自己置身其中，未免虚度年华。第二个月他诉苦，每日在此弯腰行礼，屈身于人，把自己弄得一点骨气也没有，简直是庸俗极了。第三个月仿佛是为了给这样的想法来一锤子，他抓起办公桌上的瓷杯砸向地面，说："我情愿去做生意，过得造孽一些，也好过待在这里。"然则他生意做得也并不顺心。那些员工说他去超市，就是对货物有仇，要逐一加以审判。食品添加不必要的色素，下架；蛋糕含反式脂肪酸，吃了不能消化，下架；不能排除农用化学物质污染的，下架；未标明是否转基因的，下架。后来他知识增加，认为转基因其实比非转基因好，又把那些强调非转基因的货物下架。他搜集整理有问题的企业名单，贴在超市公告栏上。但顾客并不因此就买账，他们反而埋怨他定价太高，要向物价局举报。他入股美容美发店也是这样，反感向顾客销售会员卡。后来他因为想法得不到其他股东支持而退股。

　　我和潘洄夫有过一两次短暂接触，都是市文广新旅局吴宝笙带他来，探讨写作上的事。我看出此人喜欢对人交心，热爱公平、正义；相应的是，一旦察觉自己和他人言行存在瑕疵，也必深恶而痛绝之，认为"一个人不能这样不得体"。最近一段时间，我喜欢在和人相处时赞扬对方。我打好腹稿，准备称赞潘洄夫是"新时代的匕首、投枪和斗士"。谁料他自己先说："要说啊，我吃亏就吃亏在自己是新时代的匕首、投枪和斗士。"我很庆幸彼此相谈甚欢。说实在的，一旦出现分歧，我还不知道如何收场。在处置唐南生一事中起主导作用的王池深，和我一样，看出潘洄夫有不可托付、不可共事的地方。王池深他们那天约定九人聚议。他们戴口罩、帽子，或用围巾遮挡嘴巴，从三个不同入口走进原刀剪厂老楼。在那里，二楼会议室窗帘紧闭。来者手机被要求关机，统一保管在多屉柜的一格。现场清点人数，多出一人，潘洄夫就是那多出来的第十人。当时甲认为是乙将他带来的，乙认为是丙将他带来的，没有人深究。说起来潘洄夫也是受害者，这次为投资更江南还出售了一套房产。议事前，王池深关灯，打开手机照相机，在房间内转圈，看屏幕上是否有红点。根据一种说法，如果屏幕上出现红点，就说明这里装着针孔摄像头。王池深在阐述自己的计划时，一边扶镜腿，一边握大头笔在白板上画示意图。几乎在画好的同时，他又将它擦掉。大家或双手交叉抱臂或单手支颐，坐着，微微凝眉，陷入思索。只有潘洄夫又是击掌又是拍打桌子，表现兴奋。他拍桌子也不是猛拍一下，而是像乐章进入高潮乐手拍打鼓面那样又急又快，几乎是没有休止地拍。他拍够了，绷直身子凑向王池深，向后者递出一个大大的拇指。王池深就是在这时看见自己的灭亡的。之前他不是没想过被逮捕，只是这样的事实像死亡一样遥远而抽象。人在好好活着时，谁会想到死呢，尽管从古到今还没有人能免于死亡。现在，就在这一刻，就在潘洹夫用熠熠放光的眼睛看向他时，他看见自己那很快就会实现、几乎无法逃避的结局。他看见几十名警察簇拥着两名警察，两名警察抄起他双臂，在咔嚓作响的照相机拍摄下，将他押进死牢。只要他一启动这计划，他就难逃一死。他的心像被猛划一刀，难以忍受的痛苦攫紧他，令他不得不低下头，闭紧双眼。他若是把唐南生送上西天，自己也就得跟着上西天。

王池深站着发呆，任内心充满后悔和责怪的情绪。片刻后，他开始向大家（其实是向潘洹夫一人）表露态度，他才不会实施这一计划呢。在确信白板上一个字也没留下后，他快步走向门边，摁熄所有的灯，说："你们以为我真的想弄死他啊？我只是气不过罢了。我从小就知法懂法，遵纪守法。"少顷他又补充，"这事也就说说，出出气，谁还敢真干哪？"

"有什么不敢的，怕么事？"有人问。

"要干你去干，我可不干。"王池深说。

"好玩！是你叫我们来干的，你现在又不想干了，你是什么意思？"那人说。

王池深没有回答，他拉开抽屉，取走自己的手机，又拉开门扬长而去。大家在昏暗的光线中推推搡搡，低声骂娘，挤向抽屉那儿翻找手机，然后作鸟兽散。今后，每当王池深想重启这一计划时，就会想及潘洹夫那近乎诅咒、过为不祥的眼神，因而一而再再而三地推迟它。那些和他志同道合、一门心思要弄死唐南生的人对此有双重不解。一、潘洹夫也是投资受损失的股东，实在看不出他会有什么理由同情唐南生。二、从聚议那天潘洹夫的肢体语言及眼神里，大家看见的是他对行动的绝对支持。支持到什么程度呢？支持到手舞足蹈，拍桌子时还双足离地，往上跳。

"为什么你会觉得这样的人会背叛我们呢？"他们问。

事情解释起来过为复杂，王池深选择不去解释，只说"你们听我的没错"。很多天以后，在他被捕，并且确认自己落网就是因为潘洱夫举报之后，他对那名他引为知音的讯问者说出自己忌惮潘洱夫的理由。"因为他热爱真理，"王池深说，"他热爱就会去支持。这种支持彻底而深入，很容易转化为行动。也就是说，一旦他认定什么事，就一定会为它做点什么。然后……你会，悲哀地发现，真理在他心中并非像磐石一样坚固，而是像气候一样始终在变。你懂吗？昨天他还支持的真理，今天就反对了。他转而去支持一个和昨天的真理完全是对着干的真理。他在两次的支持中投入的热情是一样的。也就是说，今天你看见他支持我们以私刑处死唐南生，明天又会看见他以同样的热情支持你们逮捕我们。哪怕这对他没有半点好处。这就是我害怕他的地方。"

王池深下定决心按原计划行事，是因为志同道合者不停地催促。一段时间以来，聚会商量如何处死唐南生，成为这些人生活的一部分，甚至可以说是最重要的一部分。有时他们不需要谁召集，到了点，就不约而同来到某处，从日升到日落地聊起来。他们开始聊的时候，自动接起上次结束时留下的议题。这次聊天结束以后，又为下次聚会预备新的议题。这使我想起烤火，新的一次烤火总是由刨出昨日掩在灰烬之中的炭火开始，到再为明日埋好接续的火种结束。在聊天中，懦弱的人因为处在集体中，胆量被释放出来。他们往往表现得比别人残忍十倍。为如何弄死唐南生并且装扮这具尸体，他们提出许多让人不安的建议，这些建议最终一一得到落实。在聚会的次数达到一定量后，他们中有人开始伏在桌面哭泣。这种屈辱的情绪感染大家，使大家对自己恨之入骨。"我们只是口号上的巨人，却是行动上的矮子啊！"哭泣者说。他说过之后，行动就没有拖延和迟缓的余地了。王池深能做的是带领大家举香，朝黑暗中的关公像鞠躬作揖，并且祈祷。他祈祷潘洹夫装聋作哑，少管闲事。另外他也庆幸，在具体实施行动的那一天，潘洹夫恰好去省里参加由一家医疗美容有限公司举办的"医商财富分享会"。

　　九月，当唐南生失踪的消息传出来时，潘洹夫站在路边，右手握拳，将拳头击向等候在半空的左掌，面露神秘之微笑。他让路人拍下自己这一拱手照，发到朋友圈，并配图说："探虎穴兮入蛟宫，仰天呼气兮成白虹。"仅仅几天后，同样在朋友圈，他又发出疑问："求教：以不公正的方式对待对自己不公正的人，就是公正吗？"你无法知道，这样的疑问出现，是一段时间持续思考的结果，还是灵感的火花刚刚冒出。你只能确定，自从它来了，就像最凶猛同时最具耐药性的癌细胞，就在他的思想之躯体上扎下根，再也不会离开了。它只会不可逆地变大、扩散，终至于不可收拾。就像王池深后来说的：眼瞧它从一滴水珠变成溪，从溪变成江，从江变成海，又从海变成大洋，或者从一颗卵变成鸡，从鸡变成鹅，从鹅变成猪，又从猪变成大象，你根本无法把这样的想法掰回来，在历史上还没有先例。"他妈绝对是个疯子。"王池深说。王池深在看见潘洹夫发出这样一条朋友圈消息后，汗如雨下，敏锐并悲哀地意识到，自己在自由社会的日子已经屈指可数。他想把潘洹夫也杀了，为此还绘制草图数张，对步骤进行设计。但最后他只是利用假证搭乘高铁，去了理论上能到达的最远站点，在那里隐姓埋名地生活。"然而这不过是自欺欺人。"后来王池深对民警说。

此后，几乎是每三天一条，潘洹夫在朋友圈发出自己对"私刑"这一方式的思考：

　　一问：你决定对一个人采取私刑，依据的裁量标准是什么？是国法（包括成文法和不成文法）、宗教的经文、《论语》、江湖规矩、行业规定，还是只是你自己的"良知"与"理性"？

　　二问：你为什么相信自己的"良知"和"理性"就是"良知"和"理性"？有谁（包括机构和人）为它背书？你有什么证据证明它不是"一时的冲动"或者"泛滥的兽性"？

　　三问：在实施私刑过程中，你如何做到只惩罚罪犯，而不夹带任何发泄兽性的私心？如果你自信能做到这种单纯惩罚，你又如何确保你的同志也会做到？如果别人质疑你是在发泄兽性，你能提供什么证据证明你不是？

　　四问：你得问自己一个问题——你是在惩恶扬善，为恢复社会的公正秩序而努力，还是"狂热于暴力和血腥本身"？如果答案是前者，你能"确保自己掌握好惩罚的度"吗？能做到不偏不倚吗？你具有这样的专业背景和技术条件吗？能充分讯问和询问当事人吗？能广泛、深入地取证吗？你会允许当事人聘请律师吗？你允许他为自己辩护吗？你能给他提供一个"看得见的诉讼程序"吗？你为审判配备了陪审团吗？你能把案子办成铁案吗？

　　五问：如果无法从技术和程序上保证私刑的公平，你又怎么能确信自己是在消除不公，而不是在制造新的不公呢？又怎能确信自己的行为是 $1-1=0$，而不是 $1+1=2$，也就是使原本只是一份的错变成两份错呢？

六问：如果你认为自己有权以自己的方式处置死者，那么死者的儿子同样也认为自己有权以自己的方式处死你。然后，你的儿子也认为自己有权以自己的方式处死死者的儿子。然后，死者的儿子的儿子也认为自己有权以自己的方式处死你的儿子。然后你的儿子的儿子也认为自己有权以自己的方式处死死者的儿子的儿子。如此冤冤相报，世代为仇，人类如何看得见出路？你会认为你所据有的是绝对正义，死者的儿子所据有的就不是吗？如果死者的儿子这么干了，你不支持你的儿子针对他也这么干吗？他们不但和你一样认为采取私刑是权利，简直还认为是责任和义务。

七问：为什么数个世纪以来没有一个政府承认个人有私刑的权利？你不觉得现代社会之所以还在有序地运行，基础之一就是我们每个人都在停止行使私刑的权利，将它让渡给了集体吗？这是基本的契约。我们中有谁敢动用这一封存的权利，都是对契约的凌驾和践踏，都是对他人为社会默默付出的伤害。

八问：如果我们不能保护自己厌恶的人免受私刑之害，也就不能保护自己和亲人免受同样的伤害。一千个人有一千种"良知"和"理性"。我们面对具体法律条文能够自信地生活，面对浮动、多变、那一千个人的"良知"和"理性"，却只能恐惧、担忧，不再具备任何安全感。

九问：为什么越是学历高的人越是视私刑为洪水猛兽，而越是文化水平低、受教育少的人越是迷信和崇拜这古老的裁量方式？我们衡量一个人是否进入现代社会，其重要标志不是他是否在使用肥皂、香水，而是他是否克服了私刑欲望。我们不能葬送一代代先人为我们搭建好的文明大厦。

他继续写：我为自己感到羞耻。
他又引用约翰·多恩的诗句：

> 无论谁死了，
> 都是我的一部分在死去，
> 因为我包含在人类这个概念里。
> 因此，
> 不要问丧钟为谁而鸣，
> 丧钟为你而鸣。

二〇一九年十二月三十一日二十三时五十分，在一阵强过一阵的焦虑感的催促下（据他自己说，就像是一阵又一阵的涟漪从手臂扩散到全身），他站起身，拨打110。一俟接通，他就说："怎么这么久才接电话呢？我得报警，唐南生被杀了。"接电话的是名姑娘，因为饱受报假警、报假案之苦，她一边说"请讲"，一边本能地提醒："谎报警情可是要被行政拘留的。"

"我怎么可能报假警呢？我知道唐南生老板被杀了。"潘洹夫说。

"你慢慢讲，他被杀了？在哪儿被杀了？"

"我不确定是在哪儿被杀的，但我知道杀他的都有谁。"

于是，潘把那天聚议的时间、地点，以及参与人员的姓名，详尽说出。其中一人叫孟祎，他强调"祎"是"示字旁加一个韦字"，而非人们常用来写他名字的"一二三四"的"一"。"你们找这些人一个个问，不会问不出来的。"潘洹夫说。挂电话后，因为感到禁锢自身的道德束缚已解，他来到窗边，看窗外正燃放的烟火，朝胸前不停挥动右拳，后来又撕去二〇一九年日历的最后一页。在去公安局刑侦大队录口供时，他对民警说："你不用保护我，你就跟他们说是我举报的，我承担得起。我的眼睛容不得任何沙粒，沙粒不取出来，我苟活何益？我若有一天为此事而死，也是死得光荣，死得其所。"

警方派出六队人马，将在红乌的六名犯罪嫌疑人抓获。另外三人有两人火速回来投案，一人尝试继续逃亡，虽然戴了防尘风帽和口罩，并且压低帽檐遮住眼睛，还是被外地警方很轻易地抓获。他们一个个股栗欲堕，汗流浃背。其中一人在警方还没有把他带到讯问地点讯问前，就已把杀人经过完完全全、详详细细地倒出来，使得同伙没有发挥之余地。


# 二十


永修路三十八号住着一对进城做早餐生意的年轻夫妻以及一双儿女。我对他们家有印象是因为他们房子面街的墙体没有装窗子，露着两个很大的洞口。他们买房时房子就是如此，他们可能还想把它出售。我们知道，一旦要卖房子了，花在房子上的装修款就全打水漂了。不过我记得他们在永修路住下至少也有七八年。在这七八年里，他们那发育很早、身材瘦长，同时脸色酡红的女儿，似乎从未停下奔跑的脚步。她整天和弟弟在马路和场基上，像狂蜂一样按"8"字形的轨迹追逐。总是她在前边跑，身量只有她一半的弟弟在后边追。总是她打他一下，或者只是做出打的手势，他就像感应机器人一样埋头追起来。我们在她的奔跑里看出真切的慌张（啊，她弟弟简直要吃了她），然后在意识到将对方落下太远后，又原地蹬跳，等待他接近。有时，她就是端一碗粥在门外吃，双腿也在持续不断地踏步。她的妈妈总是对那些被她冲撞得七零八乱的邻居说："唉，我真巴不得她被汽车撞死！"

我忘记她是叫张霞还是张丽。

我问母亲，母亲在电话那头说："我本来是知道的，要死呗，你这一问，我一下子记不起来了。"这名不知道是叫霞还是叫丽的姑娘，在她倒了大霉的这天上午，从永修路西头的环岛，铆足劲朝东边跑。她在来往奔行有如相向移动的"撞岩"的车辆的夹缝中穿行，反超了一辆无声无息奔驰的电动三轮车。后来她跑向路边。她拨开几乎是刺向她的枝梢，以跨栏姿势飞过数个中心积水的沙堆。有一次她提前伸出并拢的双手，在它们接触到共享单车座垫的同时，一推坐垫，将自己双腿摆到空中，从一侧翻越过去。人们看见奔跑的她脸上有两团小肉在上下晃动，辫子在脑后一蹦一跳。她张大嘴，像飞机将横幅拉出来并展开在空中那样，将要说的话扔向身后。"来啦，公安局的来啦！"她喊。她躲开一切危险，却几乎是在最平安的地方，像是被巨大的磁力吸附那样，扑向一辆从巷口缓缓驶出的小客车的侧面。"兀哪里叫作行驶呢，比乌龟爬行还慢。"司机逐一向人解释。有几人目击，不过他们婉拒司机要他们作证的恳求。他们都看见是她张大四肢，飞到车身去。她鼻子被撞平，一只眼睛又青又紫，难以睁开，一只手脱臼。有人怕她窒息，说要把她舌头拉直。司机就着自己的车，把她送往医院。

在她报信之后一刻钟左右，一辆轮胎有微波炉那么粗的特警防爆车、一辆福特福克斯警用轿车、三辆瑞风警用面包车、一辆法医用车、两辆施工车、两辆装满工人的大三轮车以及一台挖掘机，带着一股巡游或接受检阅的凝重，依次开进永修路，直到来到我们家附近才停下。一批辅警提着锥筒下来，以那棵看起来又长大不少的伞状的树为中心，设置一个面积大于一百四十平方米的警戒区。十五名警察、辅警背着双手，站在警戒区外沿。我在微信朋友圈和一些群里看见有超过三十人发布视频。有些人是站在人群外拍，他们高举双手，使镜头越过挤挤挨挨的前人。有些人是通过自家二楼的窗户往下拍。有一人是透过屋顶麻将房的窗子往下拍的，画面中出现自动洗牌的声音以及挖掘机那高举到空中的橙色长臂，不过后来证明这机器没发挥什么作用（也许它起的唯一作用是为不停赶来的围观者提供一个指路明灯）。拍摄者一边拍一边压低声量介绍，他们说的话以及采用的夸张语气几乎一样："快滴昂喏（快点喏），嗯搭都来壳哦喏（你们都来看喏），唐老板个尸要挖去来哦（唐老板的尸要挖出来哦）。"这些视频的碎片，组成一个全方位、多层次的整体，使我对这件就发生在我们家门前的事有了充分的了解。这一天，天气阴沉，根本找不到太阳在哪。建筑物像浸在乳白色湖面的座座岛屿或停泊的船只。不过，近处的能见度又出奇的好。每个出现在镜头里的人都像被特意抠过图，留下发亮的轮廓线。这其中包括长着卷毛的棕色小狗，镜头纤毫可辨地拍下它四条腿先后落向地面那勤勉而欢快的过程。因为寒冷，人们在镜头里咧开嘴，牙齿打战，搓手，或者将手插在袖子里。警戒区外的警察普遍穿着带毛领的警服。如果有人尝试往前跨上一步，他们就会将早已准备好的话说出来："看什么，有什么好看的？"一名似乎是带队者的警督拿起话筒大声说："肃静，肃静！"他这样喊并无必要，因为人声哪怕是异常嘈杂，也不会影响挖掘那有条不紊的进度。不过警告还是起了作用。在往地底下推进的电镐停止工作时，现场只是传来一些咳嗽声以及像是有很多老鼠在棉花地里穿行的窸窣声。那是人们默默往前挤时羽绒服擦来擦去的声音。围观的人很多踮着脚，也有人踩在砖头或找来的凳子上。人一共围了七层。在人民北路和永修路上，不时还有新听到消息的人骑电瓶车赶来。最里一圈的人获得观察的最佳视角，他们非常珍惜得来不易的机会，像抗洪救险的官兵那样，表情坚毅，组成一道坚不可摧的人墙。有一些卖水果、零食的在附近转悠，有人因此在这里吃上热乎乎的水豆腐。

在三台电镐的击荡之下，一块有我们家客厅那么大的地面——它就像一块打着黑色补丁的鸽灰色地毯——被分割为一块块碎片。红色的土基显现出来，四五名工人上前，高举锄头挖掘。锄刃挖进去后，他们借势扒拉一下，以使泥土变得更加松软。一会儿，他们暂时撤下，顶上来四五名持铁锹的工人，后者用脚踩住锹肩，使锹头没入地面，然后把这一铁锹的泥土铲出来，抛向一边。那棵长势喜人的伞状的树，被刨了出来。它被抬到三轮车上时，根部还紧紧抓着大量的泥土。考虑到挖出来的砾石及泥土可能含有证据，警方铺开聚乙烯彩条布将它们盖住。在今冬的第二场雪像撕碎的纸片从天空晃晃悠悠飘下来时，从现场传来消息。一名哑巴工人把铁锹往地上一插，指着某块地方向警察示意。"啊吧，啊吧。"他这样发音时看不出来有多激动，也看不出来有多不激动。警察循着哑巴坚定的食指所指的方向看过去，发现泥土里伸出了一根像是胡萝卜的手指。今后的挖掘工作改由法医及其学徒进行。几乎在人群想朝前挤上一步的同时，执勤的警察往外迈出一步，扩大警戒范围。法医对着现场拍照，然后和学徒推测出尸体在泥土中的位置，用石灰标记出。石灰线以外的仍用锄头挖掘，石灰线以内的则用小平铲来铲。一会儿，死者的胳膊显露出来。一会儿是鼓隆的肚皮。随着尸体暴露得越来越多，空气中开始弥漫一股惊人的臭气。就是一万篮的臭鸡蛋、一万对死鸟、一万担厨余垃圾外加一万缸粪便，也比不上如今人们正经历的，这股像蘑菇云一样向外扩散，并且其威力并不随着扩散而减弱的臭气。长着灰羽的麻雀从天空笔直掉下来。一些自豪能挺过严寒的花朵开始发皱，自枝条掉落。人们普遍头晕脑涨，眼睛翻白。有的人还没来得及跑到沟边，就已开始呕吐。有的一边呕吐一边翻滚自个儿，这也是奇观吧。警察都戴上口罩。事后，我的母亲在我的姐姐、妹妹协助下，给家里每个地方打上消毒液，用毛巾擦，用水清洗，又喷上芳香喷雾。面街的窗帘也全部撤换。过去我母亲总是不舍得扔这个不舍得扔那个，这次都被我姐姐和妹妹随手一扔，就扔了。她没有半点异议。尸体完整显现出来后，法医和学徒用毛刷细心刮走上面的泥土，好像在清理一件工艺品。"唉，那模样实在吓人，说起来也使人不寒而栗。"唐南生的腹部挺得差不多有我们吃饭的桌子那么高。全身漆黑、肥肿，像"熟得裂开了表皮"的烤红薯。可能是光线的原因，在另外一段视频里，尸体的颜色又和葡萄一样紫。看起来他就像一只酒足饭饱的青蛙，正张开四肢躺在地上晒太阳。有人说他双臂之所以张得这么开，是因为生前双肘被用反关节技术掰断。一名学徒用竹竿挑落缠在他脚踝上的带蕾丝边的丝绸三角内裤，另一名学徒张开塑料袋袋口，让这条沾满泥土的内裤落进去。唐南生的男性标志物被剪掉，如今塞在他的嘴里，鼓鼓囊囊的。就像普鲁斯特形容乔托壁画《七恶质》之"贪欲（嫉妒）"

一样："为了把蛇含进嘴里，她的面部的肌肉全都鼓起来了，就像小孩儿吹气球一样。"唐南生生前曾对一些性服务者说，他平生最大愿望是死，第二大愿望是能亲吻到契弟，如今有人打包满足他了。唐头顶那绺宝贵的头发、一对吊梢眉以及还算浓密的花白胡子全被拔光，饱满的额头上留着边缘整齐的小洞，都可以通过这些小洞猜到砸下去的石头的大小。他的颈部留下多处被撕扯的伤口和斑纹。法医在泥土里找到钢丝钳，应该有人用钢丝钳拧住他颈部的皮肤，旋转几圈，然后扯断。法医在泥土中还发现大量发暗的血迹以及一只拉锁式透明塑料袋，袋子里保存着一张材料纸，写着：

> 有天为证！
> 神龍見
> 可、军
> 口、足
> 慢、快
> one Dream
> Song' song
> 金中飒
> 東東東
> 孙权拜将
> 己亥年癸酉月癸丑日月圆之夜

这就是那九位自认为是"义士"的人所留的代号。他们既不想直接泄露姓名，又不想让报复变成彻底的匿名行动，从而削弱报复的快感。他们的签名力透纸背，看得出他们对此还是蛮感过瘾的。根据王池深、孟祎等九人供述，他们以自来水公司名义聘请三名异地农民工，对永修路上破裂水管进行更换，然后，又支付人民币九千元整，请三人在唐南生经过时将之击昏。事发时间是二〇一九年九月十三日晚八时许，在唐被击昏后，王池深一方派遣三人接替民工，在洞穴内对唐进行处理。这样的处理据说包括对着奄奄一息的受害者宣读一份长达六页的判决书。处理完毕后三位民工返回，对尸体进行掩埋。我们永修路很多人都记得这三位民工，特别是那年轻的小伙子，他宽厚的双肩似乎能生出无穷的力量，为人也伶俐，脸上神采奕奕。相比之下，另两位显得死气沉沉。可是一切记忆止步于此，谁也记不清他们具体长什么样子。在生活中，谁会花心思去记忆一名加油工、一名送水员、一名清洁工的样子呢，我们只要通过他们所穿的制服知道他们是干什么的就行了。这使我想起博尔赫斯所热爱的作家 G.K. 切斯特顿，他写过一篇名为《隐身人》的小说，说并不是没有人进入发生谋杀的房子，而是进入房子的那个人 —— 邮差 —— 被人们从心理上视而不见。

等到唐的尸体被挖出来时，我的很多街坊都在拍脑袋，说："嘿！我怎么就想不到呢？就埋在我眼皮底下。"他们因此记起两名实习警官来到这里，千百次地问他们："在路面上可曾发现什么异常？"

他们的眼睛千百次地扫向那被填平后又浇过柏油的地方，就是想不到尸体埋在下面。我相信有读者在把这篇小说看到一半时，就知道谜底是什么了。我自豪于自己有不少这样感觉敏锐的读者。不过今天所写的这篇小说，更多的意图是让读者看见生活的某一块或者某一面。生活滚滚向前，我们在其中浮沉，我扫描出其中一段。大意就是这样。

现在科技多发达，高承勇、劳荣枝以及韩国著名电影《杀人回忆》的凶手原型，均被查出。那三位民工被捕获应该也是迟早的事。

有一些人为唐南生的死鼓掌、放爆竹，更多的人则是哭泣。有人烧纸钱祭奠他，祭奠时告诉死者，就在二〇一九年十一月下旬，在唐先生您故去两个月之后，中共中央、国务院印发《国家积极应对人口老龄化中长期规划》，从五个方面部署了应对人口老龄化的具体工作任务。这五条——特别是第三条：打造高质量的养老服务和产品供给体系——仿佛是在重复唐先生您的说法。唐先生您要么用自己超人的智慧预见到一切，要么能力通天，在《规划》还处于起草阶段就接触到它。真可谓天不假年，天不假年哪。如果不是王池深那几个庸俗之人多事，唐先生您现在都已带领更江南集团上市，这会儿准在纳斯达克敲钟了。呜呼哀哉，呜呼哀哉啊！

为起尸而新挖的大坑，过了很久才填上，仍旧填补上柏油。仅仅为着辟邪，我的母亲用铁丝和篾条，将二楼冰冷的窗台改造为一座小的花圃。一开始她只是去市场买回盆栽，后来试着自己培育、种植一些。从此这里挤满鹅黄色、桃红色、紫色、白色、蓝色，像是"打开了它们的钱包"的花朵。很多人路过时驻足，向我亲爱的母亲致敬。街坊们模仿了这种做法。星星之火，可以燎原，市区到处出现这样漂亮的窗台。要不是城管及时出面阻止，在窗台种花就会成为我们红乌往下延续一百年、一千年、一万年的美好习俗呢。